Rachel Van Dyken

Mein perfekt unperfekter Freund

Das Buch

Die schöne Austin ist außer sich: Thatch, der Mann, den sie liebt, hat eine andere Frau geküsst und dann ohne eine weitere Erklärung mit ihr Schluss gemacht. Nach Tränen, viel zu vielen Süßigkeiten und einem Serien-Marathon will Austin vor allem eins: Rache! Mit beträchtlicher krimineller Energie und viel Fantasie macht sie fortan Thatch das Leben zur Hölle.

Und Thatch? Der attraktive Schönheitschirurg weiß, dass er ihre Liebe zerstört hat. Um Austin zu schützen, hat er die Notbremse gezogen, aber das darf sie niemals erfahren. Tatsache ist: Er ist nicht über sie hinweg. Und sie nicht über ihn.

Als sie plötzlich gezwungen sind zusammenzuarbeiten, wird die Lage äußerst unübersichtlich. Denn Thatch und Austin gehen sich weiter auf die Nerven … und können die Finger doch nicht voneinander lassen.

Die Autorin

Rachel Van Dyken ist New York Times-, Wall Street Journal- und USA Today-Bestsellerautorin von zeitgenössischen und historischen Liebesromanen. Bevor sie sich ganz dem Schreiben widmete, war sie als Beratungslehrerin an einer Privatschule tätig.

In deutscher Sprache sind bisher die Titel »Mein Bruder, sein bester Freund und ich« und »Sechs Tage – sieben Dates« erschienen.

Die Autorin lebt mit ihrem Ehemann, ihrem kleinen Sohn und zwei Boxern in Idaho.

RACHEL VAN DYKEN

Mein perfekt unperfekter Freund

ROMAN

Aus dem Amerikanischen von Ivonne Senn

Die amerikanische Ausgabe erschien 2017 unter dem Titel »Cheater's Regret« bei Skyscape, New York.

Deutsche Erstveröffentlichung bei
Montlake Romance, Amazon Media EU S.à r.l.
38, avenue John F. Kennedy, L-1855 Luxembourg
Februar 2019

Die Übersetzung dieses Buches wurde durch AmazonCrossing ermöglicht.

Umschlaggestaltung: semper smile, München, www.sempersmile.de
Umschlagmotiv: © PeopleImages / Getty; © JL-Pfeifer / Shutterstock;
© mak_Jen / Shutterstock; © Yuganov Konstantin / Shutterstock
Lektorat: Ute-Christine Geiler und Birte Lilienthal, Agentur Libelli GmbH
Gedruckt durch:
Amazon Distribution GmbH, Amazonstraße 1, 04347 Leipzig /
Canon Deutschland Business Services GmbH, Ferdinand-Jühlke-Str. 7,
99095 Erfurt /
CPI books GmbH, Birkstraße 10, 25917 Leck

ISBN: 978-2-91980-599-0

www.montlake-romance.de

Für Melody – Ohne dich wäre dieses Buch ein Albtraum gewesen. Danke für deine großartige Hilfe!

Prolog

Der Regen tropfte von meinem Kinn, während ich gegen Thatchs Wohnungstür hämmerte. Wieder und wieder und wieder. Wie eine Verrückte schlug ich mit der Hand dagegen, wobei mir mit Regen vermischte Tränen über die Wangen rannen.

Ich war »so ein Mädchen«.

Eins, das vollkommen aufgelöst spätabends vor der Wohnung seines Freundes stand.

»Thatch!« Meine Handfläche brannte von dem nächsten festen Schlag.

Endlich ging die Tür auf.

Thatch trug kein Hemd und war barfuß. Die Jeans schmiegte sich auf eine Art an seinen Körper, die verboten hätte sein sollen. Andererseits war er Schönheitschirurg – Perfektion war also sein Spezialgebiet.

Wut brandete in mir auf, schnell gefolgt von Unsicherheit. Brooke, das Mädchen, mit dem ich ihn beim Knutschen erwischt hatte, war größer und sportlicher als ich. Sie hatte die Haare einer Stripperin – sie schrien förmlich »Extensions« –, und ihr Gesicht war makellos. Womit sie vermutlich genau der Typ war, auf den Thatch stand. Und ihr Körper? Sagen wir, er war für die Sünde gemacht.

Und guckst du hier: ein Sünder.

Ich hatte mich noch nie in meinem Leben so unpassend angezogen gefühlt wie jetzt gerade in meinem nassen schwarzen Band-T-Shirt und meiner löchrigen Boyfriend-Jeans. Meine dunkelblauen Converse-Turnschuhe quietschten feucht, als ich das Gewicht von einem Fuß auf den anderen verlagerte.

»Was ist?« Er neigte den Kopf zur Seite. »Es ist schon spät.«

Ich runzelte die Stirn. Ernsthaft? Wieso behandelte er mich, als wäre ich diejenige, die gerade beim Fremdgehen erwischt worden war? »Ich …« Meine Stimme war vom Weinen ganz rau. »Es tut mir leid, dass ich weggelaufen bin. Ich war einfach … aufgebracht.«

Sein Gesicht wirkte wie aus Stein gemeißelt. Kein Lächeln, nicht einmal Verärgerung, einfach nur eine kühle Gleichgültigkeit, die in mir den Wunsch weckte, meine Arme um meinen mit einem Mal schrecklich frierenden Körper zu schlingen. »Ich will es versuchen, Thatch. Ich …« Der nächste Satz war kaum ein Flüstern. »Ich liebe dich.«

Ich hielt den Atem an.

Er erwiderte mein Geständnis nicht. Tatsächlich sagte er für ein paar Augenblicke gar nichts. Augenblicke, die sich wie Stunden anfühlten.

Schließlich presste er sich die Finger an die Schläfen und zuckte die Achseln. »Wir sind fertig miteinander, Austin.«

»Aber …«

Mit der Endgültigkeit eines Gewehrschusses fiel die Tür vor meiner Nase ins Schloss.

Kapitel Eins

Austin

»Feuer!« Jemand schrie das Wort so laut, dass ich panisch aus dem Schlaf hochschreckte. Mit hämmerndem Herzen suchte ich mein Schlafzimmer hektisch nach Flammen oder Rauch ab.

Rosafarbene Wände. Ich *hasste* Rosa. Rosafarbene Wände fassten alles zusammen, was man über mich wissen musste. Nämlich dass ich praktisch keine Kontrolle über mein Leben hatte. Ich hatte rosafarbene Wände, weil meine Mutter sanfte Farben liebte und wollte, dass mein Zimmer mädchenhaft aussah.

Und das alte One-Direction-Poster mit dem Arschloch Zayn ganz vorne? Tja, das war etwas, das normale Teenager an ihren Wänden hängen hatten, richtig? Zumindest dachte das mein Vater, und wir mussten schließlich den Wählern gefallen. Wenn die örtlichen Nachrichtensender eine Homestory über uns brachten, war das immer ein großer Hit. Seht nur, diese ganz normale amerikanische Einserschülerin und ihr ganz normales Jugendzimmer! Ich Glückliche. Also waren die Wände rosafarben, und ich schaute auf One Direction.

Verdammter Zayn, du sollst in der Hölle schmoren!

Ich schüttelte meine Faust. Zum Teil, weil ich immer noch sauer auf ihn war, weil er die Band verlassen hatte. Aber hauptsächlich, weil ich sauer auf mich war, weil ich anderen erlaubte, über mich zu bestimmen.

Blinzelnd schaute ich an die weiße Zimmerdecke. Nach so viel Geflenne waren meine Augen endlich trocken. Es kamen tatsächlich keine Tränen mehr, und ich seufzte.

Kein Feuer. Keine Hitze. Einfach nichts.

Ich blinzelte noch einmal. Hatte ich mir nur eingebildet, dass jemand »Feuer« gerufen hatte? War ich wirklich so erschöpft?

»Oh. Wie schön, du bist wach.« Meine beste Freundin Avery rauschte in mein Zimmer. In der einen Hand hielt sie ein Glas Wein, in der anderen einen Teller mit Chocolate-Chip-Cookies. »Ich hatte schon befürchtet, du wärst tot.«

»Was?« Gähnend streckte ich meine steifen Arme über den Kopf. Als ich meine Hände öffnete, fielen Schokoladenkrümel auf mein Gesicht. Ha, wer hätte das gedacht, es war noch was übrig. »Warum sollte ich tot sein?«

»Weil du so riechst.« Sie rümpfte die Nase. »Und auf den Straßen geht das Gerücht um, du hättest das Duschen aufgegeben und aufgehört, dir die Beine zu rasieren.« Sie hob eine Hand.

»Was? Was machst du da?« Ich blinzelte und versuchte, sie klarer zu erkennen. »Warum hältst du deine Hand hoch?«

»Mädchenpower. High Five.« Sie ballte die Hand zur Faust. »Oder lieber so?«

»Warum bist du hier? In meinem Zimmer? Ist heute nicht Montag? Musst du nicht arbeiten?« Nachdem Avery mit ihrem Boss in die Kiste gestiegen war und dabei ihr Happy End mit ihrem Kindheitsfreund/-feind gefunden hatte, war sie in eine andere Abteilung versetzt worden, in der so viel zu organisieren war, dass es mir beinahe leidtat, wie viele Überstunden sie machen musste. Bei unseren vollen Terminkalendern hatten wir uns in der letzten Woche kaum gesehen.

»Samstag.« Avery verdrehte ihre grünen Augen. »Es ist Samstag, Austin. Der erste Tag vom Wochenende.« Sie hob einen halb gegessenen Müsliriegel auf und verzog das Gesicht. »Ist das alles, was du heute gegessen hast?«

Ich schnappte mir den Riegel und knurrte. »Meiner.«

»Wow, deine Verwandlung ist komplett. Du hast dich in ein pelziges Monster mit Stinkehaar und …« Sie kniff die Augen ein wenig zusammen. »Meine Güte, du hast Chips in den Haaren.«

»Wirklich?« Meine Laune stieg sofort.

»Nein!« Sie boxte mich gegen die Schulter. »Siehst du? Davor hatte ich Angst. Das machst du immer, wenn du traurig bist. Du verwandelst dich in dein Highschool-Ich zurück.«

Sie warf mir einen beredten Blick zu. Einen Blick, der während unserer turbulenten Schulzeit ihr ewiger Begleiter gewesen war. Auch an dem Abend, als mein damaliger Freund Braden mir auf dem Abschlussball ein Stück Brot aus der Hand geschlagen hatte, weil er meinte, es würde mich fett machen. An ihn zu denken verursachte mir Ausschlag.

Avery seufzte. »Lagerst du Junkfood in deinem Bett?« Sie zog die Decke zurück, um meine Schande zu enthüllen. »MoonPies im Nachtschrank?« Sie war zu schnell.

»Nein, nicht!«

Zu spät. Sie bekam die Schublade kaum auf, und als sie etwas heftiger daran zog, flogen die MoonPies heraus und landeten auf dem Boden.

»Austin.« Avery schüttelte langsam den Kopf und streckte eine Hand aus. »Gib mir das Mountain Dew.«

Braden hatte Mountain Dew gehasst. Deshalb hatte ich in dem Moment, in dem wir Schluss gemacht hatten, Aktien von PepsiCo gekauft.

»Ich habe keine Ahnung, wovon du redest«, schniefte ich, während ich versuchte, die ungeöffnete Limodose tiefer unter mein Kissen zu schieben.

»Eins!« Sie hob einen Finger. »Zwei!«

»Hör auf zu zählen! Ich lasse mich nicht in meinem eigenen Zimmer bedrohen.«

Das Zimmer, in dem ich immer noch wohnte, während ich mein Aufbaustudium abschloss. Das Zimmer, das mich an all die Dinge erinnerte, die mich erst dazu getrieben hatten, ein Aufbaustudium machen zu wollen.

»Drei!« Avery warf sich auf mich. Ihre Fingernägel kratzten über meine Arme, als sie unter dem Kissen herumwühlte und schließlich die Dose auf den Boden warf. »O Austin, dieses Zeug enthält Formaldehyd.«

Ich presste die Augen zu. »Geh einfach weg.«

»Nein. Ganz bestimmt nicht. Und nicht nur, weil du versuchst, deinen Körper mit diesem Zeug zu konservieren. Hör mal, es ist schon einen Monat her.« Sie zeigte anklagend auf die Dose. »Du musst über ihn hinwegkommen.«

Ihn.

Weil ich mich weigerte, seinen Namen zu sagen. Denn seinen Namen auszusprechen wäre quasi eine Aufforderung, von Gedanken an ihn verfolgt zu werden – von dem Gefühl seiner Hände, die über meinen Körper strichen, von der Art, wie er mich geküsst hatte, als würde er nach Gold suchen, oder davon, wie er mich nie, nie, niemals hatte gehen lassen, ohne kurz meine Hand zu drücken und mir einen sanften Kuss auf die Lippen zu geben, als wollte er sagen: *Hey, ich wollte dich einfach nur berühren.*

Die Träume waren schon schlimm genug.

Und die Erinnerungen?

Noch schlimmer.

Ich weigerte mich, tagsüber an ihn zu denken, denn das verlieh ihm nur mehr Macht über mich. Aber nachts hatte mein Körper andere Vorstellungen, wenn die Dunkelheit mich in eine stille Einsamkeit einhüllte, die mich zu ersticken drohte.

Alles war perfekt gewesen. Und dann war es das auf einmal nicht mehr. Verdammt.

Die Tränen kehrten zurück. War ja klar.

Meine Brust fühlte sich innerlich ganz rau an. Ich hatte wie eine Idiotin darübergerieben, doch der Herzschmerz wollte nicht verschwinden. Dazu kam der Stress im Studium, sodass ich nur noch ein erschöpftes Nervenbündel war, das kaum einen Tag überstand, ohne sich die Augen auszuheulen und zu viel Kaffee zu trinken, damit ich im Leben – oder in meinen Seminaren – nicht versagte.

Mit Lernstress konnte ich umgehen. Das war schon immer so gewesen. Familienstress war mir auch bekannt. Erschöpfung? Nun ja, die gehörte zu einer Collegestudentin ja quasi dazu. Aber die ganze Situation mit Thatch? Das hatte mir den Rest gegeben. Das raubte mir nachts den Schlaf. Das hatte dafür gesorgt, dass mein Professor mir, als ich mein letztes Projekt eingereicht hatte, die Nummer der Beratungshotline gegeben hatte.

Thatch.

Warum? Warum hatte ich so ein Pech mit Jungs?

Er hatte ein wirklich heißer One-Night-Stand sein sollen. Wir hatten eine Vereinbarung gehabt, und dann hatte sich alles verändert. Man musste schon verrückt sein, wenn man nach einer Nacht nicht mehr von dem Mann wollte. Und als diese eine Nacht zu einer nächsten und noch einer wurde, war es auf meiner Seite ernst geworden.

Als ich ihm meine Gefühle gestanden hatte, hätte er weglaufen sollen! Das taten fiese Fremdgeher schließlich! Sie gaben eine lahme Entschuldigung von sich, wie viel Spaß man zusammen gehabt habe, und dann liefen sie mit eingeklemmtem Schwanz in die andere Richtung. Doch was hatte er getan? Er hatte gesagt: »Lass es uns versuchen.«

Lass.

Es.

Uns.

Versuchen.

Wie in »Lass uns mehr sein als Sexpartner an jedem zweiten Samstag im Monat«, allerdings nur, wenn ich nicht bis über beide Ohren in meinen Recherchen steckte und er nicht irgendeine blöde Brust-OP durchführen musste.

Versuchen.

Also versuchten wir es. Und es funktionierte. Und es war umwerfend. Bis es das nicht mehr war. Bis die Katze einen Blick in den Spiegel geworfen und gedacht hatte: »Meine Güte, ich vermisse das Mausen! Verdammt! Ich kann nicht gezähmt werden.« Hier dürfen gerne ein paar Textzeilen von Miley Cyrus eingeflochten werden.

Ende der Geschichte.

Kein Happy End.

Denn die Katze hatte zugelassen, dass ein Mädchen, das nicht ich war, ihn vor meinen Augen mit dem Mund bearbeitete. Nur Stunden nachdem er zugegeben hatte, dass er sich wegen unserer Vereinbarung eingeengt fühlte.

Wie bitte? Als hätten wir einen Vertrag unterzeichnet oder so? Das hätte mir eine erste Warnung sein müssen. Die ich aber ignorierte. Und somit hineinplatzte, als er gerade die Schwester meiner besten Freundin küsste.

Danach – nach den ganzen Tränen auf meiner Seite – war ich am nächsten Tag zu seiner Wohnung gefahren und hatte ihm gesagt, dass ich das mit uns wirklich probieren wolle.

Er hatte Nein gesagt. Und mit mir Schluss gemacht. *Er* mit *mir*! Als wäre ich diejenige, die etwas falsch gemacht hatte! Dabei war ich gewillt, zu vergeben und zu vergessen – gewillt, das hinter uns zu lassen! Denn ich mochte ihn.

Eine nervtötende Stimme, die in meiner Brust rumorte, eine Stimme, die auch als mein Herz bekannt war, hatte andere Gefühle. Stärkere Gefühle. Gefühle, die mich daran erinnerten, wie zärtlich er bei mir gewesen war, wie liebevoll, wie fürsorglich. Wie sauer er gewesen war, als ich ihm von der mangelnden Zuneigung meiner Eltern erzählt hatte. Und wie süß er gewesen war, als ich ihm gestand, wie sehr das Studium mich stresste.

Na gut. Ich liebte ihn.

Ich hatte ihn geliebt.

Hatte.

Ich konnte meine dunkelblauen Converse oder meine Lieblingsjeans immer noch nicht angucken, ohne in Tränen auszubrechen. Ich hatte sie in der Nacht getragen, als er mit mir Schluss gemacht und mir die Tür vor der Nase zugeschlagen hatte.

Das Geräusch des einschnappenden Schlosses hätte genauso gut ein Schuss sein können. Der Schmerz war vermutlich der gleiche.

Ich hatte geklopft. Wieder und wieder. Schließlich hatte einer der Nachbarn damit gedroht, die Polizei zu rufen. Erst als ich im Auto gesessen und in den Spiegel geschaut hatte, war mir aufgefallen, dass ich weinte.

Er hatte mich zerbrochen. Und hatte dabei nicht mal so ausgesehen, als täte es ihm leid.

Mit einem lauten Seufzer schob Avery ein paar leere Snickers-Verpackungen weg und setzte sich auf mein Bett. Sie legte mir eine Hand aufs Bein. »Es wird besser. Versprochen.«

»Nein«, schniefte ich.

»Würdest du dich besser fühlen, wenn ich dir sage, dass ich mit einer Farbdose in die Innenstadt gefahren bin und ihm auf ein paar seiner Plakate Brüste verpasst habe?«

Ich fing an zu lachen. »Ja.«

»Okay, das habe ich nicht getan, weil man dafür bestimmt ins Gefängnis kommt. Aber ich habe etwas Besseres gemacht.«

Ich hob den Kopf.

»Oh. Ich sehe da diesen rachsüchtigen Ausdruck in deinen Augen. Das gefällt mir. Mit Rache kann ich arbeiten. Womit ich nicht arbeiten kann, ist eine traurige Austin. Ich hasse die traurige Austin. Die ist nicht lustig. Ich sage das, weil ich dich lieb habe, und die traurige Austin wird der umwerfenden Austin irgendwann Diabetes verursachen.« Sie zog eine Tüte Skittles unter der Bettdecke hervor und ließ sie auf den Boden fallen.

»Das sind nicht meine«, verteidigte ich mich, während mir vor Lust auf die süßen Bonbons das Wasser im Mund zusammenlief.

»Ich habe vergessen, dass du ja immer noch die eingebildete Freundin hast, die sich in dein Zimmer schleicht und dich mit Süßigkeiten zuschüttet.«

»Hey, als ich acht war, hat die Ausrede gezogen! Meine Eltern haben mir geglaubt.« Vermutlich weil sie mich zum Großteil ignoriert hatten. Ich sollte gesehen, aber nicht gehört werden, und wenn es an der Zeit war, dass ich meinen Teil für Daddy und seine Kampagne spielen sollte, hatte ich süße kleine Reden auswendig gelernt und dafür gesorgt, dass ich Kleider trug, deren Saum höchstens zwei Zentimeter über dem Knie endete. Meine Eltern liebten mich – sie hatten nur eine seltsame Art, das zu zeigen.

»Das nennt man ›schlechte Gewohnheiten fördern‹, Süße.« Avery tätschelte mir die Hand und stand auf. »Und ich weigere mich, das zu tun. Also, die traurige Austin muss weg. Der erste Schritt ist, zuzugeben, dass du ein Problem hast. Und du hast ein Problem. Du riechst wie Käse.« Sie zeigte auf das angrenzende Badezimmer.

»Aber ich liebe Käse«, flüsterte ich sehnsüchtig. »Ich könnte jetzt gut ein Stück Käse vertragen.« Wo zum Teufel war mein Gouda, wenn ich ihn brauchte!

»Nicht wie guter Käse, Austin.« Avery rümpfte die Nase.

Ich ließ meine Schultern hängen.

»Austin«, sagte Avery mit ihrer ernsten Stimme, die verriet, dass sie die Samthandschuhe ausgezogen hatte und bereit war, die großen Geschütze aufzufahren. »Du bist klug, motiviert, eine großartige Freundin. Und du bist bloß noch wenige Monate von deinem MBA-Abschluss entfernt.« Ich nickte. Sie hatte recht. Sie wusste, welche Knöpfe sie bei mir drücken musste. Es gab einen Grund, warum ich mich so anstrengte und mir den Hintern abarbeitete. »Außerdem – willst du wirklich so sein wie deine Mom?«

Und da war es. Das Messer, das in meiner Brust herumgedreht wurde. Ich zuckte zurück, und ein lauter Seufzer schlüpfte über meine Lippen.

Avery nahm das als Zeichen, schnell weiterzureden, bevor ich in Tränen ausbrechen oder sie mit dem Kissen ersticken konnte. »Sie hat für deinen Vater alles aufgegeben. Ihr Studium. Ihre Interessen. Und sieh sie dir heute an.«

Ja, meine Mutter war die perfekte Stepford-Frau mit angespanntem Lächeln. Die perfekte Vorzeigefrau. Die perfekte … Ach, sie war einfach in allem perfekt. Modelliert nach den Vorstellungen meines Vaters von Perfektion.

Ich erschauderte. Das konnte nicht meine Zukunft sein.

»Das willst du nicht, oder?«, hakte Avery nach.

»In so etwas wollte Thatch mich nicht verwandeln«, protestierte ich. Obwohl ich wusste, dass ich bereits einen wichtigen

Teil von mir verloren hatte, wenn ich bereit gewesen war, sein Fremdgehen so früh in der Beziehung zu übersehen. Ich runzelte die Stirn. »Was zum Teufel!«

Avery zuckte zurück.

Ich ballte meine Hände zu Fäusten. »Ich hätte ihn zurückgenommen!«

Ihre Augen weiteten sich.

Ich schüttelte den Kopf, um meine Gedanken zu klären. Dieser Bastard! Ich hatte kurz davor gestanden, meinen Stolz für ihn zu opfern! Und er hatte mir die Tür vor der Nase zugeschlagen!

Vor der Nase!

»Was ist das für eine Rache, von der du vorhin gesprochen hast?«, fragte ich. Ich fühlte mich so gut wie seit Wochen nicht mehr. Vermutlich, weil ich mit einem Mal erkannte, dass ich wütend auf ihn sein wollte statt seinetwegen ein Häuflein Elend. Ich wollte ihm die Eier abschneiden und vor seinen Augen an Piranhas verfüttern.

»Erst einmal …« Avery nahm meine Hand von ihrem Arm. Offensichtlich hatte ich ihre Haut zwischen meinen Fingern eingequetscht. »Mein Arm ist nicht sein Gesicht.« Sie grinste. »Ich habe Lucas betrunken gemacht und schmutzige Geheimnisse über Thatch aus ihm herausgeholt. So viel Schmutz, dass ich mich in ein schmutziges kleines Mädchen verwandelt habe und …«

Ich hielt mir die Ohren zu.

»Ich will nur sichergehen, dass du zuhörst.« Sie zwinkerte. »Lass es mich so sagen: Wenn ein Mann dich hintergeht, dich betrügt, und du dich daraufhin im Bett mit lauter Kalorien vollstopfst und das Leben hasst, ist das nicht richtig. Wir schnappen uns keine Snacks, wir schnappen über.«

»Überschnappen ist durchdrehen. Das ist nicht wirklich Wut, Avery.«

»Jetzt lass mal die Haarspalterei, und gib dir ein bisschen Mühe.« Sie klatschte dicht vor meinem Gesicht in die Hände. »Okay, ich habe lang genug durch den Mund geatmet – geh unter die Dusche, bevor ich die Leute vom Kampfmittelräumdienst rufe.«

Ich verdrehte die Augen. »Hör auf, so melodramatisch zu sein.«

»Deine Mutter hat gestern eine Maus gefunden.«

Ich schnaubte. Meine Mutter betrat mein Zimmer nur, um Klamotten von mir zu stibitzen. Um sich dann mit Klauen und Zähnen hineinzuzwängen. Ihre Droge waren Spinning-Kurse – aber sie hatte auch eine Vorliebe für Süßigkeiten, also hatte sie keine andere Wahl, als täglich ins Studio zu gehen, um perfekt zu bleiben.

Für meinen perfekten Vater.

Für unsere perfekte Familie.

Ich musste kurz würgen. »Na und?«

»Die war in deinem Zimmer. Ich bin sicher, sie ist an übermäßigem Chips-Konsum gestorben.«

»Du lügst.«

»Sie hatte einen aufgeblähten Bauch. Wir haben ein Begräbnis für sie veranstaltet.«

Ich schnaubte bei dieser unfassbaren Übertreibung und machte mich langsam auf den Weg ins Badezimmer. An der Tür blieb ich stehen und drehte mich kurz um. »Danke, Avery«, flüsterte ich.

»Wofür?«

»Dass du mir in den Hintern trittst.«

»Oh, der Teil kommt später.« Sie grinste mich fröhlich an. »Vergiss nur nicht: Rache kann süßer sein als …«, sie verzog das Gesicht zu einer Grimasse und machte eine Handbewegung, die das gesamte Zimmer einschloss, »was auch immer hier los ist.«

Ich nickte und schloss die Tür. Sie hatte recht. Ich würde ihn zerstören.

Und wenn ich fertig war? Dann wäre sein Herz in tausend Teile zersplittert – genau wie meines es noch immer war.

Kapitel Zwei

Thatch

»Tut mir leid, was hast du gerade gesagt? Du hast genuschelt.«

Lucas hielt sich die Hand vor den Mund und murmelte irgendwas von Betrunkensein, einer Katze und einem Sack.

»Du hast was mit einer Katze gemacht?« Ich schüttelte den Kopf. »Du klärst mich lieber auf, denn du willst wirklich nicht wissen, was ich gerade denke.«

Seufzend ließ Lucas seine Hand fallen und nahm einen großen Schluck Kaffee. In den letzten fünf Minuten, in denen wir hier bei Starbucks gesessen hatten, hatte er ständig rumgedruckst, dass er mir etwas Wichtiges mitteilen müsse.

Ich blickte auf die Uhr. »Hör mal, ich habe in einer Stunde eine OP, also wenn du einfach bloß …«, ich hob hilflos die Hände, »für eine Sekunde normal sein könntest, wäre das fabelhaft.«

Er war seit vier Jahren mein bester Freund und der beste Kumpel, den ein Singlemann sich nur wünschen konnte. Bis er seinen Schwanz an die Leine gelegt und seiner Freundin Avery das andere Ende überreicht hatte.

Schmerz schoss mir durch die Brust. Ich ignorierte ihn. Sodbrennen. Bedauern. Eigentlich war es alles das Gleiche.

»Ich habe mich vielleicht etwas betrunken«, gestand Lucas schließlich. Sein Blick schoss von mir zu seiner Kaffeetasse und wieder zu mir. »Und … Sachen gesagt.«

»Lucas Thorn.« Eine Frau – vermutlich eine seiner vielen Ex – kam auf uns zu.

»Nicht jetzt«, erwiderte er gelangweilt. »Ich habe keine Liste mehr.« Damit bezog er sich auf die Liste mit Frauen, aus der er ausgewählt hatte – Frauen, mit denen er ausgegangen war und die er offen betrogen hatte, während er ihnen die ganze Zeit weisgemacht hatte, es wäre kein Betrug, weil sie schließlich davon wussten.

Man konnte also mit einigem Fug und Recht behaupten, auf einer Skala von eins bis zehn, wobei zehn der Teufel persönlich wäre, hätte Lucas eine Neuneinhalb erreicht – da kann man alle betrogenen Frauen fragen.

Eine hatte mal in unsere Richtung gezischt – ich hatte fest damit gerechnet, dass sie ihm Weihwasser ins Gesicht spritzen und ihm wünschen würde, er möge in der Hölle brennen.

Die Frau schaute zwischen uns hin und her und stieß zwischen zusammengebissenen Zähnen aus: »Immer noch der gleiche Mistkerl«, bevor sie davonmarschierte.

»Du hast dich betrunken«, lenkte ich vollkommen unbeeindruckt von dem Zwischenfall unser Gespräch auf das Thema zurück. Dieser Mann hatte immer Frauen um sich, die sich überschlagen würden, bloß um seine Aufmerksamkeit zu erringen. »Und hast Sachen gesagt.«

»Wichtige Sachen.« Er verzog das Gesicht. »Verdammt. Am besten gebe ich es einfach zu.«

»Gott sei Dank.«

»Ich habe Avery von dir erzählt.«

Ich starrte ihn mit offenem Mund an. »Und wenn du sagst, du hast ihr von mir erzählt, nehme ich an, damit meinst du nicht, dass du ihr erzählt hast, dass ich mal ein Pony hatte und einen Fisch namens Spike?«

»Ich dachte, Spike war dein Hund?«

»Spike ist gestorben. Du meinst Muggles.«

»Ah!« Lucas schnippte mit den Fingern. »Und jap. Das ist mein Geständnis. Sie weiß jetzt Dinge.« Sein nervöser Gesichtsausdruck verriet wesentlich mehr, aber ich hatte keine Zeit, um ihn zu fragen, welche Sorte Drogen er verdammt noch mal genommen hatte, die ihn dazu gebracht hatten, zuzugeben, dass er Avery von meinen Haustieren erzählt hatte.

Wenn überhaupt etwas, enthüllte meine Vergangenheit anderen Menschen nur, dass ich kein totaler Mistkerl gewesen war. Schließlich hatte ich als kleines Kind gelernt, Verantwortung für Tiere zu übernehmen, ergo war ich auch in der Lage, mich mitfühlend um menschliche Wesen zu kümmern.

Nicht, dass ich das wollte.

»Ich fand es nicht wirklich angenehm, wie du gerade die Stimme gesenkt und dann auf mich gezeigt hast, als wärst du Harry Potter, der einen unverzeihlichen Zauberfluch ausstößt«, murmelte ich.

»Ich würde dich niemals harrypottern«, sagte er ruhig. Wir beide nahmen Harry Potter sehr ernst.

»Danke, Mann. Gutes Gespräch.« Ich stand auf und gähnte. Ich würde alles tun – sogar, wenn es illegal wäre –, um ein wenig mehr Schlaf zu kriegen, doch in letzter Zeit verfolgte mich eine spezielle Frau bis in meine Träume, und die Geschäfte liefen gut – nicht, dass ich mich beschweren wollte –, und beides zusammen führte dazu, dass ich die Kerze von beiden Enden abbrannte. »Mein Gott, warum will jede Frau Implantate, die zu Rückenproblemen führen können?«

»Beschwerst du dich ernsthaft darüber, dass du den ganzen Tag Frauenbrüste anfassen darfst?« Lucas warf mir einen schockierten Blick zu, der mich meinen eigenen Geisteszustand infrage stellen ließ.

»Ja.« Ich klopfte mir ein paarmal auf die Wangen, um wach zu werden. »Das ist total langweilig. Ich würde lieber eine Rhinoplastik machen.«

»Eine Nasenkorrektur.« Lucas verdrehte die Augen. »Du würdest lieber eine Nase als Brüste operieren. Geht es dir wirklich gut?«

»Sehr gut sogar«, gab ich angespannt zurück. »Was ist mit dir los? Fühlst du dich so schlecht, weil du Avery Sachen über mich erzählt hast?«

»Ja. Ganz genau.« Er wippte auf seinen Fersen zurück. Wie er meinem Blick auswich, verursachte mir ein ungutes Gefühl, aber ich hatte keine andere Wahl, als das Kribbeln in meinem Magen zu ignorieren, das mich davor warnte, dass das Universum sich verschoben hatte.

Dieses Kribbeln ließ mich auf dem gesamten Weg zu meiner Praxis nicht los. Und es begann erneut, als ich den Fahrstuhlknopf für den dritten Stock drückte und darauf wartete, nach oben zu fahren. Als die Lichter über mir flackerten und der Fahrstuhl stockend zum Stehen kam, murmelte ich: »Das ist Bullshit.«

Ich weigerte mich, abergläubisch zu werden, nur weil mein bester Freund einen schrägen Tag hatte und mich da mit hineinziehen wollte. Auf dem Weg zu meinem Büro und dann in den OP achtete ich darauf, nicht auf die Fugen zu treten. Bevor ich meine Hände wusch, küsste ich das Hammer-Amulett an meiner Kette und schob es unter meinen OP-Kittel.

Alles war gut.

Und es würde auch gut bleiben.

* * *

Heilige Scheiße.

Es war nicht gut. Es war sogar weit entfernt von gut. Die Patientin war nicht gestorben – Gott sei Dank. Aber die Prozedur, für die neunzig Minuten angesetzt gewesen waren, hatte drei Stunden gedauert. Es wäre hilfreich gewesen, wenn die Patientin mir vorher verraten hätte, dass sie Blutverdünner nahm.

Sie hätte verbluten können.

Für neue Brüste.

Normalerweise riskierten wir keine Operation, wenn die Patientin eine Vorgeschichte mit Blutgerinnseln hatte oder Blutverdünner einnahm – doch offensichtlich hatte sie ihr Leben riskieren wollen, nur um in einem Bikini besser auszusehen. Ich hatte mich im Ton vergriffen. Aber indem die Patientin mir nichts von ihrer medizinischen Vorgeschichte erzählt hatte, hatte sie ihr Leben aufs Spiel gesetzt.

Ich zog meinen OP-Kittel aus, öffnete die Tür, warf ihn in den Wäschekorb vor meinem Büro und schloss die Tür wieder.

Irgendetwas fühlte sich falsch an. Seltsam. Ich war nach dem Gespräch mit Lucas immer noch angespannt und hatte keine Ahnung, warum. Obwohl ich eine Vermutung hatte, was der Grund sein könnte.

Mir ging es schlecht. Das hatte ich mir selber zuzuschreiben, doch das linderte den Schmerz kein bisschen.

Ich fluchte und griff blind nach meinen Klamotten in meinem Büroschrank. Und tastete herum. Und tastete weiter herum, denn in den letzten zwei Jahren hatte meine Kleidung immer an der gleichen Stelle gehangen.

Immer.

Ich drehte mich um und schaute in den Schrank. Der hölzerne Kleiderbügel war leer. Vollkommen leer.

»Scheiße!«, brüllte ich. Wo waren meine Klamotten? Ich hatte mich vor der OP wie immer in meinem Büro umgezogen und die Straßenkleidung aufgehängt. Suchend sah ich mich im Zimmer nach etwas um, mit dem ich meine Blöße bedecken konnte.

Und fand nichts.

Egal. Dann würde ich eben meine OP-Kleidung wieder anziehen. Aber als ich den Kopf zur Tür rausstreckte, war der Wäschekorb verschwunden. Dabei wurde der immer erst am Ende des Tages abgeholt.

Verdammt. Ich war dabei, den Verstand zu verlieren.

Okay, Thatch. Denk nach.

Erschöpft rieb ich mir mit den Händen über das Gesicht und versuchte, mir eine Lösung einfallen zu lassen, bei der ich nicht splitterfasernackt über den Flur laufen musste. Denn das war ich. Nackt.

Ich weigerte mich, während einer Operation Unterwäsche zu tragen. Das war eines meiner Rituale. Ich wollte mich bei einer OP so wohl wie möglich fühlen. Während ich Nasenkorrekturen oder Brustvergrößerungen durchführte, hörte ich Rapmusik und ließ meine Eier frei schwingen.

»Mist.«

Ich rief an der Rezeption an. Irgendjemand sollte mir einen neuen Satz OP-Kleidung bringen. Ich erreichte nur den Anrufbeantworter.

Als ich noch einmal den Flur hinunterschaute, war er leer. Es war, als wäre meine gesamte Praxis eine Sekte, die vom Mutterschiff abgeholt worden war.

Leise schloss ich die Tür und betete, dass ich meine Sporttasche im Schrank gelassen hatte. Ich öffnete die Tür. Keine Tasche. Aber auf dem Boden des Schranks lagen ordentlich zusammengefaltet eine Radlerhose aus Spandex und ein gelbes Renntrikot. Beides gehörte definitiv nicht mir, doch ich hatte keine andere Wahl.

Mit einem unterdrückten Fluch zog ich die Shorts bis zu meinen Knien hoch und zwängte mich hinein. Sie waren an meinen Oberschenkeln so eng, dass ich fürchtete, mein Schwanz würde unter mangelnder Blutzufuhr absterben. Ha, das würde Austin gefallen! Der Betrüger – ihre Worte, nicht meine – bekam ihn nicht länger hoch, weil er eine Radlerhose angezogen hatte, die ihm nicht passte, denn jemand hatte ihm seine verdammten Klamotten gestohlen!

Vielleicht waren meine Sachen verschwunden, weil ich neu in der Praxis war. Im Gegensatz zu dem anderen Chirurgen, der gleichzeitig mit mir hier angefangen hatte, hatte ich mich bisher noch keinem Einstiegsritual unterziehen müssen. Mein Ruf, die besten Brustvergrößerungen der Stadt durchzuführen, machte mich zu einem gefragten Mann, und ich hatte viele Angebote abgelehnt, bevor ich mich für diese Praxis entschieden hatte, die mir einen kurzen Weg zu einer Partnerschaft versprach. Es half, dass ich jung und, laut Aussage der anderen Partner, »gut zu vermarkten« war. Deshalb prangte mein Gesicht auch überall auf Parkbänken und Bussen im Großraum Seattle.

»Verdammt!« Endlich hatte ich es geschafft, die Hose hochzuziehen. Das Spandex schmiegte sich wie eine zweite Haut um meinen Schwanz. Dieser Look gefiel mir gar nicht.

Als Nächstes streifte ich mir das Trikot über den Kopf und verzog das Gesicht, als ich mich im Spiegel anschaute. Nun ja, zumindest war ich nicht mehr nackt. Wobei, das wäre vermutlich besser gewesen als dieser hautenge Rennaufzug. Es würde verdammt schwer werden, das Zeug wieder runterzukriegen.

Genervt fuhr ich mir über meine langen blonden Haare. Die brauchten dringend einen neuen Schnitt, vor allem jetzt, wo Austin nicht mehr da war. Sie war von meinem Haar nahezu besessen gewesen. Womit es nur eine weitere Erinnerung an das war, was ich verloren hatte. Wobei, kann man wirklich sagen, dass man etwas verloren hat, wenn man sich geweigert hat, es zu finden? Ich strich mir die Haare ein letztes Mal glatt, öffnete die Tür und schob den Kopf hinaus, um sicherzugehen, dass niemand da war.

Schnell verließ ich mein Büro und betete, dass der Vorratsraum, in dem wir die OP-Kleidung lagerten, offen war. Die Tür war verschlossen. Die auf der anderen Flurseite auch.

Zehn Minuten später. Ich hatte an jeder verdammten Schranktür in der Praxis gerüttelt. Und sah immer noch aus wie ein blöder Lance Armstrong.

Teile von mir versuchten eindeutig, sich zu befreien. Wie auf Kommando zuckte mein Schwanz schmerzhaft. Es gab wirklich Menschen, die dieses Zeug freiwillig trugen? Und danach noch Kinder zeugten?

Wütend schlug ich mit der Faust gegen die Wand. Ich war erschöpft von der OP. Ich litt weiter unter den Nachwehen der Panik wegen dem, was hätte schiefgehen können, und ich wollte nur meinen Tag beenden und nach Hause. Schnell schnappte ich mir ein Klemmbrett, das in der Nähe hing, um meinen Schritt dahinter zu verstecken, bevor ich fortfuhr, die Türen in diesem Flur auszuprobieren. Wo zum Teufel waren alle?

Endlich! Die Tür zum Konferenzraum ließ sich öffnen. Ich wusste, dass ich darin jemanden finden würde, der mir einen Hinweis darauf geben konnte, wo einer der Partner meine Klamotten versteckt hatte. Arschlöcher.

»Überraschung!« Lachen und Jubelrufe brandeten in dem Raum auf und jagten mir eine Heidenangst ein. Ich war gezwungen, den Raum in meinem Lance-Armstrong-Aufzug zu betreten. Bloß war ich doppelt so groß wie er, also sah ich aus, als hätte man versucht, eine Riesenwurst in ein Mini-Hotdog-Brötchen zu quetschen.

Ich biss die Zähne zusammen, um nicht zu fluchen. Zwei Schwestern starrten auf meinen Schritt, was die Sache noch verschlimmerte – denn beide hatten mir zu mehreren

Gelegenheiten deutlich zu verstehen gegeben, dass sie nichts gegen einen Quickie einzuwenden hätten.

»Tja, es sieht so aus, als wenn jemand doch keine Penisvergrößerung braucht«, rief eine vertraute Stimme und lachte.

Dann teilte sich die Menge.

»Austin.« Ich stieß ihren Namen mit Abscheu, nicht mit Sehnsucht aus. Ich weigerte mich, Schwäche zu zeigen, wenn es um das Mädchen mit der hellen Haut und den dunkelbraunen, von goldenen Highlights durchzogenen Haaren ging.

Das Mädchen, das ich zerstört hatte.

Das Mädchen, das ich immer noch wollte.

Das Mädchen, das den Mumm hatte, aus mir jemanden machen zu wollen, der ich nie sein würde.

Das Mädchen, das davongekommen war.

Sie war eine brillante und Furcht einflößende Frau in teurer Kleidung – sie sah zwar unschuldig aus, aber das war sie nicht.

Andererseits war ich es auch nicht.

Austin stand mit einer Torte in der Hand da. »Wir dachten, es wäre lustig, dich an deinem besonderen Tag zu überraschen.«

Was zum Teufel? »Mein besonderer Tag«, wiederholte ich verwirrt. Warum war sie hier in der Praxis?

»Du bist von der Stadt Seattle für deine hervorragende Arbeit im Bereich der plastischen Chirurgie ausgezeichnet worden.« Sie grinste und wedelte mit einer Plakette vor meinem Gesicht. »Ich bin persönlich vorbeigekommen, um sie dir zu übergeben.« Sie zwinkerte. »Daddy wollte das übernehmen, aber du weißt ja, wie viel er zu tun hat.«

Obwohl sie lächelte, wirkten ihre Augen leer. Ich kannte das Lächeln. Ich hätte nur nie gedacht, dass es mal auf mich gerichtet sein würde. War ich der Grund dafür? Oder war es die Traurigkeit darüber, dass ihr Vater wieder einmal zu beschäftigt für sie war – allerdings niemals zu beschäftigt für kostenlose Publicity?

Moment mal. Das ergab keinen Sinn. Warum zum Teufel überbrachte nicht er mir den Preis, sondern seine Tochter? Die Frau, an die ich nicht aufhören konnte zu denken? »Also, im Namen des Bürgermeisters von Seattle übergebe ich …« O verdammt. Alle hatten ihre Handys gezückt, um Fotos von mir mit der Auszeichnung zu machen. Und ich in Radlerhosen. »Den Preis für die beste Praxis des Jahres an dich und deinen Mitarbeiterstab.«

Mein Schwanz zuckte. Ich konnte es nicht verhindern. Sie hatte »Stab« gesagt.

»Was für eine Ehre.« Ich schaffte es, ganz ruhig zu klingen. Es geschah nicht häufig, dass jemand in meinem Alter eine Auszeichnung dieses Kalibers erhielt. Aber Austin ruinierte mit ihrer Anwesenheit diesen großartigen Augenblick.

»Und wie cool ist es bitte, dass dich das Foto in den Zeitungen gleich in deinem Outfit für das große Rennen zeigt!«, sagte sie laut, während die Kameras aufblitzten.

Ich trat von ihr weg, während die anderen anfingen, über die Auszeichnung zu reden, und darüber, wie super es war, die in so jungen Jahren und so kurz nach Beendigung der Facharztausbildung zu erhalten. Sosehr ich mich über die Auszeichnung freute, wusste ich doch, dass sie quasi wie eine Zielscheibe auf meinem Rücken war – und somit bloß weiteren Stress bedeutete.

»Großes Rennen?« Offensichtlich war ich nur noch in der Lage, alles zu wiederholen, was Austin sagte. »Was für ein großes Rennen?«

Austin zeigte auf mein Trikot. »Na, das Seattle to Portland Classic natürlich. Ich meine, zumindest steht das da auf deinem Ärmel.« Sie berührte das Shirt mit ihren Fingerspitzen und strich dann kurz über meine Haut, bevor sie die Hand wegzog und mich angrinste. »Ich wette, du kannst es kaum erwarten, auf das Fahrrad zu springen.«

Bei dem Wort »Fahrrad« brach mir der kalte Schweiß im Nacken aus und lief langsam in meine Spandex-Hose, was bedeutete, ich würde in ihr begraben werden, denn es würde nahezu unmöglich sein, dieses zu enge, schweißgetränkte Stück Stoff von meinem Körper zu kriegen, ohne mir vorher die Beine abzuhacken.

Ich starrte Austin an und hoffte, dass mein Blick sie zum Schweigen bringen würde, damit sie aufhörte, über meine Kleidung zu reden.

»Ach, du nimmst auch an dem Rennen teil?« Troy, einer der Ärzte, die ebenfalls hier arbeiteten, schlenderte grinsend in den Raum. »Wir sollten zusammen trainieren.«

Ach du Scheiße.

»Ich, äh …« War es hier drin zu heiß? Ich zupfte an dem engen Trikot, das sich mit einem peinlich schmatzenden Geräusch wieder an meine Haut schmiegte, und versuchte, mir eine Ausrede einfallen zu lassen.

»Oh, das ist eine fabelhafte Idee! Mein Vater nimmt ebenfalls teil. Vielleicht könnt ihr alle zusammen ein paar lange Trainingsfahrten unternehmen.« Austin zwinkerte mir zu. »Einige der Strecken können ziemlich brutal sein. Ich habe sogar von Radfahrern gehört, die von Autos angefahren wurden.«

Troy lachte.

Ich spürte, wie mir alles Blut aus dem Gesicht wich, als die Angst sich in Form von Bildern materialisierte, auf denen ich von einem Lkw enthauptet wurde.

»Das passiert normalerweise nicht«, erklärte Troy tröstend und tätschelte mir den Rücken. »Hätte ich gewusst, dass du auch Rennrad fährst, hätten wir diese Woche gemeinsam trainieren können. Na ja, nächstes Mal, richtig?«

»Ja«, krächzte ich und ließ ein falsches Lächeln aufblitzen. »Klingt nach einer Menge Spaß.«

Tot? Von einem Auto überfahren werden? Ich war dabei.

Er ließ mich mit Austin allein. Sie hob die Augenbrauen und bedachte mich mit einem spöttischen Lächeln. »Puh, Thatch, glaubst du, sie lassen dich mit Stützrädern fahren?« Sie schaute mich weiter lächelnd an.

Und dann fiel es mir ein, dieses Kribbeln von vorhin. Lucas' Geständnis. Der Dreckskerl! Er hatte es ihr erzählt!

Sie brach in lautes Gelächter aus. »Keine Sorge, Thatch. Trag einfach einen Helm.«

»Das reicht.« Ich packte sie am Ellbogen und zog sie von der Party weg. Im Flur war es still, bis auf das Klackern ihrer High Heels auf dem Boden.

Sobald wir in meinem Büro waren, schlug ich die Tür zu und funkelte Austin an. »Was zum Teufel glaubst du, was du da tust?«

Sie reckte das Kinn.

Gott, ich hatte es immer geliebt, wie hübsch sie war, wenn sie sauer war.

»Und woher zum Teufel weißt du …« Ich hustete und wandte den Blick ab. »Davon?«

»Davon«, wiederholte sie, während sie auf mich zukam. »Du meinst, dass du nicht Fahrrad fahren kannst?«

»Verdammt noch mal.« Ich zupfte an den Enden meiner Haare – meine einzige nervöse Angewohnheit. »Was hat Lucas dir außerdem erzählt?«

»Quak, quak.«

Ich stolperte rückwärts gegen meinen Tisch. »Du Hexe!«

»Hey, ich bin ja nicht wirklich ein Frosch. Kein Grund, dir ins Höschen zu machen – oder in deinem Fall in deine sehr, sehr engen Spandex.« Sie zog die Nase kraus. »Diese Shorts tun dem kleinen Mann da unten wirklich nicht gut, oder? Vielleicht hätte ich sie größer kaufen sollen, aber wer hätte das gedacht? Die Extragroßen waren leider aus.«

»Warte mal, was?« Ich ignorierte ihre Beleidigung und hielt ihren Blick fest. Mein Herz hämmerte mir in der Brust, während die Wut durch meine Adern pulsierte. »Du? Du hast mir das angetan? Du hast mich so gedemütigt!«

»Meine Güte, ich frage mich, warum ich das tun sollte.« Sie tippte sich mit dem Zeigefinger ans Kinn. »Und nein, ich hatte nicht vor, dich zu treffen. Vertrau mir, wenn ich dir für immer aus dem Weg gehen könnte, würde ich das tun. Angesichts des Umstands, dass unsere besten Freunde die Hände nicht voneinander lassen können, sind wir allerdings leider dazu verurteilt, einander zu sehen.« Ihr Lächeln war durchtrieben. »Du weißt doch, dass mein Dad mich manchmal diese Dinge für die Presse tun lässt. Außerdem ist er in letzter Zeit schwer beschäftigt, also …« Sie richtete sich auf, aber mir entging der Schmerz nicht, der über ihr Gesicht huschte. »Die Gelegenheit bot sich, und ich habe sie genutzt.«

Ja, klar, er war »schwer beschäftigt«. »Genau wie sich die Gelegenheit geboten hat, die Reifen an meinem Wagen aufzuschlitzen?«, hielt ich dagegen.

Um ihre Lippen zuckte es.

»Das ist nicht lustig.«

»Irgendwie schon.«

»Weißt du überhaupt, wie teuer das war? Das Abschleppen? Die neuen Reifen?«, schrie ich sie an.

Ihre Fassade bröckelte. Sie atmete tief ein und senkte den Blick. Ich wusste, dass ich sie getroffen hatte. Ihr war klar, dass ich noch meine Studiengebühren abzahlen musste, während sie zu Hause bei ihrem reichen Dad wohnte, der quasi Herrscher über die ganze Stadt war.

Mein schlechtes Gewissen erinnerte mich daran, dass sie zwar materiell alles zu haben schien, allerdings trotzdem einsam war. Ich ignorierte es, schob diese irritierenden Gefühle beiseite.

Außerdem gab es so viel, was sie nicht wusste.

Ich war zu müde, um mit ihr die Klingen zu kreuzen. Zu erschöpft, um auch nur zu versuchen, das Chaos zu ordnen, das ich für uns beide angerichtet hatte. Wir befanden uns in diesem seltsamen Stadium, in dem man miteinander geschlafen und dann Schluss gemacht hat und trotzdem die gleichen Freunde hat, wodurch es unmöglich ist, einander zu ignorieren.

»Ich habe nichts getan, um diesen Grad an …«, ich wedelte mit den Händen durch die Luft, »Wahnsinn zu verdienen. Nicht einmal von dir.«

Austin riss ihren hübschen Kopf hoch. »Du hast mich beleidigt. Gedemütigt. Du hast eine andere Frau geküsst und mich dann fallen lassen wie eine heiße Kartoffel. Nachdem du mich betrogen hattest!« Das Wort »betrogen« schrie sie so laut, dass ich sicher war, man könnte es noch im Weltraum hören.

Ich weigerte mich, mich schuldig zu fühlen. Es war zu unserem Besten. Das war die Lüge, die ich mir erzählte, und es war die Lüge, an der ich festhalten würde. »Was zum Teufel willst du, Austin?«

»Rache.« Sie lächelte kalt. »Aber ich dachte, es ist nur fair, wenn ich dich vorher warne … Das gibt dir die Chance, dich zu wappnen.« Sie stellte sich auf die Zehenspitzen und legte mir die Arme um den Hals. »Denn ich bin immer fair.«

Ich stand stocksteif da, auch wenn ich nichts mehr tun wollte, als meinen Mund auf diesen bestimmten Punkt an ihrem Hals zu drücken und meine Arme um ihre Taille zu schlingen.

Sie war eine Sucht gewesen. Eine Sucht, die uns beinahe beide zerstört hätte. Die mich von dem Weg abgebracht hatte, den niemals zu verlassen ich mir geschworen hatte.

»Rache, hm?«, flüsterte ich und berührte beinahe ihre weichen Lippen. Ich bemühte mich, ruhig zu bleiben, obwohl meine Gedanken mit Lichtgeschwindigkeit durch meinen Kopf rasten. »Das klingt schmutzig. Und wenn ich mich recht erinnere, bist du eher für ›sauber und anständig‹ zu haben.«

Ihre Augen weiteten sich verletzt.

»Einfach«, trat ich nach und hasste mich dafür. »Jung.« Sie zuckte zusammen. »Unerfahren.« Sie zog sich zurück, als würde ich auf sie schießen. Ich folgte ihr, presste sie gegen die Wand. *Genau so. Sorg dafür, dass sie wütend bleibt.* Das war der einzige Weg. »Unreif … und ohne Ziel. Versuch ruhig dein Bestes, um deine Rache zu kriegen, Austin. Verdammt, was sonst sollte ich von einem Mädchen erwarten, das erst zweiundzwanzig ist? Denn das bist du, Austin. Ein Mädchen.« Ich verdiente Ohrfeigen. »Und ich dachte, ich hätte klargemacht, dass ich eine Frau will.«

Ihre Augen füllten sich mit Tränen. »Was ist mit uns passiert?«

Ich weigerte mich, diese Frage zu beantworten. Aber ja – was war mit uns passiert? Jedes Mal, wenn ich etwas wollte, das außerhalb meiner Reichweite lag, hatte ich das dumpfe Gefühl, ich würde mich verbrennen. Und dieses Mal hatte ich recht gehabt. Ich war ein Wrack. Total zerstört. Ich hätte nur nie damit gerechnet, dass das Feuer so heiß sein würde – oder die Auswirkungen so lebensverändernd. »Hab Spaß mit deinem kleinen Racheplan. Und lass nächstes Mal mein Auto in Ruhe.«

»Ich werde es versuchen, aber du weißt, wie sehr ich diese weichen Ledersitze liebe.«

Die Erinnerung daran, wie wir uns in meinem Auto geküsst hatten, traf mich wie ein Boxhieb. Ihre hungrigen Lippen, wie sie sich an mich gepresst hatte. Meine Besessenheit, ihre Haut zu schmecken, ihr die Kleidung so schnell abzustreifen, wie es meine Hände zuließen. So war es mit ihr immer gewesen. Die

Ledersitze waren nichts im Vergleich dazu, wie sie sich unter meinen Fingerspitzen angefühlt hatte. Und dann hatte sie aus Versehen mit ihrem Po die Hupe gedrückt, woraufhin wir in lautes Lachen ausgebrochen waren, während uns jemand von draußen zurief, wir sollten uns ein Hotelzimmer nehmen. Nie zuvor hatte ich eine Beziehung erlebt, in der Lachen, Sex und Freundschaft zusammenkamen – bis zu Austin.

»Wir hatten Spaß«, bemerkte ich schließlich mit ausdrucksloser Stimme.

»Sag mir, warum wir Schluss gemacht haben, und ich werde dich in Ruhe lassen.« Sie verschränkte die Arme vor der Brust.

Sie glaubte nur, dass sie es wissen wollte. Es lag mir auf der Zunge, etwas zu erwidern. Ihrem Kummer ein Ende zu setzen. Sie dazu zu bringen, mich wieder anzulächeln – nicht mit dem leeren Lächeln, das sie für Bankette und öffentliche Zeremonien reserviert hatte, sondern mit dem, das sie mir geschenkt hatte, wenn wir allein gewesen waren. Mein Gott, ich hasste den Schmerz in ihren Augen mehr, als ich die Leere hasste.

»Das Warum wird nicht dafür sorgen, dass es dir besser geht«, erwiderte ich, nachdem das Schweigen zwischen uns zu lange gedauert hatte und ich mich wesentlich älter fühlte als meine zweiunddreißig Jahre. Hatte sie das leichte Zucken in meiner Hand gesehen? Spürte sie, wie heftig der Drang war, sie zu berühren? Wusste sie, dass mein Herz, dieses dumme, verwirrte Ding, immer noch für sie schlug?

Nein.

Und sie würde es auch nie erfahren.

»Okay. Es ist deine Beerdigung.« Sie hatte ihre Frechheit wiedergefunden und sorgte damit dafür, dass ich sie beinahe wieder küssen wollte.

Ich lachte laut auf. »Ja, okay.« Austin konnte keiner Fliege etwas zuleide tun. Ein kleiner Teil von mir machte sich Gedanken darüber, wie betrunken Lucas genau gewesen war. Ich meine, ich hatte nicht viele Geheimnisse. Eine kleine Stimme in meinem Kopf warnte mich, dass Austin wirklich meine Reifen aufgeschlitzt hatte, aber da war sie wütend gewesen. Jetzt war es anders.

Lucas hatte in seinem betrunkenen Zustand doch bestimmt nichts Wichtiges verraten, oder?

Meine Hand zuckte erneut. Austin wusste vom Fahrradfahren und von den Fröschen. Bedeutete das, er hatte ihr von all meinen Phobien erzählt? Nein. Das war unmöglich.

Seufzend wühlte Austin in ihrer Handtasche und warf mir einen Schlüssel zu. »Spind Nummer sechs, unterstes Fach.«

»Unterstes Fach?«

»Deine Klamotten.« Sie schenkte mir ein weiteres leeres Lächeln. »Sie sind vielleicht ein wenig zerknittert. Und bevor ich es vergesse …« Sie schmiss sich mir an den Hals und presste ihre Lippen auf meine. »Herzlichen Glückwunsch zu der Auszeichnung.«

Ich war zu überrumpelt, um etwas anderes zu tun, als mir über die Lippen zu lecken – ich masochistischer Mistkerl – und zu stöhnen, weil sie so gut schmeckte. Besser, als ich es in Erinnerung hatte. Wie Bonbons.

Wenn sie mich hasste, wenn sie Rache wollte … warum zum Teufel küsste sie mich dann?

Die Antwort auf die Frage bekam ich wenige Sekunden später. Als ich nämlich die Tür öffnete, um nach unten zu gehen und meine Klamotten zu holen, und mein Mund anfing zu jucken und meine Kehle sich zuschnürte.

Kapitel Drei

Austin

Ich bedeckte mein Gesicht mit den Händen und linste durch einen Spalt zwischen meinen Fingern zu dem Foto von Thatch, der sich das Gesicht kratzte. »Avery, du hast gesagt, es wäre nur eine leichte Allergie.«

Wir saßen auf einer Parkbank in der Innenstadt von Seattle und genossen die beste Muschelsuppe, die ich je gegessen hatte, während über uns Vögel herumflogen und um Reste bettelten.

Ich teilte mein Essen niemals.

Ich umklammerte meinen Suppenbecher fester und stieß Avery mit dem Ellbogen an. »Avery?«

»Hmm?« Sie war gerade dabei, Lucas zu schreiben. Vermutlich erklärte sie ihm, dass sie heute später zum Abendessen käme, weil sie beinahe seinen besten Freund umgebracht hatte.

Das war ätzend. Sie hatte ein schickes Dinnerdate, und ich schlang hier Suppe herunter und versuchte, die Tiere davon abzuhalten, sie mir wegzunehmen.

Mit einem verpeilten Grinsen im Gesicht starrte sie auf ihr Handy.

Ich schnappte es mir und setzte mich darauf. »Du hörst mir überhaupt nicht zu.«

»Natürlich tue ich das. Eine leichte Allergie. Das stimmt.« Das Problem mit besten Freundinnen war, dass ich auf ihrem Handy sitzen konnte, ohne dass es ihr etwas ausmachte. Sie würde einfach das Telefon unter meinem nackten Hintern hervorfischen und mit der gleichen Hand in die Chipstüte greifen.

»Avery!« O nein, seine Haut war komplett von Ausschlag bedeckt. Knallrote Pickel erschienen rund um seinen Mund. Wenn ich ein schrecklicher Mensch wäre, hätte ich gesagt, es sähe verdammt nach Herpes aus. Stattdessen sagte ich: »Das sieht aus, als stünde sein Gesicht in Flammen.«

»Das tut es vermutlich auch. Diese Soja-Allergie ist wirklich fies.«

Ich warf die Hände in die Luft. »Ich wollte ihn nicht umbringen!«

Ich wollte Rache, allerdings ohne Blutvergießen. Ich meine, ich würde lügen, wenn ich behaupten würde, dass ich nicht oft davon träumte, dass er von einem Auto überfahren wurde. Aber in meinen Träumen war es immer ein sehr langsam fahrender Wagen mit einer alten Großmutter hinter dem Steuer, und Thatch erlitt bloß ein paar Kratzer.

»Oh.« Diese Information schien sie zu enttäuschen, wie es sich für eine Freundin gehörte, die alles daransetzte, dass man sich wegen seines Ex-Freundes besser fühlte. Als sie mich ermutigt hatte, das Sushi mit ordentlich Sojasoße zu essen und dann mit dem Rest aus der Flasche zu gurgeln, hatte ich nicht gedacht, dass es überhaupt irgendetwas auslösen würde.

Seufzend lehnte ich mich auf der kalten Parkbank zurück und schaute mir noch mal das Foto an, das seine Rezeptionistin uns netterweise geschickt hatte. Zum Glück hatte es nur wenig bedurft, um die Frau zu bestechen, damit sie uns half – und sobald wir ihr die schmutzigen Einzelheiten verraten hatten, hatte sie es kaum abwarten können, sich auf die Seite von Team Austin zu schlagen, auch wenn sie zugab, dass er der Arzt war, mit dem man am angenehmsten zusammenarbeiten konnte.

Angenehm. Am Arsch. Das hier war Krieg. Kollateralschäden gehörten dazu.

Ich zog die Nase kraus und schaute mir das Foto ein weiteres Mal an. Offensichtlich war es möglich, trotz eines fiesen Hautausschlags verdammt sexy auszusehen.

Die Spitzen seiner blonden Haare streiften seine wohlgeformten und gebräunten Schultern, und seine hohen Wangenknochen lösten in mir den Wunsch aus, seine Gesichtszüge in Ton zu verewigen. Die Knochenstruktur dieses Mannes war wirklich irritierend.

»Er hat mir nicht verraten, warum.« Ich ließ die Schultern sinken.

»Das habe ich dir doch gesagt.« Avery tippte wieder.

»Ich habe ihm sogar ein Ultimatum gestellt: Verrat mir, warum du mich betrogen hast, warum du mir das Herz gebrochen hast, obwohl alles so gut lief. Ich meine … Ich wollte einen Abschluss, eine Antwort. Irgendetwas.« Ich warf erneut die Hände in die Luft und hätte Avery dabei beinahe mit meinem Handy im Gesicht getroffen.

»Atme tief durch«, befahl sie mir. »Das Einzige, was du wolltest, war, dass er sagt, es tut ihm leid.«

Meine dumme Unterlippe zitterte, als ich ihr recht gab: »Ja, vielleicht.«

Es sollte nicht immer noch so wehtun. Über diese Phase war ich hinweg, oder? Ich hatte das Stadium »Heulen und ungesundes Zeug essen« hinter mich gebracht, und jetzt war ich wütend. Nur hatte ich ihn heute tatsächlich gesehen, und in der Minute, in der er den Konferenzraum betreten hatte, waren alle meine Gefühle wieder hochgekocht. Es hatte sich angefühlt, als wenn sein stechender Blick direkt durch mich hindurchsehen könnte, obwohl ich in meiner besten Rüstung in seine Praxis gekommen war. Ein Bleistiftrock und eine sexy Bluse, dazu High Heels. Ich war vorbereitet gewesen.

Aber auf Thatch konnte man niemals vorbereitet sein. Er war muskulös, groß, umwerfend wie ein Model und klug. Das mit dem Klugsein war besonders schmerzhaft, weil es bedeutete, dass so viel zu seinen Gunsten sprach. Ich war immer die Kluge gewesen, und dann war Thatch in mein Leben getreten – der göttliche, perfekte, intelligente Thatch – und hatte mir das Herz gestohlen.

Averys Stimme ließ mich zusammenzucken. »Du wolltest von ihm hören, dass er dumm war, dass er es vermasselt hat, dass Brooke, die Schlampe, zufällig auf sein Gesicht gefallen ist und er keine andere Wahl hatte, als sie zu küssen, weil ihm Obi-Wan Kenobi ins Ohr geflüstert hat, wenn er den Kuss nicht erwidern würde, würde die Macht den Planeten Erde verlassen.«

»Hör mit den Star-Wars-Anspielungen auf!«

»Ich kann nicht anders.« Sie sackte in sich zusammen. »Lucas zwingt mich, mir die ganze Reihe anzugucken … Er hat nicht eher mit mir Sex, als bis ich sie alle gesehen habe.«

Ich tätschelte ihr die Schulter.

»Die Sache ist die.« Sie fuchtelte mit einem Finger in der Luft herum. »Er konnte dir nicht die Antworten geben, die du gebraucht oder gewollt hast. Ergo«, sie streckte ihre andere Hand aus und zwinkerte mir zu, »wird er dafür bezahlen.«

»Aber nicht allzu lange«, sagte ich schnell. »So unreif bin ich nun auch wieder nicht.«

Sie warf mir einen wissenden Blick zu.

»Was ist?« Ich schüttelte den Kopf. »Wirklich nicht. Ich bin erwachsen. Und Erwachsene schwören keine Rache, wenn ihr Ex-Freund auf der vorgetäuschten Verlobungsparty ihrer besten Freundin einer anderen seine Zunge in den Hals steckt.«

Nun ja, ehrlich gesagt taten sie das doch, aber ich wollte wie eine verantwortungsbewusste Erwachsene klingen und nicht wie ein Psycho, der Thatchs männlichen Körperteilen Schmerz zufügen wollte, egal, wie gut die in dieser lächerlichen Spandex-Hose ausgesehen hatten.

Eine Weile schwiegen wir, dann meinte Avery: »Also, wenn du es so ausdrückst ...«

»Was ist aus dem weißen Lattenzaun geworden?« Ich stand auf. »Oder dem süßen Hund? Oder damit, auf dem College zu heiraten? Was ist daraus geworden, dass der Mann ihn verdammt noch mal in der Hose lässt?«

»Amen, Schwester«, sagte eine an uns vorbeilaufende Frau.

»Danke!«, rief ich ihr hinterher, bevor ich mich wieder Avery zuwandte. »Jetzt mal ernsthaft: Was ist mit dem Traum passiert?«

»Dem Traum?«, wiederholte sie verwirrt.

»Dem Traum!« Verstand sie es wirklich nicht? »Aufs College zu gehen, die Liebe deines Lebens zu finden, auszugehen, zu heiraten, Kinder zu bekommen, Rechnungen kaum bezahlen zu können, auf Campingtrips zu gehen, weil man sich keinen vernünftigen Urlaub leisten kann. Was zum Teufel stimmt mit der Gesellschaft nicht? Ich will einfach nur mit meinem zukünftigen Ehemann Hotdogs essen und Netflix gucken.«

»Ich glaube nicht, dass Campingausflüge mein Ding sind. So eine Träumerin bin ich nicht. Und Hotdogs?« Avery tätschelte mir das Knie.

Ich schob ihre Hand weg. »Was ich sagen will: Irgendwo auf dem Weg haben die Männer entschieden, dass es vollkommen in Ordnung ist, ihr Ding überall reinzustecken, ohne die Konsequenzen dafür tragen zu müssen. Und das bin ich so leid! Ich bin es leid, mit jemandem auszugehen, mich in ihn zu verlieben und dann von ihm verlassen zu werden, weil ich das

Problem bin.« Ich trat mit der Schuhspitze gegen den Boden. »Ich bin hier die Normale, Avery!«

Sie verzog das Gesicht.

»Ich meine, nicht im Moment. Im Moment bin ich wütend, also darfst du das nicht gegen mich verwenden.«

Eine gute Minute lang schaute sie mich bloß an. Dann nickte sie. »Das ist fair.«

»Er wird bezahlen.« Ich reckte die Faust in die Luft. »Und ich weiß auch schon genau, wie ich es mache. Er glaubt, dieser Ausschlag im Gesicht, der aussieht wie Herpes, ist schlimm? Tja, wenn ich mit ihm fertig bin, wird er den Namen Austin Rogers nie mehr vergessen.«

»Gut gebrüllt, Löwe.« Avery stand auf und klatschte mich ab. »Bring ihn nur nicht um.«

»Ha. So viel Glück hat er nicht.«

Kapitel Vier

Thatch

Mein Gesicht brannte wie Hölle, und meine gesamte Praxis war immer noch in Aufruhr wegen der Auszeichnung. Die Nachricht von dem großen Radrennen, an dem ich angeblich mit Troy und dem Bürgermeister teilnehmen würde, hatte sich wie ein Lauffeuer verbreitet, was bedeutete, dass ich jetzt bis dahin irgendwie das Fahrradfahren lernen musste. Oder ich könnte mir einen Muskel zerren – egal, welchen – und mich so darum drücken.

Was ein einfacher Streich hatte sein sollen, war außer Kontrolle geraten, denn wie super war es bitte, dass ich nicht nur ein erfolgreicher Chirurg, sondern auch ein leidenschaftlicher Rennradfahrer war? Zumindest hörte ich das ständig von den Schwestern, sobald ich die Sicherheit meines Büros verließ. Es war egal, dass Troy seit fünfzehn Jahren Radrennen fuhr. Troy war schließlich nicht als Dr. McSteamy der Truppe bekannt. Gott mochte mir beistehen, aber wenn auch nur eine weitere Arzthelferin fragte, ob ich meine Wunden selber nähen konnte, so wie sie es in *Grey's Anatomy* gesehen hatten, würde ich den Verstand verlieren.

Mein Mund fühlte sich immer noch geschwollen an. Benadryl gab es hier in der Praxis bloß in flüssiger Form, und ich hatte eine halbe Flasche geext, weil meine allergische Reaktion so heftig gewesen war, dass ich sonst im Krankenhaus gelandet wäre.

Ich schaffte es, auf der Couch in meinem Büro zusammenzubrechen, bevor ich mit dem Gesicht voran gegen die Tür schlagen konnte. Mein Traum drehte sich um eine gewisse Frau, nur schmeckte sie jetzt nach Benadryl, und als ich ihr sagte, dass es mir leidtäte, meinte sie, ich solle zur Hölle fahren. Und dann fing sie an, mich auf Chinesisch anzubrüllen.

Als Nächstes aß ich gebratenen Reis mit Hühnchen und bestellte eine Extraportion Sojasoße, um mich dann anzuschreien: »Iss das nicht! Iss das nicht! Du wirst sterben!«

Und dann wurde es mir klar: Sie wusste von meiner Allergie.

Ich schreckte hoch.

Genau wie sie von meiner Unfähigkeit, Fahrrad zu fahren, gewusst hatte.

Und von meiner irrationalen Angst vor Fröschen, nachdem ich mit sieben Jahren mal von einem gejagt worden war.

»Heilige Scheiße!« Ich schlug mit der Faust gegen die Ledercouch, auf die die Strahlen der spätnachmittäglichen Sonne ein Muster malten.

Als ich endlich in der Lage war, einen zusammenhängenden Gedanken zu fassen, der nicht jedes Schimpfwort enthielt, das ich kannte, rief ich Lucas an.

Aber der Hurensohn ging nicht ran. Natürlich ging er nicht ran! Weil er vermutlich schon mit Avery gesprochen hatte – die offensichtlich alles, was sie von ihm über mich erfahren hatte, an Austin weitergegeben hatte.

Ein Gefühl des Grauens beschlich mich. Wie betrunken war er gewesen, dass er alle meine Geheimnisse – zumindest die, die er kannte – Avery gegenüber ausgeplaudert hatte? Was unsere Freundschaft anging, saß der Scheißkerl erst mal auf der Bank, so viel war sicher!

»Tot«, sagte ich laut. »Er ist tot.«

Es klopfte an der Tür.

Ich rieb mir über die Augen. »Ja?«

Die Tür ging auf und enthüllte den Mann der Stunde höchstpersönlich. Lucas zuckte zusammen, als er mein Gesicht sah. Dann zeigte er mit dem Finger darauf. »Ist das ein Ausschlag?«

Hastig suchte ich meine Umgebung nach einem scharfen oder schweren Objekt ab, das ich ihm in seine belustigte Fresse werfen konnte, doch da war nichts. »Nein«, zischte ich, und meine Stimme troff vor Sarkasmus. »Erwachsenen-Akne.«

»Ich habe gehört, dass die Kids von heute dagegen Proactiv benutzen. Ist vielleicht einen Versuch wert«, bemerkte er grinsend, bevor er sich auf den am weitesten von der Couch entfernten Stuhl setzte.

»Ich werde dich vermutlich umbringen«, unterrichtete ich ihn unbekümmert. »Wenn ich nicht mehr high vom Benadryl bin und wieder pinkeln kann, ohne auf der Toilette ohnmächtig zu werden.«

Lucas verzog angewidert das Gesicht.

»Bist du hier, um dich dafür zu entschuldigen, dass Austin beinahe einen Mord begangen hätte?«

Sein schuldbewusster Blick sagte alles. »Das ist doch eine Soja-Allergie. Und es ist ja nicht so, als hättest du eine Sojabohne abgelutscht.«

»Nein!« Ich stand auf. »Nein, du darfst hier keine Rechtfertigungen von dir geben. Ich wäre beinahe gestorben! Und wer zum Teufel lutscht schon eine Sojabohne ab?«

»Menschen, die Soja mögen?« Er zuckte mit den Schultern. »Woher zum Teufel soll ich das wissen? Und was meinst du damit, du wärst beinahe gestorben?«

Ich atmete tief ein und erklärte es ihm. »Sie hat mich geküsst …«

»Sie hat dich geküsst?«

Ich hob meine Hand, um ihn zum Schweigen zu bringen. »Sei still. Sie hat mich geküsst, und kurz darauf sind meine Lippen an- und meine Kehle zugeschwollen.«

»Ach du Scheiße«, murmelte Lucas. »Der Kuss des Todes.« Er erschauerte. »Der bekommt jetzt eine ganz neue Bedeutung, oder?«

Der Drang, ihm eine Ohrfeige zu verpassen, war stark. Meine Hand zuckte schon.

Lucas sah erst zu meiner Hand, dann zu mir. »Chirurgenhände. Du hast Chirurgenhände, Thatch. Du willst mich nicht schlagen und danach nicht mehr in der Lage sein, zu operieren. Außerdem, was würden all diese wunderschönen Brüste ohne dich tun?« Er stand auf. »Sie blieben flach, und die Welt würde aufhören zu existieren.« Er machte das Geräusch einer Explosion nach und fuchtelte mit den Händen in der Luft herum.

»Nein.« Ich schüttelte den Kopf. »Einfach …« Ich ließ mich wieder zurücksinken, weil mir vom Benadryl immer noch schwindelig war. »Die Brüste würden überleben. Ich hingegen würde meinen verdammten Verstand verlieren. Du weißt, dass ich arbeiten muss, um nicht wahnsinnig zu werden.«

Da war es mir herausgerutscht.

Ich hasste es, Schwäche zuzugeben. Und das war eine von ihnen. Ich war ein echter Workaholic. Ja, ich liebte meinen Job, doch es war mehr als das. Ich hatte das Gefühl, mich meinem Vater gegenüber beweisen zu müssen. Dem Mann, der mir quasi angedroht hatte, mich zu enterben, wenn ich mich für plastische Chirurgie entscheiden würde. Ich hatte einen Grund, warum ich mir den Arsch abarbeitete. Und es war nicht Geld.

»Die Arbeit des einen ist das Vergnügen des anderen«, sagte Lucas. Ich wusste, dass er nur einen Witz machte, aber trotzdem zerrte es an meinen Nerven, dass er den Eindruck hatte, mein Job bestünde daraus, über einer Frau zu stehen und meinen Kopf zwischen ihren neuen Brüsten zu vergraben.

»Okay.« Ich klatschte in die Hände und ignorierte meine schwelende Wut auf ihn, meinen Vater, die Situation, mich. »Spuck es aus, was hast du ihr erzählt? Denn im Moment schlagen meine Gedanken sehr, sehr dunkle Wege ein. Beängstigende Wege. Wege, an deren Ende Menschen an Soja-Allergie sterben.«

»Du bist in Gedanken in China?«

»Für so etwas bin ich noch zu benebelt.« Ich schloss kurz die Augen, dann öffnete ich sie wieder. »Also?«

»Warum hast du mit ihr Schluss gemacht?« Er kniff die Lider ein wenig zusammen und jeglicher Anflug von Humor verschwand aus seiner Miene. »Ich will den echten Grund wissen. Du weißt, dass du es mir erzählen kannst, oder?«

Meine Gedanken rasten zu dem Tag zurück. Zu dem Abend. Zu dem, was an dem Tag passiert war. Zu der Gelegenheit, die Brooke mir geboten hatte. Dem Ausweg. Und zu der mit Trauer vermischten Erleichterung beim Anblick von Austins erschütterter Miene.

Zu der absoluten Qual, die Sache zu beenden, wo ich sie eigentlich einfach nur in den Armen halten, mich entschuldigen und ihr die Wahrheit hatte sagen wollen.

Doch an jenem Tag hatten mich die Worte meines Vaters verfolgt, und so hatte ich das Undenkbare getan.

»Ich war fertig mit ihr. Außerdem, willst du hier den ersten Stein werfen? Du hattest deine Hände in jedem bloß erdenklichen Honigtopf, bist gleichzeitig mit mehreren Frauen ausgegangen und wegen des verdammten Grübchens in deinem Kinn damit durchgekommen. Du hast dich nie entschuldigt. Okay, ich habe ein anderes Mädchen geküsst, während ich mit

Austin zusammen war, aber ich habe ja nicht mit ihr geschlafen!« Als ich mit meiner kleinen Rede fertig war, atmete ich schwer. Lucas sah mich mit einem schwer deutbaren Ausdruck in den Augen an. Dann verzogen sich seine Lippen zu einem Lächeln. »Was ist? Was soll dieser Blick? Der gefällt mir nicht.« Ich stand auf und tigerte auf und ab.

»Alles«, verkündete er mit geschmeidiger, selbstbewusster Stimme. »Avery hat gesagt, ich habe ihr alles erzählt, und sie hat ein paar Dinge aufgeschrieben.« Er zog ein gefaltetes Stück Papier aus der Tasche und hielt es mir vor die Nase. »Beinahe hätte ich dir das nicht gegeben ...« Sein Lächeln verschwand. »Doch du hast gerade dafür gesorgt, dass ich meine Meinung geändert habe.«

»Gott sei Dank.« Ich seufzte erleichtert auf und schnappte mir den Zettel. Vorsichtig, um ihn nicht zu zerreißen, faltete ich ihn auf und strich ihn auf meinem Schreibtisch glatt.

Lucas stand auf und schaute mir über die Schulter. »Es könnte schlimmer sein.«

Ich biss die Zähne zusammen, während meine Anspannung wuchs. »Es könnte schlimmer sein?« Ich klammerte mich so fest an die Schreibtischplatte, dass meine Fingerknöchel weiß hervortraten. »Diese Liste enthält dreißig Punkte.«

»Stimmt«, bestätigte Lucas langsam und zeigte dann auf den Zettel. »Frösche stehen allerdings zweimal drauf, also sind es eigentlich bloß neunundzwanzig.«

»Ich bring dich um.«

»In deinem benebelten Zustand?« Er schnaubte. »Wohl kaum. Das wäre, als würde eine Schildkröte einen Sprintläufer jagen.« Er schlug mir auf den Rücken. »Nur für den Fall, dass du es nicht weißt, du wärst in diesem Szenario die Schildkröte.«

»Danke«, presste ich hervor.

»Schildkröten-Power.« Er reckte die Faust in die Luft. »Okay, meine Arbeit hier ist erledigt. Du kannst dein

Mittagsschläfchen fortsetzen, während ich mich vom Tequila fernhalte, damit ich Avery nicht erzähle, wie du damals aus Versehen deine Grandma auf die Lippen geküsst hast und dass du seitdem keinen Lippenbalsam mit Kirschgeschmack mehr erträgst.«

»Lucas!«, rief ich. »Verdammt, Mann. Du bist noch nicht mal betrunken! Du kannst nicht einfach herumlaufen und solche Dinge erzählen. Austin hasst mich. Sie hasst mich so sehr, dass sie mir die Reifen aufgeschlitzt hat. An meinem Auto.«

Lucas stieß einen Pfiff aus. »Natürlich an deinem Auto. Es ist ja nicht so, als hättest du ein Fahrrad.« Er grinste und lachte, als ich ihm den Stinkefinger zeigte. »Sorry, war das zu früh?«

»Du bist für mich gestorben.«

»Treffen wir uns später auf einen Drink?« Er setzte die Sonnenbrille auf und ignorierte meinen Nervenzusammenbruch. »Sagen wir, um sieben?«

Ja, klar, denn das wäre nach dem Benadryl unglaublich clever. »Na gut«, lenkte ich ein. »Aber du bezahlst.«

»Okay.«

Damit drehte er sich zur Tür um.

»Und das bedeutet nicht, dass ich nicht immer noch sauer bin.«

»Hey, wir reden hier von Austin«, meinte er nur. »Glaubst du wirklich, sie wäre in der Lage, dein Leben zu zerstören?«

Zu spät, wollte ich sagen. Sie hatte mein Leben in der Minute zerstört, in der sie es betreten hatte. Denn mir war klar gewesen, dass wir von geborgter Zeit lebten. Und diese Vorstellung hatte mir die Fähigkeit geraubt, zu atmen.

»Ja, das glaube ich«, brachte ich krächzend heraus.

»Du hast sie betrogen – sie wird darüber hinwegkommen. Außerdem verkupple ich sie mit einem meiner Kollegen. Das hilft ihr vielleicht, dich zu vergessen.«

Ich sah rot. Blutrot.

»Was zum Teufel!«, brüllte ich so laut, dass sich die Leute auf dem Flur umdrehten.

Lucas schloss die Tür hinter sich und ließ mich in einer angespannten Stille zurück, in der ich nur mein Herz hörte, das gegen meine Brust hämmerte.

Ein anderer Kerl? Ein Teil von mir wusste, wenn sie nicht mit mir zusammen war, würde sie mit jemand anderem zusammenkommen. Aber ich hatte die Vorstellung, dass sie so schnell nach dem Ende unserer Beziehung wieder ausgehen würde, weit von mir geschoben.

Sex, um wieder auf die Füße zu kommen? Austin? Und warum zum Teufel störte es mich so sehr, dass ich sie erfolgreich in die wartenden Arme eines anderen geschubst hatte?

Ach, stimmt. Weil ich sie liebte.

Das Leben war grausam. Und eines war sicher. Mein Hass auf die Situation passte zu der Liebe, die ich für Austin empfand – und manövrierte mich in eine Zone, in der meine einzige Option eine verzweifelte war. Ich würde sie einfach gehen lassen müssen.

Ich warf einen erneuten Blick auf die Liste.

Tja, und ich würde versuchen müssen, den Hurrikan zu überleben, der sich Austin Rogers nannte.

Ja, ich musste definitiv Geld in einen Tiefschutz investieren. Und in einen Helm.

Kapitel Fünf

Austin

»Also?« Ich verknotete meine Finger im Schoß, während Lucas sich elend lange Zeit damit ließ, seine Sonnenbrille abzusetzen, sein Jackett auszuziehen und seinen Kaffeebecher an die Lippen zu heben.

Als er endlich einen Schluck nahm, fühlte ich mich wie an dem Faultiertresen in der Zulassungsstelle von *Zoomania*. Meine Lider fingen an zu zucken, und ich hatte mir zweimal auf die Zunge gebissen, um ihn nicht anzuschreien oder mich quer über den Tisch auf ihn zu stürzen und Antworten zu verlangen.

»Ganz ruhig.« Lucas zuckte mit den Achseln. »Er ist ein kaltherziger Mistkerl, der vermutlich allein sterben wird – oder mit einem Rezept für Viagra auf dem Nachttisch und einem dreißig Jahre jüngeren Mädchen an seiner Seite, das ihm sagt, er solle sie härter rannehmen.« Er beugte sich vor, und seine Augen funkelten amüsiert. »Ich habe ihm die Liste gegeben.«

Als Avery laut loslachte, atmete ich erleichtert aus. »Oh, das ist großartig. Austin, du hast es geschafft, sogar seinen besten Freund gegen ihn aufzubringen. Gut gemacht.«

Wäre ich nicht so auf Lucas konzentriert gewesen, hätte ich seinen entsetzten Gesichtsausdruck nicht mitbekommen. War er wirklich auf unserer Seite? Oder auf der von Thatch?

»Ho, ganz ruhig, Brauner.« Lucas hob die Hände. »Ich wollte ihn nicht schwächen.« Er hustete. »Also, nicht noch mal. Aber er war so …«

»Thatch«, sagten wir gemeinsam. Man konnte diesen Mann wirklich nicht beschreiben. Er war nicht unbedingt arrogant, doch er war dieser Typ Kerl, bei dem man, nachdem er einen an sich herangelassen hat, feststellt, dass man ihn nie wirklich gekannt hat. Er hatte viele Schichten, und er zeigte nur die, die er zeigen wollte. Vereinfacht ausgedrückt: Der Mann hatte schwerwiegende Vertrauensprobleme, daher unsere Bemerkung.

»Genau.« Lucas stieß den Atem aus. »Außerdem hat er mich angelogen und dann versucht, mir für sein Verhalten die Schuld zu geben.«

Schweigen senkte sich über den Tisch.

Lucas fluchte. »Na gut. Ich war nicht wirklich der beste Einfluss.«

»Du hattest einen Kalender«, merkte Avery an.

»Für Frauen«, ergänzte ich. »Mehrere Frauen.«

»Viele Frauen.« Avery nickte. »Mit denen du zur gleichen Zeit ausgegangen bist.«

»Und mit denen du geschlafen hast.« Wir wechselten einen Blick.

»Hey!« Lucas rutschte mit dem Stuhl zurück und hob abwehrend die Hände. »Ich bin gerade dem Team Austin beigetreten! Ich bin auf eurer Seite. Und ja«, erklärte er und verlagerte unbehaglich das Gewicht, während er an seiner schwarzen Krawatte zupfte. »Ich war kein guter Einfluss, aber jetzt lebe ich glücklich auf der anderen Seite dieser Medaille, wohingegen Thatch es sich auf der dunklen Seite gemütlich einrichtet, okay?«

»Das ist ein guter Punkt.« Avery seufzte glücklich und gab Lucas einen Kuss auf die Wange. »Danke, dass du ihm die Liste gegeben hast. Das wird es für Austin so viel leichter machen.«

Lucas schüttelte den Kopf. »Was ihr vorhabt, ist grausam. Das wisst ihr, oder?«

»Aber Lucas …« Ich klimperte mit den Wimpern. »Ich tue doch gar nichts. Das ist ja das Tolle daran.«

Er schnaubte. »Ganz genau. Du treibst ihn in den Wahnsinn. Vertrau mir, er wird nachts nicht in den Schlaf finden und dann jemandem eine dritte Brust verpassen. Der arme Kerl ist sowieso schon so gestresst. Wisst ihr eigentlich, wie viele Brust-OPs er jeden Tag durchführt?«

»Anklage wegen eines Kunstfehlers.« Avery nickte und ignorierte Lucas völlig. »Damit könnten wir arbeiten.«

»Wir werden nicht dafür sorgen, dass er gefeuert wird«, sagte Lucas mit Stahl in der Stimme. »Er braucht seinen Job. Er liebt seinen Job. Er liebt es, die Knochen in den Nasen der Leute zu brechen und ihnen sonst was zu injizieren. Und außerdem ist er gut darin. Also …«, er stand auf und griff nach Averys Hand, »quält ihn für ein paar Wochen, damit er den Schmerz fühlt, und dann lasst es gut sein.«

Ich schluckte. Er hatte recht. Thatch zu verletzten würde nicht dafür sorgen, dass mein Schmerz verschwand. Aber Rache fühlte sich trotzdem gut an.

Genau wie ihn zu küssen. Was bedeutete, dass sein Mund eine sehr gefährliche und süchtig machende Sache war. Genau wie seine Haare. Sein Körper. Wie er schmeckte.

Hmpf.

»Austin«, rief Lucas. »Ich habe ihm gegenüber vielleicht auch erwähnt, dass ich dir ein Blind Date vermittle. Das schien in unserem Freund den Wunsch zu wecken, die Tapete von den Wänden zu reißen und wie ein Höhlenmensch zu brüllen.« Er zuckte lässig mit einer Schulter. »Ich dachte, dass dich das vielleicht interessiert.«

»Nicht«, flüsterte ich. »Das macht einem Mädchen wie mir nur Hoffnung, dass er seinen Kopf aus dem Hintern zieht und erkennt, was er verloren hat. Und ich bin mir ziemlich sicher, das würde nur passieren, wenn der Weihnachtsmann Thatch eine Seele schenkt. Oder zumindest ein Herz.«

»Autsch.« Lucas zuckte zusammen. »Okay, was immer du sagst. Ich muss wieder an die Arbeit. Also versucht, nicht verhaftet zu werden.« Er hielt inne und wechselte einen Blick mit Avery. »Aber falls doch, guck, ob du die Handschellen behalten kannst, okay?«

Lachend gab sie ihm einen Kuss, bevor sie ihn zur Tür begleitete.

Ich lehnte mich in meinem Stuhl zurück und schmollte.

Wir waren in dem gleichen Coffeeshop, in dem Avery mir gestanden hatte, dass sie wegen Lucas verwirrt war. Ich war damals wegen meiner Beziehung zu Thatch so selig gewesen und hatte ihr erzählt, wie gut es war, wie ehrlich, wie wundervoll.

Jetzt waren sie und Lucas verliebt.

Und ich war … verhasst. Wenn das das Gegenteil von verliebt ist.

Das war ätzend.

Ich guckte auf mein Handy, ob ich irgendeine Nachricht von Thatch erhalten hatte. Ha! Das musste ich mir sofort abgewöhnen!

»Mist.« Ich stand auf und schnappte mir meine Tasche. Ich würde mal wieder zu spät zur Vorlesung kommen.

»Avery!« Auf dem Weg nach draußen stieß ich sie und Lucas mit dem Ellbogen an. »Ich habe total die Zeit aus den Augen verloren. Meine Social-Media-Vorlesung fängt in zehn Minuten an. Ich muss los.«

»Rufst du mich an?«

»Jap!« Ich sprintete zu meinem Mercedes. Während der Fahrt drehte ich die Musik voll auf.

Zumindest erwartete mich etwas, das mich von meinem Herzschmerz ablenken würde. Ein Professor, der mich nicht ausstehen konnte.

Ich trat das Gaspedal fester durch – ich durfte nicht schon wieder zu spät kommen. *Komm schon, komm schon!* Ich betete, dass die Zeit sich ein wenig verlangsamen und mein Auto schneller werden würde, bis ich schließlich den Campus erreichte.

Und sah, dass der Parkplatz wegen Bauarbeiten geschlossen war.

»Mist!«

Okay. Ich würde zu spät kommen.

Viel zu spät.

Kapitel Sechs

Thatch

»Ich weiß, das muss Ihnen seltsam vorkommen, und ich entschuldige mich, weil meine Hände so kalt sind.« Ich zwinkerte meiner Patientin zu, legte meine rechte Hand an ihre linke Brust und umfasste die andere mit meiner Linken. »Aber ich muss mir einen Eindruck verschaffen.«

Ich liebte meinen Job. Und meine Patientinnen. Also meistens.

Doch es gab immer diese Konsultationen, von denen man wusste, dass sie schieflaufen würden, bevor man noch den Raum betreten hatte.

Das hier war eine davon. Oder sollte ich sagen, *sie* war eine davon?

Die meisten Achtzehnjährigen, auf die ich bei meiner Arbeit traf, waren verwöhnte Gören, die entweder viel zu viel mit dem Mann flirteten, der kurz davor stand, ihren Busen zu untersuchen, oder die meine professionelle Einschätzung infrage stellten, egal, wie sie ausfiel.

Es war bereits ein langer Tag gewesen. Und angesichts der Kaugummiblase, die vor ein paar Minuten vor meinem Gesicht geplatzt war, als ich mich vorgestellt hatte, würde er noch verdammt viel länger werden.

Das Mädchen reckte ihre Brüste vor, als wären sie ein Geschenk Gottes. Das waren sie nicht. Denn sonst wäre sie ja nicht hier, weil sie mehr wollte, oder?

Was Brustvergrößerungen anging, gab es drei Arten von Patientinnen. Zuerst waren da die, die immer schon eine flache Brust gehabt hatten und sich weiblicher fühlen wollten – die waren mir die liebsten. Ich liebte es, wie eine einfache Veränderung ihnen mehr Selbstbewusstsein schenkte. Oft weinten sie beim ersten Besuch, und ich gab mein Bestes, um sicherzustellen, dass sie am Ende mit ihrem Körper zufrieden waren – genau wie ich mein Bestes gab, um ihnen zu vermitteln, dass sie bereits vor der OP perfekt gewesen waren.

Dann gab es die Patientinnen, die nach Perfektion strebten und die mit nichts an ihrem Körper jemals zufrieden waren und es auch niemals sein würden. Die waren allerdings lange nicht so schlimm wie die dritte Kategorie.

Diejenigen, die glaubten, ein kleiner Eingriff würde ihr Leben verändern. Die glaubten, dass Schönheit nur das Äußere betraf und nicht das Innere.

Eine weitere Kaugummiblase platzte vor meinem Gesicht. Beweisstück A.

Diese Frauen wollten ihre Brüste immer größer, praller, fluffiger. Ja, ein Mädchen hatte mich mal um »fluffige Titten« gebeten, und da ich der beste plastische Chirurg in Seattle bleiben wollte, hatte ich ihr den Weg zur Tür gezeigt.

Was zum Teufel? Fluffig?

Ich war immer noch ein wenig groggy von dem Benadryl, doch ich musste diesen letzten Termin durchziehen, bevor ich mich mit Lucas traf. Ich wusste, dass Alkohol in Kombination mit einem Antihistaminikum eine schlechte Idee war, aber ich hoffte, dass sich beides vertragen würde, wenn ich bloß genügend äße.

Außerdem ging es um Austin. Sie war Grund genug, das Risiko einzugehen, oder?

Kopfschüttelnd nannte ich die Maße, die meine Helferin aufschrieb, und zeichnete eine gestrichelte Linie auf der Unterseite der Brust ein. »Die Rechte sitzt einen halben Zentimeter höher.«

Die Patientin senkte den Blick. »Für mich sieht es gut aus.«

»Ach was«, erwiderte ich gelangweilt. Gott schütze mich vor achtzehnjährigen Mädchen, die sich eine Brustvergrößerung anstelle eines Autos wünschen und deren Eltern reich genug sind, um ihnen diesen Wunsch zu erfüllen. Wohin hatte sich unsere Gesellschaft nur entwickelt?

»Können Sie die so machen, dass sie mehr hüpfen?«

Wenn ich einen Penny hätte für jedes Mal …

»Sicher«, schnaubte ich, genervt, weil ich genervt war. Normalerweise liebte ich meinen Job, aber normalerweise litt ich auch nicht unter einem Benadryl-Kater oder unter der traurigen Besessenheit, über meine Lippen zu lecken in der Hoffnung, dort noch ihren Geschmack zu finden.

Verdammt. Das war alles ihre Schuld. Alles. Das Trinken. Die langen Nächte, in denen ich das Kissen anstarrte, auf dem sie geschlafen hatte. Während ich trank. Die betrunken geschriebenen und dann gelöschten Nachrichten, die abzuschicken mir der Mut fehlte.

Technisch gesehen war es nicht ihre Schuld, das verriet mir die Logik. Die Logik sagte mir auch, dass ich mir diese Situation selbst eingebrockt hatte – obwohl der Grund dafür wiederum nicht mein Fehler gewesen war.

Verdammt, jemand sollte mir mein Handy wegnehmen oder wenigstens eine App entwickeln, die dumme Ex-Freunde davon abhielt, jedes Mal, wenn sie Whiskey tranken, einen Idioten aus sich zu machen.

»Beinahe fertig.« Ich räusperte mich und gab meiner Assistentin noch ein paar Maße durch, dann zog ich den weißen Papierkittel wieder über die kecken Brüste meiner Patientin. »Sie sind eine perfekte Kandidatin für eine Brustvergrößerung.« Verdammt, das konnte ich im Schlaf herbeten. Tatsächlich war ich dafür bekannt, im Schlaf nach Austins Brüsten zu greifen und Zahlen zu rufen, als wäre sie meine Helferin.

Ja, ich war nicht ganz richtig im Kopf.

Austin.

Verdammt.

Es lief immer wieder auf sie hinaus.

Andererseits war so das Leben. Entscheidungen kamen immer wieder zu einem zurück, um einen in den Hintern zu beißen. Meine erste schlechte Entscheidung war gewesen, sie in jener Nacht mit nach Hause zu nehmen.

Die zweite? Sie zu betrügen. Absichtlich.

»Doktor?«, hakte meine Helferin nach.

»Sorry.« Ich zwang mich zu einem Lächeln. »Wie gesagt, Sie sind eine perfekte Kandidatin. Ich schlage vor, Sie ziehen sich jetzt wieder an, und dann können Sie mit Dawn über einen Termin und die Finanzierung sprechen.«

Ich war gelangweilt. Und wütend. Und dafür konnte ich nur mir die Schuld geben. Denn es war Bullshit, wenn die Leute behaupteten, sie hätten unabsichtlich betrogen. Man landet nicht unabsichtlich auf dem Gesicht eines anderen Menschen. Man lässt nicht unabsichtlich seine Klamotten auf den Boden fallen.

Ich hatte genau gewusst, was ich tat. Ich konnte immer noch die Luft im Schlafzimmer schmecken. Das Shampoo des Mädchens riechen, bevor ich ihre Lippen berührte.

Und ich spürte weiter den sengenden Schmerz, nachdem der Kuss zu Ende gewesen war – denn ich hatte das Beste ruiniert, was mir je passiert war.

Nicht alle Betrüger sind gleich gestrickt. Ich hatte genau das getan, was ich – nachdem ich meine Eltern hatte leiden sehen – immer geschworen hatte, niemals zu tun. Aber ich tat es aus den richtigen Gründen.

Also ja, einige Betrüger sind echt mies. Doch einige … Nun, manchmal ist es in Ordnung, zu betrügen. Ich würde es wieder tun. Wenn ich sie damit retten könnte. Ich würde es jeden verdammten Tag tun.

»Dr. Holloway?« Mia klopfte an die Tür.

Ich stand auf und entschuldigte mich. Normalerweise dauerten die Termine wesentlich länger, aber Teenagermädchen wollten nicht über Größen oder medizinische Fachbegriffe sprechen. Sie wollten einfach nur größere Brüste. Sie wollten immer das hochwertigste Implantat. Und sie wollten wissen, ob sie danach immer noch Gefühl in den Nippeln hätten. Darüber hinaus stellten sie keine Fragen, weil die meisten von ihnen es nicht als Operation ansahen.

Also verließ ich den Raum. Da sich zwischen meinen Schläfen ein Kopfschmerz ankündigte, holte ich schnell meine Sachen aus meinem Büro, um mich mit Lucas zu treffen.

* * *

»Du bist zu spät dran.« Lucas trank einen großen Schluck von seinem Bier und warf mir über den Rand seines Glases hinweg einen Blick zu. »Einunddreißig Minuten und zehn Sekunden zu spät, aber mal ehrlich, wer achtet auf so was? Ich dachte schon, du hättest mich sitzen lassen.«

»Sorry«, keuchte ich und winkte eine Kellnerin herbei. »Der Verkehr war die Hölle, und ich war …« Es war mir peinlich, es auszusprechen. Ich hatte auf dem Rücksitz nachgeschaut, ob sich da jemand versteckt hatte. Das war meine irrationale Angst Nummer zwei. Und dass nichts von meiner Sonnenblende herunterfiel. Irrationale Angst Nummer drei. Und – und das ist das Beste – ich sah ein weiteres Mal nach, weil ich immer noch nicht darauf vertraute, dass sich wirklich niemand auf dem Leder meiner Rücksitzbank herumlümmelte.

Ich würde Austin umbringen. Die Liste, die Avery geschrieben hatte, war lang. Ausführlich. Ich hatte sie eine gute Stunde lang studiert und war zu dem Schluss gekommen, dass ich dazu verdammt war, ein Leben in konstanter Paranoia zu leben, bis Austin zufrieden war.

Ich wartete also eigentlich nur darauf, dass der Springteufel aus der Kiste kam. Und das für den Rest meines elendigen Lebens. Während ich ein paarmal die Woche eine OP durchführen musste.

»Ich war …« Ich räusperte mich. »Ich habe bloß ein paar Sachen am Auto gecheckt.«

»Oh, macht es wieder Probleme?«, fragte Lucas interessiert.

»Das könnte man so sagen.« Schnell wechselte ich das Thema. »Also, wie geht es Avery?«

»Ihr geht es grandios!«, erwiderte eine weibliche Stimme hinter mir. »Und sie platzt außerdem in euren Jungsabend hinein. Sorry, Lucas dachte, du würdest nicht kommen.«

»Schon gut«, bemerkte ich mit einem angespannten Lächeln, denn wer war da bei Avery? Ihre bessere Hälfte. Ihre beste Freundin. Ihre sehr attraktive beste Freundin. Im Hauch eines Kleids. Ich wandte schnell den Blick ab. »Austin.«

»Hi«, gab sie zuckersüß zurück.

Avery hüstelte hinter vorgehaltener Hand. »Also, was trinkt ihr so?«

Ich machte mir im Geiste eine Notiz, meine Hand die ganze Zeit über mein Glas zu halten, nur für den Fall, dass Austin ein

Gift dabeihatte und wissen wollte, wie schnell es einen Mann umbrachte, wenn es man es mit Cola und Rum mischte.

»Bier.« Lucas hob sein Glas.

Avery rümpfte die Nase. »Ich hasse Bier. Ich werde mir, glaube ich, einen Wein bestellen.« Sie presste die Lippen zusammen und überflog kurz die Getränkekarte, während Austin mich aus dem Augenwinkel anfunkelte und langsam nach meinem Drink griff.

Ich tat, als bemerkte ich es nicht, dann entriss ich ihr das Glas und trank es in einem Zug aus. In der Minute, in der ich fertig war, grinste sie, als hätte sie gerade gewonnen.

Und ich merkte, dass neben ihr zu sitzen mir Paranoia verursachte. Ich wollte nicht, dass sie meinen Drink nahm oder irgendetwas hineinschüttete, also beschloss ich – was? Mich bis zur Besinnungslosigkeit zu besaufen?

»Ich verstehe, was du da versucht hast«, flüsterte ich. »Sehr clever.«

»Wart's nur ab.« Sie biss sich auf diese Weise auf die Unterlippe, die mich wahnsinnig machte – und das wusste sie. Mein Blut erhitzte sich, und meine Hände ballten sich unwillkürlich zu Fäusten. Die Kellnerin kam und ging wieder, und ich war dankbar, dass ich nicht mehr die Radlerhosen trug. Denn darin wäre es unmöglich gewesen, zu verbergen, welche Wirkung Austin auf mich hatte – und immer haben würde.

Mit einem Mal schaute sie auf ihr Handy, dann zur Tür, und lächelte. Das gefiel mir gar nicht. Es verursachte erneut dieses seltsame Gefühl in meinem Magen – als würde gleich die Hölle losbrechen und als wäre ich das unglückselige Ziel von dem, was auch immer sie sich in ihrem hübschen Köpfchen ausgedacht hatte.

»Dad!«, rief sie.

»Oh, verdammte Scheiße.« Ich schloss kurz die Augen, bevor ich sie wieder öffnete und aufstand.

Ihr Dad war ein aufgeblasener Mistkerl.

Und die Tatsache, dass ich seinem kleinen Mädchen das Herz gebrochen hatte? Nun, sagen wir, ich war mit einem Mal sehr dankbar, dass er Demokrat und für die Kontrolle von privaten Schusswaffen war.

»Bradley.« Ich streckte ihm die Hand hin.

Er starrte sie einen Moment an, bevor er sie unnötig hart packte und drückte. »Ich habe gehört, du wirst mit uns am Rennen teilnehmen?«

»Mit uns?«, wiederholte ich.

»Daddy!« Austin kicherte. »Ich habe dir doch gesagt, dass es eine Überraschung ist. Aber na gut, ich schätze, jetzt ist die Katze aus dem Sack.«

Ich zwang mich zu einem Lächeln.

»Team Rogers!« Bradley nickte und schlug mir hart auf die Schulter. »Wir haben jedes Jahr den ersten Platz belegt.«

Tja. Mist.

»Den ersten?« Ich kämpfte darum, Luft in meine Lungen zu bekommen. Bisher konnte ich noch nicht einmal überhaupt Rad fahren, geschweige denn irgendjemanden dabei schlagen. Vielleicht würden sie mich auch mitzählen, wenn ich ein Rad mit Zehngangschaltung über die Ziellinie trüge? Nein? »Das ist wirklich beeindruckend.«

»Wir verlieren nie.« Seine Augen verengten sich, als er mir seinen Finger gegen das Brustbein stieß. »Aber einer der Jungs fällt aus, und als Austin erwähnt hat, wie sehr du das Rennradfahren liebst, dachte ich, was soll's? Begraben wir das Kriegsbeil.«

Es gab ein Kriegsbeil? Wie groß genau war das wohl?

»Das ist sehr lieb von dir, Daddy.« Austin stellte sich auf die Zehenspitzen und gab ihm einen Kuss auf die Wange. »Hast du hier eine Verabredung?«

Sein Blick schoss zwischen uns beiden hin und her. »Ein Arbeitskollege.« Sein lässiges Lächeln kehrte zurück. »Thatch, wir trainieren diesen Freitag um sechs Uhr früh. Wir treffen uns am Gas Works Park.«

Er schüttelte mir ein weiteres Mal die Hand und verschwand.

Sechs Uhr. Morgens.

Austin wandte sich mit einem triumphierenden Lächeln zu mir um. »Soll ich es ihm verraten? Oder willst du?«

Zum Glück war gerade die Kellnerin mit einem weiteren Drink gekommen. Ich leerte ihn zur Hälfte und ließ mich wieder auf den harten Holzstuhl fallen. Lucas und Avery schauten mich zutiefst amüsiert an.

»Lacht nur, so viel ihr wollt«, sagte ich und griff erneut nach meinem Glas. »Aber ich ziehe vor einer Herausforderung nicht den Schwanz ein.« Warum zum Teufel schrie ich?

»Kumpel.« Lucas räusperte sich und wischte sich eine Träne fort. »Als du es das letzte Mal probiert hast ...«

»Nicht jetzt!«, brüllte ich. »Verdammt, Mann, kannst du denn kein Geheimnis für dich behalten?«

»Nein«, warf Avery ein.

»Hat irgendjemand von euch eine Ahnung, wie traumatisierend es ist, auf ein Fahrrad zu steigen, nachdem ...«

»Hör auf, so zu übertreiben.« Lucas wedelte mit seiner Hand vor meinem Gesicht. »Der Eiswagen war mindestens eine Meile entfernt.«

Alle Köpfe drehten sich zu ihm.

»Danke, Mann. Vielen Dank«, knurrte ich und trank langsam mein Glas leer. Ich war auf dem besten Weg, mich in einen konstanten Zustand der Trunkenheit zu begeben.

Verdammte Austin.

»Eiswagen?« Natürlich musste Avery noch mal darauf eingehen. Sie wandte sich mir zu, und ihre grünen Augen blitzten amüsiert auf. »Wie alt warst du da?«

»Lucas, ich schwöre bei allem, was mir heilig ist, wenn du den Mund aufmachst, schlage ich dir auf die Nase.«

»Ich schätze, das erklärt Nummer zwanzig: ›Hasst Eiscreme‹.« Austin seufzte und wirbelte die zwei Strohhalme in ihrem Drink herum. »Ich bin mir sicher, dass das auf einer Stufe steht mit dem Hassen von Kindern.«

»Na, das passt dann ja«, gab ich herablassend zurück, wobei ich sie von oben bis unten musterte. Das war ein Tiefschlag. Das war gemein. Und es war nötig, um sie mir vom Hals zu schaffen.

Mein Gott, ich wollte das nicht. Obwohl ein Teil von mir wusste, dass ich es verdiente. Ich hätte sie niemals, niemals, niemals in mein Leben lassen dürfen. Denn so gerne ich glauben wollte, dass ich sie von der Beziehungsklippe gestoßen hatte … Sie war verdammt gut darin, sich festzuklammern und wieder nach oben zu krabbeln, um *mich* von dieser Klippe zu stoßen.

»Einmal ein Arschloch, immer ein Arschloch«, trällerte sie und warf dann einen Blick auf ihr Handy. »Tja, Leute, es war lustig mit euch, aber ich habe einen Professor, der mich hasst, und ein Abschlussprojekt, mit dem ich bisher nicht einmal angefangen habe.« Sie stand auf und warf mir einen mitleidigen Blick zu. »Was wirklich schade ist, denn ich würde dir gerne eines Tages beibringen, Fahrrad zu fahren.«

Ich spürte diesen Blick bis in meine Zehen. Hauptsächlich fühlte ich den Blick allerdings dort, wo ich ihn verflucht noch mal nicht fühlen sollte. Zwischen meinen Beinen.

Ich musste all meine Kraft zusammennehmen, um ihr einen wütenden Blick zuzuwerfen und zu sagen: »Ich schätze, das wäre nur fair, denn schließlich war ich es, der dir das Reiten beigebracht hat.«

Lucas prustete seinen Drink aus, während Avery hinter vorgehaltener Hand stöhnte.

Austin neigte den Kopf. »Ach, hast du das?«

»Okay!« Avery wedelte mit der Hand zwischen uns. »Also, was hat es mit dieser Abschlussarbeit und dem verhassten Professor auf sich?«

Austin schien in sich zusammenzusinken. Sie holte ihre Schlüssel aus der Handtasche und knurrte in Averys Richtung: »Mein Professor sucht bloß nach etwas, um mich durchfallen zu lassen. Offensichtlich hasst er alle Studentinnen, die keine riesigen Brüste haben. Die mit den dicken Titten lässt er bestehen, dazu die Jungs, die wegen seiner Fähigkeiten, seine Studentinnen ins Bett zu kriegen, zu sabbern anfangen. Das ist echt eklig.«

Stirnrunzelnd betrachtete ich Austins Busen. Sie hatte großartige, ja wundervolle Brüste. Ich hatte sie gesehen. Was für ein Professor würde sie deswegen nicht bestehen lassen?

»Ich bin schon wieder so spät dran, dass ich seine ungewollte Aufmerksamkeit auf mich ziehen werde. Und außerdem bin ich womöglich die einzige Studentin, die bei ihm nicht ins Schwärmen gerät. Wie auch immer …« Sie zog ihre Lederjacke an und ließ ihre hübschen, dunkelbraunen Haare mit den goldblonden Strähnen über das weiche schwarze Material fallen. »Für mein Abschlussprojekt muss ich entweder einen Blog oder einen YouTube-Kanal anfangen und mehr als hundert Follower zusammenkriegen, um zu bestehen. Das mag leicht klingen, aber ich schiebe das schon seit Wochen vor mir her, und nun habe ich nur noch drei Wochen Zeit.« Sie ließ die Schultern hängen. »Und ich habe absolut keine Idee.«

Ich schnaubte. »Wie schockierend, denn wenn es um Rache geht, bist du die Königin der Ideen.« Okay, ja, ich war mehr als angeheitert. Das war mir so rausgerutscht. Alles. Die hässlichen Worte und der verletzende Ton, in dem ich sie gesagt hatte, als würde Austin mir wirklich nahegehen.

Vielleicht, weil es so war.

»Das ist es!«, rief Avery und schlug mit der flachen Hand auf den Tisch, wobei Lucas sich so erschreckte, dass er sich an einer Erdnuss verschluckte und beinahe das Heimlich-Manöver benötigt hätte.

»Was?« Austin runzelte die Stirn. »Was ist es?«

»Thatch!«, rief Avery glücklich.

Ich winkte die Kellnerin ein drittes Mal zu mir.

Wenn ich bei den Anonymen Alkoholikern landete, würde ich Lucas in den Hintern treten.

»Was ist mit Thatch?« Lucas sah so verwirrt aus, wie ich mich fühlte.

»Austin.« Ich hasste es, wie Averys Augen aufleuchteten, als hätte sie gerade einen Weg gefunden, das Hungerproblem auf der Welt zu lösen – und ich war die Antwort. »Fang an, einen Blog darüber zu schreiben, wie sehr du deinen Ex hasst.«

Mir blieb der Mund offen stehen. »Sorry, was für einen Blog soll sie anfangen?«

Avery rieb sich die Hände, während Austins Lächeln immer breiter wurde.

»Du meinst, ich soll dokumentieren, wie man einen Ex hasst?«, fragte sie. »Ich glaube, das kann ich.«

Ich verlagerte unbehaglich mein Gewicht auf dem Stuhl.

»Hass« war ein starkes Wort. Ein *zu* starkes Wort. Hasste sie mich wirklich? Und war das nicht die ganze Zeit der Plan gewesen? Ihren Hass zu nutzen, ihre Wut?

»Ja!« Avery hob die Hand zum Abklatschen. »Du kannst wöchentliche Blogposts darüber veröffentlichen, wie man mit seinem betrügerischen Freund Schluss macht. Du kannst deine Geschichte teilen.« Avery warf mir einen Blick zu. »Sorry, Thatch.« Und dann sah sie wieder Austin an. »Das ist perfekt!«

»Aber wie soll ich ihn nennen?«

»Betrogen.« Das kam von Lucas.

»Danke, Mann.« Ich salutierte ihm mit dem Mittelfinger. »Oh, du bist für mich übrigens gestorben.«

»Ach, das hast du vor zwei Stunden auch schon mal gesagt, und wir sind immer noch Freunde.« Er hob sein Bier zum Toast auf unsere beendete Freundschaft und grinste.

»Sei nicht so theatralisch.« Austin sah mich aus zusammengekniffenen Augen an. »Ich werde ja nicht deine ganze schmutzige Wäsche in der Öffentlichkeit waschen. Das wird alles rein aus der Perspektive der betrogenen Frau geschrieben. Ich kann Artikel aus verschiedenen Frauenzeitschriften und von *BuzzFeed* verlinken und Tests anbieten.«

»Ja!« Avery lachte fröhlich. »Tests wie ›Ist dein Mann treu?‹ oder ›Hat er einen kleinen Schniedel?‹.«

Aller Augen richteten sich auf mich.

»Ich bin plastischer Chirurg«, antwortete ich gelassen. »Falls er mal klein angefangen haben sollte, ist er das jetzt mit Sicherheit nicht mehr.« Ich grinste Austin angespannt an. »Habe ich recht, Süße?«

Sie blinzelte langsam und richtete ihren Blick dann auf meinen Schritt. »Also ehrlich, ich kann mich nicht mehr erinnern.«

Spöttisch lächelnd beugte ich mich zu ihr. »Und ob du das kannst.«

»Okay.« Lucas stand auf und legte eine Hand auf meine Brust. »Vielleicht sollte ich dich hier unterbrechen.«

»Danke für die Idee, Avery!« Austin winkte uns zu. »Ich werde darüber nachdenken.« Sie umarmte Lucas und warf mir noch einen eiskalten Blick zu, bevor sie sich umdrehte und verschwand.

Lucas stieß einen Pfiff aus. »Du konntest einfach nicht auf deinen besten Freund hören, als der dir am Anfang gesagt hat, du sollst die Finger von ihr lassen. Nein, du musstest ihr dein Schlafzimmer zeigen und deinen Schwanz. Ich habe dich gewarnt, Mann.«

Ich erwiderte nichts, weil mein Blick Austin folgte, bis die Tür hinter ihr ins Schloss fiel.

Ich hatte nichts zu meiner Verteidigung vorzubringen. Denn Männer wie ich, Männer wie mein Vater, verstanden das Konzept von festen Beziehungen und Verantwortung nicht – daran erinnerte er mich jeden Tag.

Seitdem er nach Seattle zurückgezogen war.

In das gleiche Gebäude, in dem ich wohnte.

Kapitel Sieben

Austin

Es würde eine lange Nacht werden.

Eine wirklich lange Nacht.

Ich musste nicht nur meine Abschlussaufgabe fertig kriegen, sondern ich würde nach dem Treffen mit Thatch auch kein Auge zumachen können. Warum? Warum musste er so gemein sein? Und warum war ich wie ein Hund mit einem Knochen?

Ich wollte ihn loslassen. Ich wollte, dass er mich losließ. Ich wollte frei von den emotionalen Fesseln sein, mit denen er mich kontrollierte.

Aber jedes Mal, wenn ich sein Gesicht sah, war ich hin- und hergerissen, ob ich ihm die perfekten Zähne einschlagen oder ihn stürmisch küssen sollte.

Vielleicht lag es daran, dass bisher nie jemand mit mir Schluss gemacht hatte? Was kein Wunder war, schließlich hatte ich noch nie eine ernsthafte Beziehung gehabt – bis Thatch mir seinen Schlüssel gegeben hatte.

Einen verdammten Schlüssel zu seiner Wohnung.

»Er will dich nicht, Austin«, murmelte ich vor mich hin. Ich meine, das hatte er in der Minute klargemacht, in der ich ihn mit der Zunge in der Mundhöhle einer anderen Frau erwischt hatte.

Nach einem tiefen Atemzug warf ich meine Schlüssel auf den Küchentisch und holte mir ein Weinglas. Ich füllte es bis zum Rand, bevor ich meinen Laptop aufklappte und darauf wartete, dass er hochfuhr.

Meine Mom war nicht zu Hause. Das war nichts Ungewöhnliches – sie war ständig mit ihren Freundinnen unterwegs, bei Weinverkostungen und auf Dinnerpartys. Das war ihr Ding – wobei, eigentlich war es mehr das Ding meines Vaters, denn alle Frauen, mit denen sie ihre Zeit verbrachte, waren wichtige Wählerinnen.

Und mein Dad würde auch erst spät zurück sein – das hatte er vorhin deutlich gemacht.

Ich erschauerte. Das einzige Licht im Haus kam von meinem Computer und dem Fernseher im Wohnzimmer.

Augenblicke wie diese erinnerten mich daran, wie einsam ich in Wahrheit war. Ja, das Haus war riesig. Ja, wir hatten Tonnen von Geld.

Aber ich hätte all das für die Chance eingetauscht, mit einem meiner Elternteile eine Unterhaltung zu führen, die länger als fünf Minuten dauerte und sich nicht um Politik oder mein Studium drehte.

Einmal am Tag erkundigten sie sich, ob ich noch lebte und atmete, und das war's so ungefähr – außer ich bekam eine schlechte Note, was vermutlich der Grund dafür war, dass mich meine derzeitigen Kurse so stressten.

Als Thatch mir also das Herz gebrochen hatte und mit seinem blöden Auto über die Scherben gefahren war, hatte ich allein in meinem Zimmer gesessen und geschluchzt, bis Avery zu meiner Rettung geeilt war.

Einsamkeit war ätzend.

Ich kippte den Wein hinunter, klickte auf ein kostenloses Programm zum Bau einer Website und suchte langsam die Themes durch.

Mindestens hundert Follower.

Meine Inhalte mussten interessant sein.

Ich trank mehr Wein.

Drei Stunden später, als ich kurz davor war, die Flasche zu leeren, breitete sich ein Lächeln auf meinem Gesicht aus, während meine Hand über der Tastatur schwebte.

»Nimm das, Thatch«, lallte ich und begann zu tippen.

* * *

Mein Kopf fühlte sich an, als wäre jemand mit einem Lkw darübergebrettert und hätte danach entschieden, mich mit meinem Handy zu verprügeln. »Igitt.« Mein Mund schmeckte nach schlechten Entscheidungen.

Das unbehagliche Gefühl in meiner Brust schwoll zu ausgewachsener Panik an. Die Einzelheiten der letzten Nacht waren ein wenig verschwommen. Langsam hob ich den Kopf vom Küchentisch, direkt neben meinem Laptop, und betrachtete blinzelnd den schwarzen Bildschirm.

Was war letzte Nacht passiert? Ich erinnerte mich an Thatch in seiner ganzen Thatchigkeit. An die Bar. Und an meine Abschlussaufgabe – ja, deshalb war ich früher gegangen.

Die Panik in meiner Brust steigerte sich zu Paranoia, die mich so wild auf die Enter-Taste meines Computers einhämmern ließ, als hinge mein Leben davon ab.

Zwei leere Weinflaschen starrten mich an.

O nein.

O nein, nein, nein.

Sekunden später wachte mein Computer auf und zeigte mir die Website, die ich gestern Abend gebaut hatte. Aber ich konnte mich nicht mehr an das Passwort erinnern. Ich probierte alle aus, die mir einfielen. Dann rannte ich ins Bad, um mir die Seele aus dem Leib zu kotzen. So fühlte es sich also an, wenn man den absoluten Tiefpunkt erreicht hatte.

Ich wusch mir die Hände und stützte mich danach auf dem Waschbecken ab. Langsam sammelte ich genug Mut an, um in den Spiegel zu schauen und den Schaden zu begutachten.

Ich keuchte laut auf und schlug mir die Hand vor den Mund.

Auf meiner Stirn stand: »epmalhcS«.

Mit leuchtendem Textmarker.

Was zum Teufel?

EpmalhcS?

Verdammt. Auf meiner Stirn stand das Wort »Schlampe«, verkehrt herum.

Ich rieb mit den Fingern darüber, was vermutlich nur dazu führte, dass ich die Farbe tiefer in meine Haut drückte. Mit fahrigen Bewegungen schnappte ich mir einen Waschlappen und rubbelte damit energisch über meine Stirn, wodurch meine Haut jedoch lediglich ein aggressives Pink annahm.

»Denk nach!« Ich atmete ein paarmal tief ein und aus und schloss die Augen. Wie war es mir überhaupt gelungen, das auf meine Stirn zu schreiben? Und viel wichtiger noch: Warum?

Wein. Mehr Wein. Gekicher.

»Er ist eine Schlampe.« Jap, das hatte ich ganz sicher meinem Computer zugebrüllt, und dann hatte ich den Account auf meine E-Mail-Adresse registriert und … Ich stöhnte auf und ging langsam zurück zu meinem Computer, wo ich das Wort »epmalhcS« eintippte.

Bingo.

Mein Passwort.

Ich hatte mir das Passwort auf die Stirn geschrieben. Super gemacht, Austin. Einfach großartig.

Nun ja, zumindest hatte ich nichts Schlimmeres getan, oder? Ich meine, es hätte schlimmer sein können. Es konnte immer schlimmer sein. Ich hatte meine Aufgabe erledigt und …

»Heilige Scheiße!« Ich keuchte zum zweiten Mal an diesem Morgen und hoffte, dass ich halluzinierte.

Aber jedes Mal, wenn ich auf »Neu laden« drückte … war sie da. In all ihrer Pracht.

Die *Betrogen*-Website.

Mit der Überschrift für den ersten Eintrag: »Der Rache-Guide für Singlefrauen«.

Das wäre alles gut gewesen. Hätte ich nicht direkt darunter ein Foto von Thatch hochgeladen, auf dem ich ihn dank Photoshop mit Hörnern, einer Mistgabel und roten Augen ausgestattet hatte.

Und darunter?

Ein Video.

Ich fürchtete mich davor, auf Play zu drücken. Was zum Teufel hatte ich mir dabei gedacht?

Ich bedeckte einen Teil meines Gesichts mit der Hand, während ich mit der anderen auf Play drückte. Schluckend fuhr ich den Ton hoch.

»Filmst du mich gerade?«, lallte Thatch in die Kamera.

»Nein.«

»Lügnerin.« Sein Lächeln war lässig, umwerfend und ziemlich betrunken. »Gib mir das Handy, Austin.«

»Nö.«

»Austin!« Er fing an, mich durch das Schlafzimmer zu jagen, wobei er über die Möbel stolperte, als wären ihm gerade Linien fremd. Es war sein Geburtstag, und ich hatte ihn betrunken gemacht, damit ich mich an ihm gütlich tun konnte – zumindest hatte ich das gesagt. Denn in Wahrheit hatte mich sein Geburtstag traurig gemacht.

Er hatte behauptet, seine Geburtstage seien immer voller Geschenke und leerer Versprechungen gewesen. Er wollte nichts, aber irgendetwas hatte mir verraten, dass er sich eigentlich nach Aufmerksamkeit sehnte. Dieses Gefühl kannte ich nur zu gut, also dachte ich, es wäre besser, wenn ich ihm half, zu vergessen.

Er stieß mit dem Knie gegen das Bett, stürzte zu Boden und blieb auf allen vieren.

»Äh, Thatch?«

»Baby.« Sein Blick war so unfokussiert, dass es schon komisch war. »Es gibt etwas, das ich dir sagen muss.« Er schluckte, presste die Hände auf die Brust und fing an, Enrique Iglesias' »Hero« zu singen – natürlich vollkommen schief und mit falschem Text. »I kiss tears of pain.« Wirklich, das war so was von der falsche Text.

Er hielt wesentlich länger inne, als nötig gewesen wäre. »Pain!«, stieß er hervor und schwankte dabei von links nach rechts. Den letzten Teil schrie er mehr, als dass er ihn sang. »You always take breaths away.« Ich wartete, während er sich vorbeugte und dann zu Boden fiel. »Away«, flüsterte er, gähnte und schlief ein.

Verdammt. Er würde mich umbringen.

Warum? Warum hatte ich so viel Alkohol in mich reingekippt? Trunkenheit führte zu schlechten Entscheidungen. Bei ihm dazu, dass er Enrique Iglesias schmetterte, und bei mir dazu, dass ich die Aufnahme mit aller Welt teilte.

Vielleicht hatte es noch niemand gesehen? Vielleicht hatte ich Glück und konnte es löschen, bevor es außer Kontrolle geriet, oder – meine Züge erschlafften – vielleicht hatte ich meine Website mit meinem Facebook-, Instagram- und Twitter-Account verlinkt.

Und hatte bereits über zweihundert Kommentare zu dem Post.

Mein Handy summte. Ich schaute auf das Display und sah Averys Namen. Das Handy hörte auf zu summen. Dann fing es wieder an. Sie würde es so lange versuchen, bis ich ranging.

Schließlich nahm ich den Anruf entgegen und hielt mir das Handy ans Ohr. »Ja?«

Lachen, dann ein Schnauben. »Thatch wird dich umbringen!«

»Sag mir etwas, das ich noch nicht weiß«, stieß ich durch zusammengebissene Zähne hervor und runzelte dann die Stirn. »Hey! Ich habe ihm Rache geschworen, und er weigert sich hartnäckig, mir den Grund zu nennen, also kann er sich einfach gehackt legen.«

»Das ist die richtige Einstellung.« Sie kicherte. »Aber ein Wort der Warnung: Thatch ist nicht der Typ, der eine Demütigung dieses Ausmaßes einfach so hinnimmt.«

Mein Magen zog sich zusammen. »Soll heißen?«

»Das soll heißen, dass er laut Lucas Rache mit Rache vergilt. Ehrlich gesagt meinte Lucas mal, der letzte Mensch, mit dem er je einen Krieg anfangen wollte, wäre Thatch.«

»Aber, aber …« Ich drehte mich kurz im Kreis und versuchte, mein rasendes Herz zu beruhigen. »Lucas hat uns geholfen! Er hat mir geholfen. Die Sache mit der Liste und …«

»Stimmt, die Liste war Lucas' Idee. Das war seine Art, dir zu helfen, ohne dass du dich in eine Schlacht begibst, die du höchstwahrscheinlich verlieren wirst. Damit du genau *nicht* in diese Situation gerätst.«

»Das sagst du mir jetzt!«, kreischte ich.

Es klopfte an meiner Tür. Mit aufgerissenen Augen wartete ich, während mein Herz gegen meine Rippen schlug. Er war nur einmal bei mir zu Hause gewesen. Ich war paranoid.

»Austin?«, rief Avery. »Hallo!«

»Äh, da ist jemand«, flüsterte ich.

»Du wohnst bei deinen Eltern. Natürlich ist da jemand.« Ich sah förmlich, wie sie die Augen verdrehte.

»Aber …«

»Hör mal, ich meine ja bloß, dass du gerade mit einer roten Flagge vor einem brünstigen, betrügenden Stier gewedelt hast. Pass auf dich auf.«

»Danke«, erwiderte ich durch zusammengebissene Zähne. »Super Rat. Sonst noch was?«

»Sich zu verstecken, bis der Aufruhr vorbei ist, würde auch nicht schaden.«

Ich schnaubte und verabschiedete mich grummelnd, dann ging ich sehr, sehr langsam zur Haustür und schaute durch den Spalt zwischen den Vorhängen.

Da war etwas vor der Tür, aber ich konnte es nicht erkennen. Es sah aus wie ein Teil von einer gelben Blume, doch ich wusste nicht, ob das zu den Topfpflanzen vor dem Eingang gehörte oder etwas anderes war.

Ich öffnete die Tür einen Spalt. Auf der Treppe stand ein riesiger Blumenstrauß.

Ich runzelte die Stirn. Es war lächerlich, zu denken, dass er mir die Blumen geschickt hatte. Mein Dad kaufte meiner Mutter einmal pro Woche Blumen. Das war irgendwie ihr Ding.

Mit immer noch hämmerndem Herzen beugte ich mich vor, um die Vase hochzuheben. Und schrie auf, als ich das Glas herumdrehte und eine riesige Vogelspinne darin sah, die bloß darauf wartete, dass ich die Blumen herausnahm, damit sie sich auf mich stürzen konnte.

Beinahe hätte ich die Vase fallen lassen.

Beinahe.

Ach du Scheiße!

Ich schaute mich um. Was zum Teufel sollte ich jetzt tun? Wenn ich die Vase wieder abstellte, könnte das Vieh entkommen – und wenn ich sie mit ins Haus nähme, würde es garantiert einen Weg finden, sich in mein Schlafzimmer zu schleichen und mir im Schlaf das Gesicht aufzufressen.

Mit zitternden Händen stellte ich die Vase wieder ab und machte mich auf die Suche nach einem Eimer, den ich darüberstülpen konnte. Sicher konnte der örtliche Zooladen eine weitere riesige, fleischfressende Spinne gebrauchen, oder?

Ich brauchte länger, als gut war, um in der Garage einen alten Eimer zu finden, der nicht voller Schmutz und weiterer Spinnen war – das Letzte, was wir gebrauchen konnten, war ein *Arachnophobia*-Szenario, bei dem die Spinnen sich paarten und eine Superspinne hervorbrachten.

Ich schüttelte mich. Ich hasste Spinnen. So weit würde Thatch nicht gehen. Oder doch? Zwischen den hübschen Rosen steckte eine Nachricht, aber auf keinen Fall würde ich die herausziehen und das haarige Biest reizen.

Es war offiziell ein Vormittag aus der Hölle. Ich schwitzte und würde vermutlich wieder zu spät zu meiner Vorlesung kommen – und dazu hatte ich eine Begegnung mit einer meiner größten Ängste.

Als ich zur Vorderseite des Hauses zurückkam, stand die Haustür offen. Stirnrunzelnd trat ich über die Schwelle. Wo war die Vase hin?

»Hi, Liebes!« Mom hielt die Glasvase so vor ihren großen Busen, dass dieser sich gegen die Spinnenseite presste. »Wie war dein Abend?«

»Mom, nein!« Den Eimer hoch erhoben, rannte ich auf sie zu, bereit, ihn ihr über die Hände zu stülpen, sollte das nötig sein. Aber ganz eindeutig war meine Mom meine dramatischen Ausbrüche gewohnt, und so runzelte sie nur die Stirn und griff nach der Karte, wobei sie eine der Rosen mit hochzog.

»Thatch?« Sie drehte die Karte herum, und das war der Moment, in dem das aggressive kleine Monster aus seinem Gefängnis krabbelte und auf der Hand meiner Mutter landete.

Was als Nächstes geschah, war wie aus einem Kriegsfilm.

Meine Mom schrie auf, Glas flog durch die Luft, und ich hätte schwören können, dass die Spinne ein hohes Kreischen von sich gab, während ich sie mit meinem Eimer jagte. Ich schaffte es, sie darunter einzusperren, bevor sie ins Wohnzimmer huschen konnte.

Die Spinne war unter Drogen gesetzt worden. Das war die einzige Erklärung dafür, dass der Eimer sich über den Boden bewegte, als wäre das Vieh mit Steroiden vollgepumpt und dabei, sich durch den Kunststoff zu fressen.

»Ich glaube …«, ich atmete zu schwer, und meine Mom stand auf dem Küchentresen, »dass wir den Tierschutz anrufen müssen.«

»Das Ding …«, sie zeigte auf den Eimer, »ist besessen.«

Der Eimer schob sich kratzend über den Boden. Ich sprang auf die Couch und schrie.

Und das, liebe Leute, war der Moment, in dem ich merkte, dass wir Zuschauer hatten. Denn von der Tür her erklang lauter Beifall, und es wurde ein Handy in die Luft gehalten, dessen Kameralinse direkt auf mich gerichtet war.

»Du!« Ich funkelte Thatch an, konnte mich aber nicht von meiner Sicherheitszone auf der Couch wegbewegen.

»Was denn?« Er neigte den Kopf. »Ich war gerade in der Gegend.« Sein selbstgefälliges Lächeln hatte eindeutig etwas Bedrohliches.

»Ich bring dich um!«, schrie ich. »Du weißt genau, wie viel Angst ich vor Spinnen habe!«

»Spinnen?« Er schaute zu dem Eimer. »Ich bin nicht verantwortlich für den Versand der Blumen. Ich hoffe, du weißt, dass ich mich mit dem Strauß nur für gestern Abend entschuldigen wollte. Oh, und …« Er sah auf die Uhr und verzog das Gesicht. »Du solltest vermutlich los, wenn du nicht zu spät zu deiner Vorlesung kommen willst.«

Er hob ein weiteres Mal sein Handy, machte ein Foto, und zwei Sekunden später zog er sich zurück, wobei er mir über die Schulter zurief: »Ich hoffe, du weißt es … Jetzt herrscht Krieg.«

Ich drehte mich um und brüllte ihm hinterher: »Ich dachte, du wolltest mein Held sein!«

Er wirbelte herum und stützte sich mit den Händen am Türrahmen ab. Sein Blick sagte alles. Er war wütend. Und zwar nicht bloß ein wenig, sondern richtig. »Betrachte das als eine Warnung. Wenn du mehr Mist postest, werde ich meine kleine Liste abarbeiten. Radlerhosen sind eine Sache. Aber das? Ein virales Video? Das bedeutet Krieg.«

»Das wagst du nicht.« Er bluffte nur.

Er nickte in Richtung des Eimers. »Lustig, denn ich glaube, das habe ich gerade schon. Schönen Tag noch!« Er zwinkerte meiner Mutter zu. »Entschuldigen Sie bitte das Chaos, Mrs Rogers.«

Kapitel Acht

Thatch

»Ich werde dein Held sein.« Das war der erste Satz, der mir von einer unbekannten Nummer geschickt worden war.

Was zum Teufel?

Der Vormittag wurde immer seltsamer.

Als ich mir in meinem üblichen Starbucks meinen Kaffee holen wollte, schaute mich die Barista mit großen blauen Augen an und erklärte: »Enrique Iglesias ist klasse.«

»Okay«, sagte ich langsam. »Danke für den Kaffee. Nettes Gespräch.«

Und als wäre das nicht seltsam genug, war meine Facebook-Seite voll von Helden-Memes. Auf einem Bild war ich mit einem Umhang zu sehen.

»Was zum Teufel soll das?« Ich scrollte durch mein Handy. Dann startete in meinem Newsfeed ein Video. Von Austins Seite.

Ich hatte sie schon länger entfreunden wollen – es war zu schwer, ständig Bilder von ihr zu sehen. Doch wie ein echter Masochist hatte ich es nicht getan, damit ich sie stalken und mich immer wieder über meine Entscheidung ärgern konnte, sie von mir gestoßen zu haben.

Meine betrunkene Stimme sang nicht nur die falschen Töne, sondern auch den falschen Text zu »Hero«.

»Heilige Scheiße«, flüsterte ich, während ich mein betrunkenes Ich betrachtete, das ein Lied in einer Tonlage sang, die vermutlich bloß Hunde hören und verstehen konnten. Es war bereits viral gegangen. Und über fünfhundert Mal geteilt worden. Und zweitausend Mal kommentiert.

Das Video war von Austins Website geteilt worden. Und als ich diese Website anklickte, sah ich mich in all meiner satanischen Pracht. Ich würde sie umbringen. Wirklich. Das hier war mein Leben, mit dem sie spielte. Ich hatte eine Karriere – und hatte einen Ruf zu wahren.

Verdammt. Deshalb wurde immer vor dem Zorn betrogener Frauen gewarnt.

Schnell schickte ich Lucas eine Nachricht, dass ich mich in meiner Praxis mit ihm treffen wollte. Dann entdeckte ich ein Schild im Fenster der Zoohandlung: »Vogelspinnen«.

Meine Lippen verzogen sich zu einem Lächeln. Sie wollte spielen? Darin war ich gut.

* * *

Auf ihrer Stirn stand das Wort »Schlampe« rückwärts. Sie hatte einen Spiegel benutzt. Das sagte alles. Ich machte ein Foto, weil es so zum Lachen war.

Und dann postete ich es auf meiner Facebook-Seite, schaltete es allerdings auf »privat« und wählte lediglich ihren, Lucas' und Averys Account aus. Zumindest wusste sie nun, dass ich sie ebenfalls erpressen konnte, wenn ich wollte. Ich tippte »Wer hat wen betrogen?« darunter. Zwar gab sie mir die Schuld am Ende unserer Beziehung, aber ein Teil von mir fand immer noch, dass die Schuld bei ihr lag.

Weil sie zu früh zu viel verlangt hatte.

* * *

»Austin …« Ich hauchte ihren Namen, während sie sich nackt auf mir wiegte. Ich würde nie genug von ihr bekommen. Sie war kein Mädchen, mit dem man einmal schlief und dessen Telefonnummer man dann bequemerweise am nächsten Morgen verlor.

Ich hatte eine volle Woche mit ihr gebraucht, um zu erkennen, dass ich nichts Einfaches wollte. Ich wollte sie.

Lucas würde in der Minute durchdrehen, in der ich ihm sagte, dass ich nicht vorhatte, mit ihr Schluss zu machen, sondern sie im Gegenteil fragen würde, ob sie meine Freundin sein wollte.

Ich grinste breit vor mich hin wie ein Idiot.

»Fester.« Ihre Fingernägel gruben sich in meine Haut, und Schmerz, vermischt mit dem Vergnügen, in ihr zu sein, schoss durch meinen Körper. »Thatch …«

Ich brachte sie mit einem Kuss zum Schweigen.

Unsere Affäre hatte schnell sein sollen. Unverbindlich.

Aber nichts an ihr verdiente es, überhastet genossen zu werden – ihre Haut roch wie frisches Rosenwasser und schmeckte so süß, als hätte sie in Zucker gebadet. Ich war süchtig nach ihrem Geschmack.

»Du fühlst dich immer so gut an.« Sie schlang mir die Arme um den Nacken. »Wie kann das sein?«

»Ich bin Chirurg.« Ich zwinkerte ihr zu. »Ich habe begnadete Hände.«

»Ja, die hast du«, pflichtete sie mir bei und erwiderte meinen Blick. »Ich mag dich.«

»Ich mag dich auch.« Ich schluckte, um meine Nerven zu beruhigen. So etwas hatte ich noch nie getan. Ich hatte mich nie jemandem gegenüber verpflichtet. Die gescheiterte Ehe meiner Eltern war einer der vielen Gründe, warum ich nie mehr als One-Night-Stands hatte und in einer erfolgreichen Karriere aufging, durch die ich über ausreichend Geld verfügte, um mir mein verdammtes Glück zu kaufen. Es ergab keinen Sinn, dieses Glück in

einen anderen Menschen zu investieren – die ließen einen doch nur im Stich.

»Willst du meine Freundin sein?«, fragte ich leise.

Sie riss die Augen auf, dann küsste sie mich, drückte mich zurück in die Kissen und strich mit den Händen über meine Brust.

Ich stieß ein Stöhnen aus. »Ist das ein Ja?«

»Das ist ein verdammtes Ja.«

* * *

Bei dieser Erinnerung schüttelte ich den Kopf und ging weiter in mein Büro. Dabei ignorierte ich die seltsamen Blicke und geflüsterten Helden-Anspielungen.

Zumindest war ich nicht mehr paranoid vor Sorge darüber, was sie als Nächstes tun würde – sie hatte mich bereits vor aller Welt gedemütigt. Es konnte auf keinen Fall noch schlimmer kommen. Eher würde die Hölle zufrieren.

Kapitel Neun

Austin

»Was meinen Sie damit, das zählt nicht?« Ich bemühte mich um einen ruhigen Tonfall, während mein gemeiner Professor sich meine Website anschaute. »Sie ist viral gegangen.«

»Sie haben ein peinliches Video von Ihrem völlig schief singenden Ex-Freund gepostet.« Er verdrehte die Augen und klappte den Laptop zu. Ich hätte schwören können, dass er eine Art Gottkomplex hatte, weil er schon Mitte vierzig war und die Frauen ihm immer noch zu Füßen lagen – vor allem sexy Studienanfängerinnen. »Natürlich ist es viral gegangen, aber das war nicht die Aufgabe. Was Sie gepostet haben, ist schön und gut, doch es ist nur eine Eintagsfliege. Es hat keinerlei Mühe gekostet.«

Ha! Ich wäre wegen des Videos beinahe bei einem Spinnenangriff getötet worden, aber egal. Ich biss mir auf die Zunge und wartete darauf, dass er mich durchfallen ließ. Eine meiner Kommilitoninnen schlenderte an dem Tisch vorbei und winkte dem Prof flirtend zu. Ihr Oberteil war so eng, dass ich ihre Nippel sehen konnte. Grinsend winkte er zurück.

Bastard!

»Was Sie brauchen«, wandte er sich wieder mir zu, als wäre ich eine epische Enttäuschung, »ist etwas Interessantes. Vielleicht können Sie etwas dokumentieren, was Ihnen wichtig ist? Zum Beispiel die Wiederwahlkampagne Ihres Vaters?«

Danke, allerdings würde ich eher die gefangene Vogelspinne grillen und essen.

Als ich nichts erwiderte, sprach er weiter. »Dieser Mann hat mit Ihnen Schluss gemacht?« Er hob eine Augenbraue. »Das passiert jeden Tag. Und so lustig es auch ist, das Elend eines anderen zu beobachten, die meisten Leute vergessen so etwas schnell wieder. Außerdem fehlt es diesem Thema an gesellschaftlicher Relevanz.«

Ein weiteres Mädchen ging vorbei. Ein weiteres perfektes Mädchen, das dem guten alten Professor zuzwinkerte. Ich war kurz davor, vor seinem Gesicht mit den Fingern zu schnippen, um seine Aufmerksamkeit zurückzuerlangen.

»Okay …«, sagte ich langsam und versuchte, nicht loszuheulen. »Sie wollen also, dass ich aufhöre, peinliche Videos zu posten, um was zu tun? Make-up-Tutorials? Das ist das Einzige, was meinen Recherchen nach schnell viral geht und mir Follower verschaffen kann. Ich versuche wirklich nicht, schwierig zu sein, ich weiß nur einfach nicht, was Sie von mir wollen.«

Sein durchdringender Blick half nicht gerade gegen meine Übelkeit, und das Letzte, was ich gebrauchen konnte, war, mich auf den Mann zu übergeben, der meinen MBA in seinen verhassten Händen hielt.

»Es ist leicht, einen Mann zu verlieren. Es ist leicht, Rache zu üben. Tun Sie das Schwere, und finden Sie es heraus. Sie sind eine MBA-Studentin. Benutzen Sie Ihr Gehirn.« Er zuckte mit den Schultern. »Sie können jetzt gehen.«

»Aber …«

»Drei Wochen, Austin. Sie haben drei Wochen, um Ihre Nische in den sozialen Medien zu finden. Sie benötigen einhundert Follower, die sich für Ihre Geschichte interessieren. Bringen Sie die dazu, Sie zu lieben. Sie müssen sich nur entscheiden, was es sein soll. Das hier …«, er tippte gegen seinen Computer, »ist es nicht.«

Ich schaffte es gerade so aus seinem Büro, bevor ich vor Wut in heiße Tränen ausbrach. Ein Teil von mir wusste, dass es meine eigene Schuld war. Ich hatte mich betrunken und – teils aus Schmerz, teils aus gekränkter Eitelkeit – ein dummes Video gepostet. Die Tränen hatten mehr mit Thatch als mit meinem Kurs zu tun.

Ich fand eine leere Bank und setzte mich hin. Ich fühlte mich elend. Verkatert. Im Krieg mit einem Mann, der mir Spinnen ins Bett stecken würde. Und all das für nichts und wieder nichts.

Achtzehn Monate lang hatte ich mir den Hintern aufgerissen, um das Schnellstudium zum MBA zu schaffen, und jetzt drohte ein dummes Wahlfach mir den Abschluss zu verhageln! Ein Wahlfach, das die meisten nicht einmal belegen mussten, außer sie machten ihren MBA in Marketing.

Meine Geschichte. Er meinte, ich solle die Leute dazu bringen, mich zu lieben. Die Geschichte zu lieben. Die Geschichte, die Geschichte …

Ein Händchen haltendes Paar lief an mir vorbei. Das Mädchen sah aus, als hätte es geweint, und dann blieb der Junge stehen und zog sie in seine Arme. Als er sie wieder losließ, fiel sein Blick kurz auf ihren Mund, bevor er sie küsste.

Ich neigte den Kopf. Ihre Münder trafen sich. Eifersucht packte mich. Ich musste den Blick abwenden.

Dummes Herz. Dummes, angeschlagenes Herz. Dummer, von Brüsten besessener Professor!

Ich sprang auf. Das war's. Er hatte recht. Jeder konnte ein Video posten. Jeder konnte Rache üben. Aber eine

Dokumentation über sein Lieblingsobjekt in Form einer Reportage über Seattles jüngsten und attraktivsten Chirurgen?

Ich lächelte breit. Und hörte sofort damit auf, als ich erkannte, welches Opfer ich dafür bringen musste. Es würde die Hölle werden. Episch. Und die Hölle.

Und ich würde vor ihm auf die Knie fallen müssen – ausgerechnet eine von Thatchs Lieblingspositionen –, damit es vielleicht, ganz vielleicht, funktionieren konnte. Entweder das, oder er würde mir ins Gesicht lachen und mich zu einem seiner grusligen Partner schicken, die mich bei meinem letzten Besuch im Konferenzraum so angestarrt hatten.

Ich erschauerte.

Das hier war Arbeit. Nicht persönlich. Ich brauchte diesen Schein – und wenn es eines gab, was ich über Thatch wusste, dann, dass er kein Herz hatte. Nicht wirklich. Er würde klarkommen. Und danach würden wir getrennte Wege gehen.

Das könnte mir am Ende sogar tatsächlich den Abschluss verschaffen, den ich so dringend brauchte.

Kapitel Zehn

Thatch

»Ich habe ein Angebot für dich.« Austins raue Stimme brachte mich immer aus dem Konzept. Schnell drehte ich mich um.

Sie trug einen kurzen schwarzen Rock und dazu ein schwarz-weiß gestreiftes T-Shirt, das einen Zentimeter weißer Haut an ihrem Bauch frei ließ. Die Schnürung ihrer schwarzen Gladiator-Sandalen war um ihre Waden gewickelt. Im Grunde genommen versuchte sie, mich mit hochhackigen Sandalen und unglaublich viel sichtbarem Oberschenkel umzubringen.

»Austin.« Verdammt, konnte meine Stimme noch belegter klingen? »Ich würde gerne sagen: ›Was für ein Vergnügen‹, aber ich möchte keinen falschen Eindruck erwecken.«

Sie verzog das Gesicht, bevor sie mein Büro betrat, die Tür hinter sich schloss und sich einen Stuhl schnappte.

»Ja, bitte, komm doch herein. Ich habe ja keinen Job, bei dem ich Termine einhalten muss«, knurrte ich, weil ich keine Ahnung hatte, was für ein Drama sie nun schon wieder auf mich loslassen wollte.

»Ich werde meinen Kurs nicht bestehen«, platzte sie heraus. Ihre Augen waren vor Sorge ganz groß. »Und ich darf nicht durchfallen. Nicht nach all dem, was ich auf mich genommen habe, um da hinzukommen, wo ich bin. Ich wohne immer noch zu Hause, und ich …« Sie atmete tief durch. »Versagen ist einfach keine Option. Niemals.«

Was vermutlich der Grund war, warum unsere gescheiterte Beziehung sie so wahnsinnig machte – nicht, dass ich das jemals laut aussprechen würde.

»Wieso ist das mein Problem? Ist das kleine Video von mir nicht viral gegangen?«

Um ihren Mund zuckte es.

»Das ist nicht lustig«, gab ich angespannt zurück.

»Gib's zu, ein bisschen lustig ist es schon.« Sie legte den Kopf auf diese bezaubernde Weise schief, die einen schwächeren Mann dazu bringen würde, vor ihr auf die Knie zu fallen und um Vergebung zu flehen.

Ich ballte meine Hände zu Fäusten. O nein, das würde nicht passieren.

»Weißt du, was? Ich gebe zu, dass es lustig war, wenn wir gemeinsam darüber lachen können, wie die Spinne dich auf die Couch getrieben hat.«

Sie zeigte mit dem Finger auf mich. »Die hatte Superkräfte, und das hast du gewusst!« Sie fuchtelte mit beiden Händen hektisch in der Luft herum. »Dieser Eimer hat mindestens fünf Pfund gewogen. Und das Biest hat ihn mit dem Kopf bewegt!«

Ich verdrehte die Augen. »Der Eimer hat höchstens fünf Gramm gewogen, und ich glaube nicht, dass Spinnen irgendetwas mit ihrem Kopf bewegen. Weshalb bist du noch mal hier?«

Sie verschränkte ihre Finger und schlug die Augen nieder. Alle Anzeichen von Angst und auch von Witzigkeit waren auf einen Schlag verschwunden. »Mein Professor sagt, das Video wäre nicht gut genug, es würde nicht lange populär bleiben. Der Sinn dieses Fachs ist es, die sozialen Medien für Marketing und Branding zu benutzen, und ich habe einfach nur betrunken ein Video von dir gepostet, in dem du falsch singst.«

»Warte mal, du warst betrunken?« Ich hatte sie nie wirklich außer Kontrolle erlebt und fragte mich nun, was sie dazu getrieben hatte. Ich? Ihr Studium? Vielleicht eine Mischung aus beidem? Und warum machte mich die Vorstellung, dass sie an mich dachte und die Kontrolle verlor, so wahnsinnig an?

»Darum geht es nicht«, stieß sie zwischen zusammengebissenen Zähnen aus. »Konzentrieren wir uns auf das Dilemma – *mein* Dilemma.«

Es klopfte an meiner Tür.

»Ja?«

Unsere Büroassistentin Mia steckte den Kopf herein. »Sorry, Ihr Elf-Uhr-Termin ist da.«

»Ich brauche noch fünf Minuten.«

Sie nickte und schloss die Tür.

»Komm auf den Punkt, Austin.«

Sie biss sich auf ihre volle Unterlippe. Ich war vom ersten Tag an von ihrem Mund besessen gewesen. Er war weit entfernt davon, perfekt zu sein – was vermutlich der Grund dafür war, dass ich ihn so mochte. Mein Job war es, die kleinen Fehler zu korrigieren, und es kam mir immer beinahe tragisch vor, etwas zu richten, was den Menschen überhaupt erst einzigartig machte.

Kein Geld und kein Flehen von ihr würde mich dazu bringen, irgendeine Operation an ihr durchzuführen. Niemals.

»Ich habe eine neue Idee. Weißt du, mein Professor – der, der mich hasst? – kann seinen Blick nicht von Mädchen mit großen Brüsten lassen. Und da dachte ich mir, hey, wieso mache nicht ein Projekt über sein Lieblingsthema? Ich kann den Prozess einer Brustvergrößerung dokumentieren, ihn mit anderen OPs, die du durchführst, würzen, und am Ende der drei Wochen, wenn das Projekt fällig ist, werde ich mit Erlaubnis von dir und der Patientin eine OP live streamen. Der Blog wäre nicht nur wegen des Themas interessant, sondern auch, weil du und deine

Praxis gerade von der Stadt Seattle ausgezeichnet worden seid. Das wäre großartige PR für alle Beteiligten – für dich … und mich. Außerdem würde ich dir helfen, eine Marke aus dir zu machen, was mir vermutlich meinen Professor vom Hals schaffen würde. Ich weiß, du musst das mit den Anwälten klären, aber …«, endlich hielt sie inne, um zu atmen, »was denkst du darüber?«

»Ich weiß nicht, was ich denken soll.« Seufzend lehnte ich mich an meinen Schreibtisch. »Außer wie verzweifelt du sein musst, um mich um einen Gefallen zu bitten.«

»Unglaublich verzweifelt.« Tränen stiegen ihr in die Augen. »Ich muss diesen Kurs bestehen. Und du bist der einzige Chirurg, dem ich mich mit diesem Projekt anvertrauen würde.«

»Wie meinst du das?«

»Nun …« Sie verlagerte ihr Gewicht. »Ich meine, ich will die Besprechungen und Voruntersuchungen so machen, als wäre ich eine deiner Patientinnen. Das ist der einzige Weg, um wirklich dokumentieren zu können, wie es sich anfühlt. Die Gefühle in Bezug auf eine medizinisch unnötige, stigmatisierte Operation oder die Angst und Vorfreude, bevor man sich unter das Messer legt.«

Hölle. Ihre Brüste. Ihr Körper. Meine Hände.

Sie wollte, dass ich professionell war, wo ich doch nur an ihren Nippeln saugen wollte, anstatt mit schwarzem Stift Linien auf ihrer Haut zu markieren.

»Ich brauche bloß deine Expertise, dann lass ich dich für immer in Ruhe«, sagte sie schnell.

»Du weißt aber schon, dass ich dich dann berühren muss, oder?« Ich hatte das Gefühl, darauf hinweisen zu müssen, und hoffte bei Gott, dass sie erkennen würde, wie falsch das alles war. Zwischen uns war es schon kompliziert genug, ohne dass ich sie tagsüber untersuchen musste, während ich jede Nacht von ihr träumte.

»Thatch, bitte.« Sie beugte sich vor. »Wenn du mir hilfst, gibt es keine Racheliste mehr. Und du musst dich nicht ständig umschauen und fragen, wann oder womit ich das nächste Mal zuschlage.«

Okay, das gefiel mir. Ich hatte bereits zwei schlaflose Nächte hinter mir und stand kurz davor, die Schlösser an meiner Wohnungstür auszuwechseln. Dummheit, dein Name ist Thatch.

Ich öffnete den Mund, um Nein zu sagen. Um sie – wieder einmal – abzuweisen.

»Nimm das Video von der Seite, und wir können darüber reden.«

»Hol die Spinne aus meinem Haus, und wir haben einen Deal.« Sie stand auf und streckte mir die Hand hin.

Etwas riet mir, sie nicht zu ergreifen. Vermutlich der logische Teil meines Gehirns. Der Teil, der mich warnte, dass das böse enden würde.

Aber mal ehrlich, was sollte schon schiefgehen? Ihr Racheplan würde verschwinden, und unser Krieg würde ohne Tote oder Verletzte enden.

Ich nahm ihre Hand in meine und flüsterte: »Eins noch, Austin.«

»Hm?« Ihr Atem ging stoßweise.

»Du bringst mir das Fahrradfahren bei.« Ich ließ ihre Hand los und stand auf.

Ihr blieb der Mund offen stehen.

Ich schloss ihn mit einem Finger und zwinkerte ihr zu. »Auf einem Fahrrad. Hol deine Gedanken aus der Gosse, Rogers.«

»Das wusste ich!« Ich hätte es nicht für möglich gehalten, doch sie errötete noch mehr, während sie sich den Rock glatt strich. »Also, sollen wir den Zeitplan heute Abend durchgehen, wenn du die blöde Spinne aus meinem Haus entfernt hast?«

»Seltsamerweise bereue ich das Ganze jetzt schon«, sagte ich mehr zu mir als zu ihr. »Und ja, wie wäre es, wenn ich zu dir nach Hause komme? Ich fange dein kleines Haustier ein, und du kannst mir erzählen, wie du vorhast, mich zu benutzen, um eine Eins zu bekommen.«

»Du bist eine Schlampe. Du bist es gewohnt, benutzt zu werden.«

»Lustig, dass ausgerechnet dieses Wort heute Morgen auf deiner Stirn stand.« Ich hielt inne. »In Druckbuchstaben. Mit Leuchtmarker.« Ich grinste. »Genau dort.« Ich tippte ihr mit dem Finger gegen die Stirn.

»Held«, hustete sie in ihre Hand und reckte dann die Brust vor. »Außerdem, verkehrt herum zählt nicht.«

»Verkehrt herum zählt immer.« Ich verschränkte die Arme vor der Brust. »Also, sind wir wieder Freunde?«

»Na ja, wir sind keine Feinde mehr.« Sie zwang sich zu einem Lächeln und senkte den Blick. »Danke, Thatch. Ich bin dir was schuldig.«

Wow, wenn ich den Ausdruck auf ihrem Gesicht richtig deutete, musste es verdammt schmerzhaft sein, mir zu danken.

»Ich weiß«, flüsterte ich. »O ja, ich weiß.«

Kapitel Elf

Austin

Thatch musste jede Minute bei mir zu Hause eintreffen. Meine Handflächen waren schweißnass. Und jedes Mal, wenn ich daran dachte, wie ich ihm die Hand geschüttelt hatte, ging mir durch den Kopf: *Heilige Scheiße, du hast eben nicht nur deine Seele an den Teufel verkauft, sondern du hast ihm auch freiwillig dein Herz, deine geistige Gesundheit und vermutlich deinen Körper gegeben.*

Abschlussprüfung bestehen. Mit dem Leben weitermachen. Zu Hause ausziehen. Der Politik den Rücken kehren.

Und Thatch auch.

Ich würde weggehen, aber worauf genau würde ich zugehen? Ich runzelte die Stirn. Ich hatte bisher nicht wirklich über mein Leben nach dem College nachgedacht, weil ich mich vollkommen auf meinen Abschluss konzentriert hatte – darauf, nicht mehr unter dem Pantoffel meiner Eltern zu stehen, unabhängig zu sein. Mir einen Job zu suchen. Zu heiraten.

Ich schluckte. Warum? Warum musste ich immer Thatch mit diesen auf die Zukunft gerichteten Gedanken in Zusammenhang bringen?

Meine Brust brannte dort, wo mein Herz saß – ein schlechtes Zeichen. Ein ganz, ganz schlechtes Zeichen dafür, dass er immer noch körperliche und emotionale Auswirkungen auf mich hatte. Egal, wie oft ich mir vor dem Spiegel aufsagte, dass er ein betrügerischer Dreckskerl mit göttlich blonden Haaren war, mein Körper erinnerte mich unaufhörlich daran, wie steinhart er jedes Mal gewesen war.

Wie fürsorglich.

Aufmerksam.

Wie er sich immer Zeit gelassen hatte, wenn er mich küsste. Als wäre das beinahe so wichtig wie der Sex. Und wie er immer – und ich meine immer – im Bett über die lustigen und doch sexy Situationen gelacht hatte, in die wir uns in unserem gemeinsamen Monat gebracht hatten.

Mein Körper war eine verräterische Schlange. Ich hasste ihn irgendwie.

Ich stützte meine Hände auf den Tresen und hielt mir eine weitere ermunternde Ansprache: Das hier war rein geschäftlich. Nicht persönlich. Er half mir bloß, weil er wusste, dass das Marketing gut für ihn als Marke wäre, für seinen Ruf. Er tat es für seinen Job. Nicht für mich. Niemals für mich.

Okay, das musste ich ungefähr eine Milliarde Mal wiederholen, dann wäre ich bereit.

Ich beäugte den Eimer in der Ecke. Vor ein paar Stunden hatte er aufgehört, sich zu bewegen. Ich war mir zu neunundneunzig Prozent sicher, dass die Spinne meine Angst spürte und mich nur zum Narren hielt. So wie Gürteltiere sich tot stellen und dann auf einmal losrennen.

Warte mal, das war das falsche Tier … Misstrauisch warf ich einen weiteren Blick zum Eimer. Egal, das Mistvieh wartete bloß auf den Zeitpunkt, zu dem ich den Eimer anheben würde, damit es in die Freiheit abzischen konnte.

»Das wird nicht passieren, Charlie.«

»Bitte sag mir, dass du der Spinne keinen Namen gegeben hast.«

Ich zuckte zusammen, presste mir eine Hand auf die Brust und wäre beinahe gegen den marmornen Küchentresen gestolpert. »Kannst du nicht klopfen?«

»Die Tür war offen.« Thatch schob die Hände in die Taschen seiner engen Jeans, und sein Bizeps wölbte sich gegen den Stoff seines schwarzen Vintage-T-Shirts. Warum musste er immer so perfekt aussehen? Seine blonde Surfermähne war im Nacken zu einem Knoten zusammengebunden, was normalerweise bedeutete, dass er gerade mit einer Operation fertig war.

»Sei ehrlich.« Ich brauchte schnell einen Themenwechsel. »Wie viele Körperteile hast du heute anfassen dürfen?«

Er schnaubte auf und kam die drei Stufen vom Eingang herunter, wobei sein Körper viel zu schön und er selbst arrogant wirkte. Der Mistkerl.

»Sechs«, sagte er und blieb direkt vor mir stehen. Ich musste den Kopf in den Nacken legen, um ihm in die Augen schauen zu können. »Und ich Glücklicher, heute war sogar ein Hintern dabei.«

»Wow, du veränderst die Welt einen Körperteil nach dem anderen, hm?«

»Ja, so sehe ich das auch gern.« Sein selbstbewusstes Lächeln raubte mir den Atem und weckte an den vollkommen falschen Körperstellen unstillbare Sehnsüchte.

Ich presste die Oberschenkel zusammen und verengte die Augen. »Sei ehrlich, glaubst du, dass ein Schönheitschirurg jemandem treu bleiben kann, wo er jeden Tag so viele Titten und Ärsche zu Gesicht bekommt?«

»Ich bin mir ziemlich sicher, dass Gynäkologen ihre eigenen Kinder trotzdem mögen, obwohl sie Tausende von Babys auf die Welt gebracht haben.« Er verschränkte die Arme vor der

Brust. »Und ja, es wäre möglich, wenn die betreffende Person nicht vollkommen psychotisch ist.«

»Du nennst mich psychotisch?« Ich riss die Augen auf – wodurch er vermutlich seinen Verdacht bestätigt sah.

»Du hast einen Eimer über eine Spinne gestülpt.« Er drehte sich auf dem Absatz um. »Dann hast du ihr einen Namen gegeben, als täte es dir leid, dass du sie gefangen hast. Also, sag du es mir.«

»Weil«, ich marschierte zu dem Eimer, »es mir wirklich leidtut, dass ich sie gefangen hab. Sie hat ein nettes Zuhause verdient – nur nicht meins. Oder irgendein anderes im Umkreis von fünf Meilen.«

»Austin.« Thatch schüttelte den Kopf. »Das ist kein Welpe.«

»Es hat aber Fell!« Ich zeigte auf den Eimer.

»Das ist kein freundliches Fell. Es gibt Toxine an die Haut ab und verursacht Ausschlag.«

Ich keuchte auf.

»Beruhige dich. Du hast sie ja nicht berührt, oder?«

Ich schüttelte mich. »Nein. Ich denke, dass ich schneller laufen kann. Meine Mom hingegen …«

Er lachte leise.

»Das ist nicht lustig!« Ich schlug ihm gegen die Brust.

»Deine Mom, wie sie in der Küche steht und mit den Armen wedelt, womit sie eine riesige Spinne neben deinem Kopf durch die Luft segeln lässt, während du zur Couch sprintest. Das ist superlustig.« Er legte eine Hand auf den Eimer. »Und wenn du nicht willst, dass sich das wiederholt, solltest du erneut Zuflucht auf der Couch suchen oder dich zumindest auf einen Stuhl stellen. Denn sie wird ziemlich sauer sein.«

»Armer Charlie.«

»Warum Charlie?«

»Weil ich glaube, dass es ein Junge ist, und man kann einen Jungen nicht Charlotte nennen.«

Er verdrehte die Augen. »Manchmal vergesse ich, wie jung du bist.«

»Hey!«

»Sorry.« Er biss sich auf seine perfekte Unterlippe. Seine eisblauen Augen wirkten hellwach, als er vorsichtig den Eimer anhob. Höher und höher, bis er komplett in der Luft schwebte.

»Ach du Scheiße«, murmelte er.

Ich hielt mir die Augen zu. »Ich habe ihn umgebracht, oder?«

»Äh.« Er sagte nichts. Warum sagte er nichts?

»Thatch?« Ich linste zwischen meinen Fingern hindurch und sah, dass er sich am Kopf kratzte, während er sich einmal um die eigene Achse drehte. »Thatch, was ist los? Ist Charlie tot?«

»Nein?«

»Entweder ja oder nein«, fluchte ich und sprang von der Couch, bereit, mich bei der armen Spinne zu entschuldigen, die ich hatte ersticken lassen.

Aber da lag keine tote Spinne auf dem Boden.

Da war überhaupt keine Spinne.

Nur ein blauer Eimer.

Und ein sauberer Fußboden.

»Thatch.« Mein Mund war ganz trocken. »Wo ist Charlie?«, fragte ich flüsternd.

Er packte meinen Arm. Seine warmen Finger gruben sich in meine Haut, und dann flüsterte er die Worte, die keine Frau jemals hören will.

»Beweg dich nicht.«

»Thatch«, stieß ich durch zusammengebissene Zähne aus. »Falls das ein Witz ist, ist er nicht lustig.«

»Mache ich den Eindruck, als würde ich lachen?« Seine Augen waren auf meine Füße gerichtet. Ich hatte Angst, nach unten zu schauen. So große Angst. Aber wenn jemand so intensiv auf eine Stelle starrt, hat man natürlich keine andere Wahl, als auch hinzusehen, richtig?

Langsam senkte ich den Blick.

Und wer hätte es gedacht? Da saß Charlie direkt neben meinem großen Zeh.

Ich trug nur Sandalen. Ich war ein Gladiator ohne Waffen. Vollkommen am Arsch.

Und als spürte Charlie das, hob er eines seiner haarigen Beine in die Luft, wie um die Spannung zu prüfen, die um meinen rosigen Zeh herumwirbelte.

»Bleib ganz ruhig«, sagte Thatch und kniete sich langsam neben der Spinne hin.

»Ich versuche es.« Meine Hände zitterten, während die untertassengroße Spinne ihren seltsamen Paarungstanz fortsetzte. »Ich glaube, er ist aufgebracht.«

»Er hat unter einem Eimer gesessen«, zischte Thatch. »Natürlich ist er aufgebracht! Du kannst dich ja noch nicht mal im Kleiderschrank verstecken, ohne auszuflippen.«

»Ein Mal!«, zischte ich zurück. »Und es war echt finster da drin.«

»Übersetzung: Du hast Angst im Dunkeln.«

»Wenigstens kann ich Fahrrad fahren.«

»Willst du das wirklich in diesem Moment ausdiskutieren?« Er streckte langsam eine seiner großen, perfekten Chirurgenhände in Richtung Spinne aus, und mit einem Mal wusste ich, wie das enden würde. Die Spinne würde ihn beißen. Der Biss würde sich entzünden. Thatch könnte seinen Beruf nicht mehr ausüben. Oder seine Studienkredite zurückzahlen.

Er wäre verschuldet. Auf der Straße. Nackt. Tot.

Thatch würde sterben.

»Warte!« Langsam ging ich ebenfalls in die Knie. Die Angst ließ das Blut in meinen Ohren rauschen, als ich meine Hände ausstreckte und Charlie daraufwanderte. Das kitzelte. Was nett gewesen wäre, wenn ich nicht solche Angst vor Spinnen hätte.

Zitternd ging ich mit ihm zum Eimer und setzte ihn sanft hinein, dieses Mal mit der offenen Seite nach oben, damit Thatch ihn später mitnehmen konnte. Gerade als ich meine Hände wegzog, grub sich etwas Scharfes in meine Haut.

»Verdammte Sch…«

Thatch fing mich auf, bevor ich zusammenbrechen konnte. Meine Hände zitterten, und Schmerz raste durch meinen rechten Daumen.

Bevor ich wusste, wie mir geschah, trug Thatch mich zur Couch. Ich spürte, wie er mich auf weiche Kissen bettete, meine Hand ergriff und sich den Daumen dicht vor die Augen hielt.

»Ich werde sterben, oder?«, wimmerte ich. »Auf dem Discovery Channel haben sie gesagt, der Biss einer Vogelspinne fühlt sich an wie ein Bienenstich – diese Lügner aus den Tiefen der Hölle.«

Thatch kniff die Augen ein wenig zusammen und betrachtete den roten, geschwollenen Punkt. Dann ließ er meine Hand langsam auf die Couch sinken. »Du wirst überleben.«

»Nun, das ist ermutigend. Bekomme ich wenigstens einen Lolli? Dafür, dass ich dein Leben gerettet habe?«

»Du?« Lachend setzte er sich zu mir auf die Couch. »Du hast mein Leben gerettet, indem du dich von einer Vogelspinne hast beißen lassen?«

»Denk doch nach!« Mit ihm zu reden lenkte mich wenigstens von dem pochenden Schmerz ab. Der inzwischen ein wenig abgeklungen war. Aber bei der Vorstellung, Spinnengift in meiner Hand zu haben, wand ich mich innerlich. »Wenn er dich gebissen hätte, könntest du deinen Beruf nicht mehr ausüben.«

Er wirkte nachdenklich. »Du meinst, ich würde endlich mal Urlaub kriegen und könnte länger als drei Stunden am Stück schlafen?«

»Nun ja, wenn du es so ausdrückst«, erwiderte ich und versuchte, die Arme zu verschränken, doch dabei explodierte in meiner Hand brennender Schmerz.

Thatch ergriff sie erneut. »Das Gift ist nur schwach. Die Schwellung kommt von der Wunde, die die Fangzähne der Spinne verursacht haben.«

»Das ist auf so vielen Ebenen enttäuschend. Ich habe dir das Leben gerettet und darf mich dafür noch nicht mal in Spider-Man verwandeln.«

»Tja, Pech gehabt. Vielleicht nächstes Mal.« Er zwinkerte mir zu.

Das war nett. Mit ihm auf der Couch zu sitzen. Meine Beine auf seinem Schoß. Meinen Blick auf seinen Mund gerichtet.

Abbrechen! Abbrechen!

Ich schaute schnell weg, aber nicht schnell genug – er ertappte mich dabei, wie ich dorthin starrte, wo ich nicht hätte hinstarren sollen, und ich kam mir wie eine totale Loserin vor, weil ich immer noch so scharf auf ihn war.

Was hatte dieser Mann nur an sich?

Außer alles?

Er war brillant. Arbeitete hart. War umwerfend. Und er kämpfte mit Spinnen, für ein Mädchen, das er gerade abgeschossen hatte.

Verdammt.

»Das führt nirgendwohin«, sagte er mit hohler Stimme. »Das weißt du, oder?«

Es war, als hätte er mir gerade den fröhlichsten Luftballon der Welt geschenkt und ihn dann mit einer Nadel platzen lassen.

Ich fühlte mich komplett leer und geschlagen. Obwohl ich wusste, dass es keine Hoffnung für uns gab, jemals wieder zusammenzukommen, hatte ich mich offiziell in einen traurigen, jämmerlichen Klammeraffen verwandelt. Über solche

Mädchen hatte ich mich bisher immer lustig gemacht. Und jetzt schaute mich genau so ein Mädchen im Spiegel an.

Ich seufzte gedehnt und nickte langsam. »Das hier ist rein geschäftlich, Thatch. Du weißt, wie wichtig es für mich ist, meinen MBA zu schaffen.«

Er wandte den Blick ab. Sein Kiefer wirkte angespannt. »Sind deine Eltern immer noch den Großteil der Zeit unterwegs?«

Ich nickte.

»Und nun, wo die Wiederwahl ansteht ... Ich schätze, dein Dad will, dass du dich wieder in seine Bürgermeisterkampagne einbringst?«

Übelkeit stieg in mir auf. Für meine Eltern war ich eine Trophäe. Etwas Glänzendes, Hübsches, das sie vorzeigen konnten, um die Wählerstimmen von Familien zu gewinnen, die es zu schätzen wussten, dass meine Eltern sich, obwohl sie viel beschäftigt waren, die Zeit genommen hatten, ein Kind großzuziehen.

Sicher, ich wusste, dass meine Eltern mich liebten. Sie liebten mich nur auf ihre Art – auf die einzige Art, die sie kannten.

»Ich muss meinen Abschluss machen«, betonte ich noch einmal. »Der Arbeitsmarkt ist heftig umkämpft, und ein MBA wird mir helfen, einen Job zu finden. Je eher ich den Abschluss habe, desto eher kann ich mit meinem Leben weit weg von alldem hier beginnen.« Ich hob die Hände in die Luft.

Das hier war zufällig eine Villa. Eine riesige Villa. Mit drei miteinander verbundenen Swimmingpools. Einem Tennisplatz. Zwei Kinosälen. Und einer Bowlingbahn.

Mir wäre alles andere lieber gewesen. Wenn ich die Wahl gehabt hätte, mit meinen Eltern als Familie in einer Bruchbude zu leben oder in einer Villa, wo ich sie kaum einmal sah, hätte ich mich für Ersteres entschieden. Ich würde die Bruchbude immer vorziehen.

»Ich gebe mein Bestes, um dir zu helfen.« Er nahm meine Beine von seinem Schoß. »Aber zuerst drehen wir eine Runde.«

Ich konnte nicht anders – ich errötete.

»Das darfst du nicht mehr«, flüsterte er und schaute mich durchdringend an. »Du darfst nicht erröten, wenn ich solche Sachen sage.«

»Tut mir leid.«

Er stieß einen unterdrückten Fluch aus und stand auf. Ich hätte schwören können, dass er in der Nähe der Tür seine Hose richtete, doch ich war zu sehr damit beschäftigt, mich hinter der Couch zu verstecken, um genau hinsehen zu können.

»Wo ist dein Fahrrad?«, rief er mir über die Schulter zu, bevor er sich umdrehte.

»In der Garage. Aber es ist jetzt schon dunkel. Lass es uns morgen nach der Arbeit machen.« Das brachte ich ohne Stottern oder Erröten raus.

»Na gut.« Er wirkte erschöpft.

»Vergiss die Spinne nicht.« Ich zeigte auf den Eimer. »Und lass sie nicht in der Natur frei. Wir können nicht riskieren, dass der Bastard sich mit einer anderen, kleineren Spinne paart und Zombie-Spinnenbabys produziert, die die Weltherrschaft übernehmen.«

Er sah mich an, als hätte ich den Verstand verloren. Dann schüttelte er lächelnd den Kopf. »Du bist sehr unterhaltsam, das muss man dir lassen.«

»Danke. Das nehme ich als Kompliment.«

»Das sollte es auch sein.«

Wir erstarrten und lächelten einander an.

»Geh schlafen«, flüsterte ich. »Du hast morgen einen anstrengenden Tag.«

»Jap.« Er schnappte sich den Eimer mit einer Hand. Die Muskeln an seinem Unterarm spannten sich. »Nimm eine Ibuprofen, und kühl den Spinnenbiss. Wenn du Muskelschwäche oder ein enges Gefühl in der Brust verspürst, sag mir Bescheid, dann verschreibe ich dir etwas.«

»Ah, die Macht des Stifts.«

Er verdrehte die Augen und winkte mit seiner freien Hand. »Wir sehen uns morgen früh um acht, Austin.« An der Tür zögerte er. »Sorg dafür, dass du angemessen gekleidet bist.«

»Oh, du willst also, dass ich ein Radlertrikot trage?«

Er zeigte mir den Mittelfinger und schloss die Tür leise, während ich lachte.

Kapitel Zwölf

Thatch

Ich war an diesem Tag nervöser, als ich an meinem ersten Arbeitstag nach bestandener Assistenzzeit gewesen war. Unsere Mitarbeiterkonferenz dauerte länger als nötig, und als wir endlich fertig waren, brauchte ich einen Kaffee. Allerdings hatte ich das erste Mal seit drei Tagen die Nacht durchgeschlafen, weil ich mir keine Gedanken darüber machen musste, ob Austin wohl Frösche oder sonst etwas in meiner Wohnung loslassen würde.

Wirklich, nach einer durchschlafenen Nacht sah alles viel rosiger aus.

Obwohl Austin keine echte Patientin war, musste ich sie so behandeln, als wäre sie es. Ich hasste es, dass ich jedes Mal, wenn ich daran dachte, sie zu untersuchen, so hart wurde, dass ich keinen klaren Gedanken mehr fassen konnte.

Mia, unsere Büroassistentin, winkte mir zu und bedeckte die Sprechmuschel des Telefonhörers mit einer Hand. »Austin Rogers wartet in Ihrem Büro.«

Okay, es ging los. »Danke, Mia.«

Bei mir stand an diesem Tag bloß eine Brustvergrößerung an, und falls es die Patientin nicht störte, wenn Austin zusah, würde ich sie mit in den OP nehmen. Vermutlich würde sie innerhalb der ersten fünf Minuten in Ohnmacht fallen, aber wenigstens bekäme sie gutes Material für ihren Blog.

Mein Gott, machte ich da wirklich mit? Ging es mir wirklich darum, dass ich nachts besser schlafen konnte, weil ich nicht in einem konstanten Zustand der Paranoia leben musste? Oder war es nur meine kranke Art, Austin nahe zu sein, ohne mich auf sie einlassen zu müssen?

Austin saß mit übergeschlagenen Beinen auf meiner Couch. Sie trug Stilettos und war ganz in Schwarz gekleidet – was zu ihren goldfarbenen Strähnen und der blassen Haut verdammt heiß aussah.

»Ich hatte gesagt, du sollst dich vernünftig anziehen«, schalt ich sie, doch es gelang mir nicht, die Lust aus meiner Stimme rauszuhalten. Ich zwang mich, überallhin zu schauen, bloß nicht auf ihre perfekten langen Beine … Die gleichen Beine, die sich beim Sex immer um meine Hüften geschlungen hatten.

Austin stand auf. »Haha. Sehr lustig. Mein Kleid ist weder zu kurz noch zu eng. Es ist perfekt.«

Das stimmte. Gierig sog ich ihren Anblick in mich auf. Dann räusperte ich mich. »Okay, ich gebe dir erst mal ein paar Formulare zum Ausfüllen, so wie es jede unserer Patientinnen tun muss. Sobald du damit fertig bist, beginnen wir mit der ersten Konsultation.«

»Konsultation?«, wiederholte sie.

»Stell es dir wie ein Bewerbungsgespräch vor, in dem du bestimmst, was passiert.« Ich ging zu meiner Kaffeemaschine und fing an, mich zu entspannen.

»Ich habe dir einen Kaffee mitgebracht.« Sie streckte ihren Arm um meinen Körper und drückte mir einen großen Becher in die Hand. »Haselnuss-Latte, richtig? Keine Sahne? Keine Kalorien? Kein Spaß?«

Ihre Stimme zitterte. Das hier würde schwerer werden, als ich gedacht hatte.

»Danke«, erwiderte ich kühl. Distanziert. »Wir tasten einander ab, du entscheidest, ob mein Verhalten so ist, wie du es dir von einem plastischen Chirurgen wünschst.« Ich hätte nicht »abtasten« sagen sollen … »Und«, ich drehte mich um, damit sie nicht sah, was dieses Wort bei mir angerichtet hatte, »ich entscheide, ob du eine geeignete Kandidatin bist. Wir werden mit einer Konsultation für eine normale Brustvergrößerung anfangen, weil laut deiner Aussage dein Professor darauf steht, richtig? Aber wenn wir Zeit haben, können wir noch ein paar andere Operationen besprechen, bevor die drei Wochen um sind. Klingt das gut?«

Sie war still. Zu still. Ich warf einen Blick über meine Schulter. Und sah, dass Austin meinen Hintern anstarrte.

Als ich mich räusperte, ruckte ihr Kopf hoch, und sie errötete. »Tut mir leid. Sorry …« Sie schlug sich eine Hand vor den Mund und stieß ein peinlich berührtes Stöhnen aus. »Erst Brustvergrößerung, danach andere Sachen. Verstanden.«

»Super.« Ich zwang mich zu einem Lächeln, nach dem mir gar nicht zumute war – immerhin würde ich offiziell keinerlei Action von dem Mädchen bekommen, das ich tatsächlich liebte. Was meinem Körper überhaupt nicht gefiel. »Warum gehst du nicht zu Mia und bittest sie um die Formulare? Eine der Schwestern wird dich dann in ungefähr einer halben Stunde ins Untersuchungszimmer rufen.«

»Perfekt.« Sie drehte sich auf dem Absatz um und marschierte aus meinem Büro, als gehöre es ihr.

Ein kleines Lächeln breitete sich auf meinem Gesicht aus, als ich einen Blick auf ihren Daumen und das »Arielle, die Meerjungfrau«-Pflaster daran erhaschte. Ich weigerte mich, das bezaubernd zu finden. Und das, in Kombination mit ihrem unglaublich sexy Körper – den ich in ungefähr dreißig Minuten berühren würde –, trieb mich langsam in den Wahnsinn.

Verdammt noch mal.

Ich band meine langen Haare im Nacken zu einem Knoten zusammen und schaute zur Uhr.

Noch neunundzwanzig Minuten.

* * *

Ich schnappte mir Austins Klemmbrett mit den Formularen und ging ins Untersuchungszimmer, um jedes Detail zu lesen, als wäre sie eine echte Patientin.

»Austin«, sagte ich herzlich. »Wie fühlst du dich?«

Sie blinzelte mich mit großen Augen an. »Als hätte ich dir gerade viel zu viele medizinische Informationen für einen albernen kleinen Schnitt hier gegeben …« Sie zeigte auf ihre Brust. »Nach dem du mir, was auch immer du willst, da reinstopfst«, sie zog ihre Hand weg, »und mich dann wieder zunähst.«

»Ich kann mich nicht entscheiden, ob ich wegen deiner mangelhaften Kenntnisse bezüglich Brustvergrößerungen beleidigt sein soll oder überrascht darüber, dass du weißt, wo deine Brüste sitzen.«

Sie atmete tief ein. »Wir wollten uns professionell verhalten, schon vergessen?«

»Stimmt.« Ja, das hier würde wesentlich schwerer werden, als ich gedacht hatte. »Fangen wir mit diesem Formular an. Du darfst dir gerne Notizen für deinen Blog machen, und wenn es an der Zeit ist, dich zu untersuchen, rufe ich eine der Arzthelferinnen dazu.«

»Warte mal. Was?« Sie wurde weiß wie die Wand. »Eine Arzthelferin schaut dabei zu?«

Ich sah von dem Formular auf und blickte sie an. »Es ist immer eine Arzthelferin dabei, damit ich nicht wegen unangemessener Berührungen verklagt werden kann.«

»Aber …« Ihre Miene wirkte panisch, und sie senkte die Stimme. »Es *ist* unangemessen, wenn wir nicht zusammen sind, oder?«

Ich stieß einen langen Seufzer aus. »Austin, das hier ist mein Job. Außerdem hast du solche Gedanken nicht, wenn du zu deinem Frauenarzt gehst, oder?«

»Mein Frauenarzt sieht auch nicht aus wie das Kind von Brad Pitt und James Franco.«

Ich lachte. »Wow, das ist lustig, denn ich höre oft, dass ich aussehe wie Orlando Bloom mit blonden Haaren.«

Sie sank auf ihrem Stuhl zusammen. »Ich fühle mich nicht wohl bei dem Gedanken, dass die Arzthelferin meine Brüste anstarrt.«

»Also … sie darf sie nicht sehen, aber dein verhasster Ex-Freund schon?«

»Ich hasse dich nicht.« Es war das zweite Mal innerhalb von vierundzwanzig Stunden, dass sie das zugab. Das musste doch etwas bedeuten.

»Aber du magst mich auch nicht gerade, oder?« Ich musste das einfach fragen.

Austin schwieg und richtete ihren Blick schnell auf ihre im Schoß verschränkten Hände. »Habe ich das Formular richtig ausgefüllt?«

»Ja, du bist sehr gut im Ankreuzen von Kästchen. Prima gemacht.«

»Haha. Sarkasmus.«

»Du weißt, dass du die Kästchen nicht komplett ausmalen musst, oder? Ein einfaches Kreuz reicht.«

»Wenn ich nervös bin, male ich nun mal«, fuhr sie mich an. »Das weißt du. Halt dich zurück.«

»Nun, es sieht so aus, als hättest du, um dein Muster aufrechtzuerhalten, einen Schlaganfall und Herzrhythmusstörungen bekommen müssen.« Ich zeigte ihr das Klemmbrett.

»Hey, die Herzrhythmusstörungen könnten echt sein – ich flippe wegen des Studiums noch aus. Und ich bin gestern Abend von einer Spinne gebissen worden!«

Ich schaute zu ihrem geschwollenen Daumen. »Tut es noch weh?«

»Nein. Dank Arielle ist alles wieder gut«, erwiderte sie sarkastisch.

Der Tag wurde mit jeder Minute länger.

»Okay.« Ich überflog den Rest des Formulars. »An diesem Punkt würde ich dich fragen, ob du irgendwelche Probleme mit Blutgerinnseln hast, weil du das in dem Versuch, mit den Kästchen einen Smiley zu machen, auch angekreuzt hast.«

»Nö.«

Ich lehnte mich zurück und ließ meine Ausbildung übernehmen. »Warum eine Brustvergrößerung? Was willst du damit erreichen?«

Sie schwieg.

Ich schaute auf. »Austin?«

»Ich schätze, es ist der gleiche Grund wie bei allen Frauen, die sich einer Schönheitsoperation unterziehen. Ich will bemerkt werden?«

Lustig, dass sie fälschlicherweise davon ausging, dass bloß unsichere Frauen in meine Praxis kamen, wo es sich doch nur bei ungefähr zehn Prozent der Fälle um Vorzeigefrauen und bei den anderen neunzig Prozent um Frauen handelte, die eine Mastektomie hinter sich hatten und sich wieder weiblich fühlen wollten. Oder um Frauen, die wunderschöne Kinder zur Welt gebracht und durch das Stillen einen Teil von sich verloren hatten, den sie wiederhaben wollten. Ich biss mir auf die Zunge und musterte Austin von Kopf bis Fuß. *Sie will bemerkt werden?*

»Ein Mann müsste tot sein, um dich nicht zu bemerken«, sagte ich laut.

Unsere Blicke trafen sich.

Mist.

Ich räusperte mich. »Okay, du möchtest also *bemerkt* werden. Hast du eine Vorstellung davon, wie groß die Brüste werden sollen? Ein großes Implantat würde zum Beispiel voller aussehen und die Brüste so anheben, wie es ein Push-up-BH tut. Ein mittleres Implantat könnte – je nach Körperbau – natürlicher erscheinen, aber …« Mist, ich musste professionell bleiben, nur stellte ich mir immer wieder ihre perfekten, kecken Brüste vor und wie sie in meine Hände passten, über meine Daumen quollen und … Ich räusperte mich erneut. »Nachdem ich deinen Körper gesehen habe«, fuhr ich fort, »würde ich kein mittleres Implantat empfehlen, weil es für deine schmale Figur zu schwer wirken würde.«

Sie schaute mich an, als hätte ich gerade den Verstand verloren, und fragte mit leiser Stimme: »Also würdest du mich operieren?«

»Deshalb bist du doch hier, oder?«

»Nein, ich meine, in echt«, erklärte sie. »Du würdest … mich verbessern?«

»Verdammt, Austin.« Ich legte das Klemmbrett auf den Schreibtisch und wollte meinen Kopf am liebsten folgen lassen. »Glaub mir, wenn ich dir sage, dass es absolut nichts an deinem Körper gibt, was ich ändern würde. Nicht jetzt und niemals.«

Und da waren wir wieder, die Blicke ineinander verschlungen, unsere Körper keinen halben Meter voneinander entfernt. Ich müsste mich nur vorbeugen. Und sie auch.

Ich streckte die Hand aus, um sie zu berühren, da klopfte es an der Tür, und unsere Oberschwester streckte den Kopf herein. »Dr. Holloway, sind Sie bereit?«

»Jap.« Ich sprang auf die Füße und zeigte auf den Krankenhauskittel auf dem Untersuchungstisch. »Den Rock kannst du anbehalten, aber du musst dein Oberteil ausziehen und versuchen, das Ding hier so zu drapieren, wie Nancy es dir zeigt. Ich bin in fünf Minuten wieder da.«

Ich konnte den Raum gar nicht schnell genug verlassen. Über den Flur ging ich in mein Büro und schlug die Tür hinter mir zu. Dann lehnte ich mich an meinen Schreibtisch und atmete ein paarmal tief ein und aus.

Die Tatsache, dass sie meine Gefühle ihrem Körper gegenüber überhaupt infrage stellte angesichts dessen, wie ich sie mit meinem Mund und meinen Händen verwöhnt hatte, haute mich aus den Socken.

Nie wäre ich darauf gekommen, dass sie nach dem Ende unserer Beziehung verunsichert sein könnte. Obwohl es natürlich Sinn ergab. Mein Job war es, Makel zu korrigieren, also war es auch mein Job, diese Makel zu finden.

Doch wann immer ich mit Austin zusammen war, konnte ich nur einen Makel sehen – und dieser Makel war ich.

Kapitel Dreizehn

Austin

Nancy war nett.

Wenn man Frauen mochte, die natürlich altern sollten, stattdessen aber aussahen, als hätten sie ihr Gesicht einmal zu oft einfrieren und sich die Augenbrauen an die Stirn nageln lassen.

Sie war auf eine sehr harsche Art schön – und konnte entweder achtzig oder auch vierzig sein.

Ich war nicht gegen Schönheitsoperationen. Mir gefiel es nur besser, wenn sie natürlich wirkten. Und an Nancy sah nichts natürlich aus.

Als sie mich allein ließ, damit ich mich umziehen konnte, streifte ich mir mein Oberteil so schnell ab, dass ich beinahe mit dem Kopf im Ausschnitt hängen geblieben wäre. Nicht, weil ich so scharf darauf war, Thatchs Hände auf meinem Körper zu spüren, sondern weil ich wollte, dass diese peinliche Situation schnell vorbei war.

Es war unangenehm. Und ich kannte Thatch. Ich hatte Sex mit ihm gehabt, er hatte mich nackt gesehen, und meine Zähne klapperten immer noch.

Ich machte mir eine mentale Notiz, das in meinem Blog zu erwähnen. Dass, egal, wer man war, man trotzdem oben ohne im Untersuchungszimmer eines Arztes stand, in dem grelles Licht auf einen fiel und jeden einzelnen Makel enthüllte, der sich sonst im Dunkeln versteckte.

Es klopfte laut, und ich fuhr beinahe aus der Haut. »Ich b-bin bereit«, sagte ich bemüht selbstbewusst.

Thatch kam herein, Nancy direkt auf den Fersen. Er wusch sich die Hände. Warte mal, warum wusch er sich die Hände?

»Ich möchte nicht, dass du frierst«, flüsterte er, sodass nur ich es hören konnte. »Und wer weiß, wo meine Hände überall gewesen sind?«

Das war ein Witz. Damit ich mich besser fühlte. Aber ich fühlte mich bloß schlechter – denn mein Körper wusste genau, wo seine Hände vor nicht allzu langer Zeit gewesen waren.

An mir.

»Okay.« Thatch riss mich aus meinen jämmerlichen Sexfantasien, in denen er eine Augenklappe trug und mir einen Klaps auf den Po gab. »Ich werde Unmengen an Zeug aufschreiben, das für dich keinen Sinn ergibt. Das tue ich, um zu sehen, ob eine Brust größer ist als die andere. Außerdem messe ich den Abstand von deinen Brustwarzen bis zum Brustbein, also halt still, und versuch, gerade zu stehen, okay?«

Ich nickte kurz, und er holte einen Filzstift heraus. Das war wie die Schikane in den Studentenverbindungen, wo sie sämtliche Makel auf Fotos mit Filzer einkreisten und schreckliche Namen danebenschrieben, wie »Schlampe«, »Hure« und »Zicke«.

Nur war es fünftausendmal schlimmer. Weil ich nicht betrunken war. Und niemand meine Schande mit mir trug. Da war bloß der sexyste Mann der Welt, mit einem Stift in der Hand und wild darauf, aufzuzeigen, was alles falsch war, damit er es korrigieren konnte.

Oh, das war so eine dumme Idee gewesen.

Thatch lächelte mich liebevoll an. »Entspann dich. Das ist mein Job. Dafür hast du mir sogar eine glänzende Auszeichnung verpasst.«

Ich nickte wieder. »Du hast recht. Okay.« Ich straffte die Schultern und stellte mich aufrecht hin. »Ich bin bereit.«

Er schob den Stoff des Kittels beiseite und enthüllte meine Brüste. Dann sog er scharf die Luft ein. Seine Pupillen weiteten sich, und der Stift erstarrte mitten in der Luft.

»Dr. Holloway?« Nancy hüstelte. »Ist alles in Ordnung?«

»Mein Gott, ja«, flüsterte er. »Sicher, Nancy, mir ist nur gerade eingefallen, dass ich das Garagentor offen gelassen habe.«

Ich warf ihm einen fragenden Blick zu, denn er hatte gar keine Garage.

Er wiederum sah mich an, als wollte er sagen: *Halt den Mund, bevor ich dir mit dem Stift Kringel ins Gesicht male.*

Also hielt ich den Mund.

Thatch umfasste kurz meine Brüste, hob erst die rechte, dann die linke an. Ich versuchte wirklich, es zu ignorieren. Ich schwöre es. Aber als seine Knöchel meinen rechten Nippel streiften, reagierte mein Körper. Thatch bemerkte es … Wie sollte er auch nicht? Meine Brüste, die kleinen Schlampen, bettelten förmlich um seine Aufmerksamkeit.

In der Zwischenzeit machte Dr. Thatch bloß seinen Job.

Ich war in der Hölle.

Er feuerte Maße in den Raum, die Nancy aufschrieb, und wie angekündigt ergaben sie für mich überhaupt keinen Sinn.

»Die Linke ist größer als die Rechte«, bemerkte er ausdruckslos.

»Super«, erwiderte ich, und es klang wie »Gib mir den Gnadenschuss«.

»Wirklich nur ein bisschen. Es würde dir kaum auffallen.«

Aber ihm. Es *war* ihm aufgefallen. Ich fragte mich, ob er das immer nach dem Sex gemacht hatte: im Kopf eine Checkliste von all den Dingen durchgehen, die er an meinem Körper ändern würde, wenn ich ihn bloß ließe.

»Beinahe fertig.« Er schaute zum ersten Mal seit Beginn der Untersuchung zu mir hoch. »Nancy«, sagte er, ohne sie anzusehen. »Bitte geben Sie mir einen der Sport-BHs aus dem Regal.«

»Sofort.« Sie wandte uns den Rücken zu.

Und dann waren Thatchs Hände auf mir.

Er massierte beide Brüste mit den Fingern, während er sich vorbeugte und mir ins Ohr flüsterte: »Du bist perfekt.«

Bevor ich etwas erwidern konnte, zog er sich zurück.

Tränen wallten in meinen Augen auf. Woher hatte er gewusst, was ich gedacht hatte? Und warum musste er so nett sein? Wenn er so nett war, fiel es mir schwer, wütend auf ihn zu sein, weil er mich verletzt hatte.

Und wenn er so attraktiv war. Ja, das durfte man nicht vergessen.

Nancy reichte ihm den BH, den er mir in die Hand drückte. »Zieh den bitte mal an.«

Ich schlüpfte aus dem Kittel und zog den Sport-BH über.

»Okay.« Er nahm ein durchsichtiges Implantat in die Hand, das raue Ränder hatte, und ein weiteres mit glatten Rändern. »Das rauere Implantat ist mit kohäsivem Gel gefüllt. Das hält seine Form besser, fühlt sich aber härter an.« Er streckte es mir hin.

Bedeutete das, ich sollte es berühren?

»Mach nur. Fass es an«, ermutigte er mich lächelnd.

Ich wog es in meiner Hand. »Hmm, es fühlt sich wirklich irgendwie … hart an.«

Er riss den Kopf so schnell nach oben, dass ich das Implantat beinahe hätte fallen lassen. Seine Augen funkelten.

Schnell nahm er mir das Implantat ab und ersetzte es durch das weicher aussehende.

»Das ist … weicher. Es fühlt sich echter an«, sagte ich.

»Das ist mit einer Kochsalzlösung gefüllt. Und weil du wirklich nicht mehr als eine Körbchengröße zulegen solltest, würde ich dir das vorschlagen.« Er nahm noch ein weiteres Implantat zur Hand. »Und nun steck sie dir in den BH, so wie du es immer getan hast, als du zwölf warst und zu Britney Spears getanzt hast.«

Ich lachte. »Ich habe meinen BH nie ausstopfen müssen.«

Das Lächeln auf seinem Gesicht erstarrte.

Nancy räusperte sich.

»Steck sie einfach rein.« Er kratzte sich am Kopf.

»Einfach so?« Ich zog die Nase kraus. »Ich steck das einfach hier rein?«

Bildete ich mir das ein, oder schwitzte er?

»Jap.« Seine Stimme klang rau. »Einfach … rein damit.«

»Okay.« Ich stopfte beide Implantate vorne in den BH und schaute nach unten. »Wow, wer hätte das gedacht? Ich sehe umwerfend aus.«

Nancy nickte lachend. »Sie sehen gleich so viel dünner aus.«

Wie süß, dieser passiv-aggressive Ton. Ich wollte nicht einmal wissen, wie oft sie davon geträumt hatte, in Thatchs Hose zu kommen. Oder wie gut es sich anfühlen würde, sie wissen zu lassen, dass ihre Träume es niemals mit der Realität aufnehmen konnten.

Andererseits.

Dieses kleine, nervige Gefühl namens Zurückweisung stach direkt in mein Herz. Wir waren nicht mehr zusammen. Er war frei, jede Frau zu vögeln, die er wollte – selbst seine vierzig- bis achtzigjährige Arzthelferin.

Thatch fasste mich an den Schultern und drehte mich zu einem großen Spiegel herum. »Also, was meinst du?«

»Ich denke …« Ich betrachtete meinen Körper. Die Implantate verliehen meiner großen, schlaksigen Gestalt tatsächlich Kurven, aber sie fühlten sich falsch an. Allein sie unter diesem Sport-BH zu tragen gab mir das Gefühl, eine Poserin zu sein. Als wäre ich nur einen Schritt davon entfernt, mich in Nancy zu verwandeln. »Ich glaube, ich muss darüber nachdenken.«

Er atmete aus, als wäre er erleichtert, dass ich von meiner neuen Körbchengröße nicht so begeistert war, dass ich wirklich überlegte, mich unter das Messer zu legen.

»Okay.« Er zog sich zurück. »Ich gebe dir Zeit, damit du dich umziehen kannst, und bin gleich zurück.«

Er und Nancy gingen.

Ich betrachtete mich noch einmal im Spiegel und holte dann langsam die Implantate heraus.

Meine Brust schwand. Und ich fragte mich … Warum sollte er mich wollen? Es war kein Wunder, dass er mit mir Schluss gemacht hatte. Denn wie hätte er mich am Ende *nicht* betrügen können? Wieso hätte er in einer Beziehung bleiben sollen, wenn er es nicht musste? Wo er das hier doch jeden Tag hatte? Wo er jeden Tag seines Lebens von so viel Perfektion umgeben war?

Nun, zumindest hatte ich jetzt meine Antwort.

Ich wünschte nur, sie wäre nicht so ätzend, wie sie war.

Kapitel Vierzehn

Thatch

Sie wartete auf mich.

Sie wartete schon mindestens fünf Minuten.

Aber ich bekam meinen Körper einfach nicht unter Kontrolle. Seit gefühlt einer Stunde stand ich an der Tür und dachte über die gleichen schrecklichen Dinge nach.

Ermordete Welpen.

Whiskey-Engpässe.

Fahrradfahren.

Frösche.

Tod.

Und trotzdem war ich steinhart – und das wäre für jeden auf dem Flur unübersehbar.

»Verdammt.« Ich zog die Tür wieder zu und wandte mich dem geschlossenen Fenster zu. Dann umfasste ich mich mit einer Hand, während ich Visionen von Austins perfektem Körper abwehren musste, die es beinahe schmerzhaft machten, mich selbst zu berühren.

»Was tust du da?«, fragte eine Stimme hinter mir. Eine vertraute Stimme. *Ihre* Stimme. Ich schwöre, mein Schwanz sprang mir beinahe aus der Hand auf der Suche nach dieser Stimme und dem Körper, zu dem sie gehörte.

»Nichts«, log ich. Mein Körper hasste mich dafür, während mein Gehirn schrie: *Dreh dich um, beug sie über den Tisch, zieh ihr den Rock hoch, zieh ihr einfach den Rock hoch!*

Der Klang der zufallenden Tür hätte nicht erotisch sein sollen. Genauso wenig wie das Summen des Computers. Oder angespannte Stille. Doch das alles … brachte mich um.

Austin kam um mich herum, die Hände in die Hüften gestemmt. »Nancy meinte, da ich keine echte Patientin bin und hier nur Recherche betreibe, könnte ich dich suchen gehen.«

»Ach, hat sie das gesagt?« Meine Hand hatte ich zum Glück schon wieder aus der Hose gezogen. Aber die Schuldgefühle standen mir ins Gesicht geschrieben, das wusste ich.

Austin senkte den Blick. Während ich darum betete, dass mein Schwanz sich ihr nicht entgegenreckte.

»Da kann jemand die Sache wohl nicht professionell halten, was?«

»Es ist eine Weile her.« *Super, Thatch, es klingt wirklich professionell, dass du seit einer ganzen Weile keinen Sex mehr hattest und jetzt mit einem Harten von der Größe von Texas hier stehst, nachdem du die Brüste einer Frau angefasst hast – an deinem Arbeitsplatz.*

Wie gut, dass Austin wirklich keine echte Patientin war. Sonst wäre ich auf der Stelle gefeuert worden. »Also.« Ich trat einen Schritt zurück. Meine schwarze Stoffhose war unangenehm eng. »Der nächste Termin wäre die Vorbesprechung der Operation. Unsere Finanzleute reden mit den Patienten über die verschiedenen Möglichkeiten, und sobald die Anzahlung geleistet wurde, wird ein Termin für die OP festgesetzt.«

»Wow.« Ihr Blick schoss von meinem Schwanz hinauf zu meinem Gesicht. »Das geht ja echt schnell.«

»Ja.«

Sie verengte den Blick. »Wie oft? Sei ehrlich.«

»Wie oft was?«

»Wie oft hast du dir auf eine Patientin einen runtergeholt?«

Die Frage kühlte meine Lust sofort ab. Ich schaute Austin direkt in die Augen und sagte: »Noch nie. Dieses Mal zähle ich nicht mit, weil ich quasi mit heruntergelassener Hose erwischt worden bin.«

Sie hätte nicht überraschter aussehen können. »Ist das dein Ernst?«

»Ja, das ist mein Ernst«, grummelte ich. Endlich fand mein Körper wieder in seinen Normalzustand, auch wenn er mich immer noch anschrie, ich solle aufhören, so blöd zu sein, und sie eine ganze Woche lang durchvögeln.

»Also jetzt gerade … wenn ich nicht hereingekommen wäre …«

»Können wir das Thema bitte fallen lassen?« Ich setzte mich auf meinen Schreibtischstuhl.

Sie beugte sich über den Tisch. »Was passiert, wenn ich gehe?«

»Nichts.« Lügner.

»Aha.« Sie ließ sich mir gegenüber auf einen Stuhl sinken und beugte sich dann ganz langsam vor, sodass ich ihr Dekolleté im V-Ausschnitt ihres Oberteils sehen konnte. Und sofort war mein Körper wieder mit an Bord. Austin lehnte sich immer weiter vor, bis ich mir Sorgen machte, dass ihr irgendwas herausfallen könnte. Dann stand sie auf, nahm ihre Handtasche und ging zur Tür. »Brauchst du mich noch für irgendetwas?«

Na, wenn das mal keine aufgeladene Frage war.

»Ehrlich gesagt …« Ich blickte zu meinem Computer, damit ich ihr nicht weiter auf den Busen starrte. »Ich habe heute Nachmittag eine Brustvergrößerung. Wenn du willst, kann ich mit der Patientin reden und sie fragen, ob sie damit einverstanden wäre, wenn du zuschaust.«

Austins Miene hellte sich auf. »Ernsthaft?«

»Natürlich. Sie ist sehr süß, und jetzt, wo ihr Ehemann verstorben ist, ist sie fest entschlossen, neu anzufangen. Sie hat eine wahnsinnige Einstellung und ist vermutlich eine von den wenigen Patientinnen, die ich bisher operiert habe, die am liebsten bei Bewusstsein bleiben würden, um ihre eigene OP mit anzusehen.«

Austin verzog das Gesicht und wurde blass. »Ich glaube, das wäre traumatisch.«

»Sie war mal Krankenschwester«, erklärte ich. »Sie findet den menschlichen Körper faszinierend.«

»Klingt ganz so.«

Stirnrunzelnd schaute ich auf meine Armbanduhr. »Warum holst du dir nicht was zum Mittagessen, und wir treffen uns um drei Uhr wieder hier? Ich checke in der Zwischenzeit, ob sie etwas dagegen hat, wenn du dabei bist. Falls ja, schicke ich dir eine Nachricht.«

»Ich bin ein wenig geschockt.« Austin hob den Kopf und presste die Lippen zusammen, als wollte sie ein Lächeln unterdrücken.

»Weswegen?«

»Weil du immer noch meine Nummer hast.«

Seufzend strich ich mir die Haare hinter die Ohren und zuckte mit den Schultern. »Wir haben Schluss gemacht. Das bedeutet aber nicht, dass ich dich komplett aus meinem Leben ausschließen muss.«

»Aha.« Sie rückte den Riemen ihrer Handtasche zurecht und sagte dann: »Wir sehen uns in ein paar Stunden.«

Was zum Teufel sollte das »Aha« bedeuten? Und warum interessierte es mich?

Austin winkte mir zum Abschied und öffnete die Tür. Davor stand Mia, die Hand zum Anklopfen erhoben.

»Dr. Holloway, Ihr nächster Termin wartet in Raum drei.«

»Danke.« Ich war zum Arbeiten hier. Und jetzt, wo Austin fort war, wäre ich hoffentlich nicht mehr so abgelenkt und scharf und könnte es schaffen, den Rest des Nachmittags zu überstehen, ohne mir den Kopf wegschießen zu wollen.

»Ich gehe gleich rüber«, murmelte ich und warf einen weiteren Blick auf meinen Computer. Den Computer, dessen Bildschirmschoner noch immer ein Bild von Austin und mir beim Dinner zeigte.

Das Dinner, bei dem ich sie gefragt hatte, ob sie bei mir einziehen wollte. Sie hatte ein rotes Kleid getragen. Das war einer der besten Abende meines Lebens gewesen – als ich mich entschieden hatte, den Sprung zu wagen, und sie mit mir gesprungen war.

Es hatte nicht lange funktioniert. Nicht mit dem Geist der vergangenen Weihnacht im gleichen Gebäude – nicht mit seiner Unfähigkeit, sich aus meinem Leben heraus- und seine Forderungen für sich zu behalten.

Manchmal hasste ich meine eigene Familie. Und die Tatsache, dass mein Vater immer, wenn ich ihn wirklich mal brauchte, betrunken war.

Und er sich immer, wenn ich wollte, dass er sich verdammt noch mal aus meinem Privatleben heraushielt, weigerte, zu gehen – und damit das Beste ruiniert hatte, was ich je gehabt hatte.

Kapitel Fünfzehn

Austin

Ich hatte noch nie zuvor bei einer Operation zugeschaut. Ich weigerte mich, das eine Mal in der sechsten Klasse mitzuzählen, als wir gezwungen worden waren, eine Knie-Arthroskopie mitzuverfolgen, und ich mich beinahe übergeben hätte. Ich war erst zwölf gewesen!

Jetzt war ich erwachsen. Und konnte total damit umgehen, zuzusehen, wie jemand aufgeschnitten wurde.

Zitternd trank ich den Rest meines Smoothies und machte mich auf in Richtung Fahrstuhl. Ich hätte wirklich keine High Heels anziehen sollen. Meine Füße brannten an den Stellen, wo meine Haut sich an dem weichen Leder rieb. Ich wusste, ich würde Blasen haben, wenn ich die Dinger endlich ausziehen konnte, aber ich hatte groß sein wollen – ich hasste es, wie groß Thatch war, denn neben ihm hatte ich mich immer klein und sicher gefühlt. Dabei war ich ein großes Mädchen, das nur aus Beinen zu bestehen schien.

Also waren High Heels meine Rüstung. Die ich in seiner Nähe brauchte. Da die Rüstung um mein Herz die Neigung hatte, einfach in sich zusammenzufallen, sobald er mich anlächelte.

Verdammt. Warum war es für mich so schwer, es zu verstehen? Er wollte mich nicht.

Wenn ich mich allerdings daran erinnerte, wobei ich ihn ertappt hatte, kam es mir so vor, als hätte er Schwierigkeiten, seinen Körper davon zu überzeugen. Es hatte ausgesehen, als hätte er kurz davor gestanden, sich selbst neben der Topfpflanze zu befriedigen. Andererseits war ich nicht eitel genug, um zu glauben, dass er dabei an mich gedacht hatte.

Bei meinem Glück hatte er sich Nancys falschen Schmollmund vorgestellt. Oder die Brüste einer anderen Frau. Igitt, überall, wo ich in diesem verdammten Bürogebäude hinschaute, sah ich nichts als Perfektion.

Ich hatte geglaubt, ich wäre über meine Unsicherheit in Bezug auf meinen Körper hinweg, die mein Ex von der Highschool ausgelöst hatte. Bis ich anfing, mit einem Schönheitschirurgen auszugehen, und einer kleinen Dosis dessen ausgesetzt wurde, womit er sich jeden Tag beschäftigte. Während meiner Zeit mit Thatch hatte ich nicht ständig über meine Fehler und Makel nachgegrübelt. Vielleicht hatte ich diese gefährlichen Gedanken auch einfach nur unterdrückt. Und jetzt? Jetzt konnte ich an nichts anderes denken.

Womöglich war ich voreingenommen, aber warum war er nicht in die Notfallmedizin gegangen? Warum ermutigte er Menschen, Tausende von Dollar in die Korrektur ihres Körpers zu investieren? Warum ermutigte er sie, auf Kosten ihrer Gesundheit nach Perfektion zu streben?

»Austin.« Mia zwinkerte mir zu. »Dr. Holloway wartet schon in seinem Büro auf Sie.«

»Danke.« Hitze stieg mir in die Wangen. Die Büroassistentin hatte einen so wissenden Blick.

Als ich Thatchs Büro erreichte, schrien meine Fersen vor Empörung und Schmerz. Die Tür stand offen, und Thatch war gerade dabei, seine Haare zu dem heißesten, unordentlichsten Man-Bun zusammenzubinden, den ich je gesehen hatte.

Es war unmöglich, nicht körperlich auf die Attraktivität dieses Mannes zu reagieren. Ich atmete tief ein und presste mir eine Hand auf die Brust, während ich darauf wartete, dass mein Herz zu seinem normalen Rhythmus zurückfand.

Thatch in Jeans. Heiß.

Thatch nackt. Heiß.

Thatch in OP-Kleidung? Heilige Teenage Mutant Ninja Turtles. Das war nicht fair. Blaue OP-Kleidung sollte nicht so sexy aussehen. Und ganz sicher sollte sie nicht so perfekt sitzen, wie sie es tat. Sein Bizeps wirkte irgendwie noch größer, sein Gesicht noch gemeißelter.

Er schaute auf und lächelte. »Hey, bereit für deine erste OP?«

Mein Körper jubelte, während mein Gehirn meine weiblichen Körperteile ermahnte, sie sollten sich gefälligst beruhigen. Das Lächeln galt nicht uns. Also, nicht wirklich.

Professionell bleiben. Das Wahlfach bestehen. Das war alles, was zählte.

»Sicher!«, flötete ich wie eine Cheerleaderin. O Mann, ich war so was von lahm, wenn es um diesen Kerl ging. »Muss ich mich umziehen?« Ich zupfte an meiner Bluse.

Er nickte und kam um seinen Tisch herum. »Das sollte passen.« Er zeigte auf einen Stuhl. »Ich warte draußen.«

Aus irgendeinem Grund deprimierte mich das. Dass er draußen warten und meinen Striptease nicht mit ansehen würde. Ich stöhnte innerlich. Wir gingen nicht mehr miteinander! Was hatte ich erwartet? Außerdem war das hier sein Arbeitsplatz.

Schnell zog ich mich aus und stieß ein Dankgebet aus, als ich ein Paar Turnschuhe in meiner Größe neben dem Stuhl entdeckte. Sie schienen neu zu sein, und ich fragte mich, ob jemand mir ein Paar besorgt hatte, damit ich nicht mit den High Heels im OP stehen musste, oder ob er einfach Frauenschuhe in Größe neun im Büro herumliegen hatte.

Also das war mal ein entmutigender Gedanke.

Ich band meine Haare wie er eben im Nacken zu einem Knoten zusammen und öffnete die Tür, um zu verkünden, dass ich fertig sei.

Thatch schaute auf meine Füße und ließ seinen Blick dann langsam an mir hinaufgleiten, hielt bei meinen Haaren inne. »Partnerlook.«

»Man-Buns für alle?«, zog ich ihn auf.

Um seine Lippen zuckte es. »Ich glaube, mir steht er besser.«

Womit er verflucht noch mal recht hatte. Der Mistkerl. »Jetzt gib endlich zu, dass du Extensions hast.«

»Ha!« Sein strahlend weißes Lächeln war beinahe zu viel und sorgte dafür, dass ich fast gegen seinen steinharten Körper gestolpert wäre und einen Herzanfall erlitten hätte. »Gehen wir.«

Ich bemühte mich, mit seinen schnellen Schritten mitzuhalten, als er den Flur hinunter zum Fahrstuhl eilte, der uns eine Etage höher bringen würde.

Mein Herz hämmerte so hart in meiner Brust, dass ich glaubte, mich gleich übergeben zu müssen. Warum war ich so nervös? Ich meine, ich musste die OP schließlich nicht durchführen.

»Hier entlang.« Er marschierte über die Flure, als gehörten sie ihm. Die Leute starrten ihn an, flüsterten miteinander, doch er schien sich überhaupt nicht bewusst zu sein, wie verdammt heiß es war, wenn er die Kontrolle übernahm.

An einer Glastür blieb er stehen und gab einen Code ein. Mit einem zischenden Geräusch glitt die Tür auf.

»Du wirst nichts und niemanden berühren, aber wenn du das volle Erlebnis haben willst, wasch dir die Hände«, sagte er und begann, sich die Hände und Arme bis zu den Ellbogen einzuschäumen.

»Ich glaube, du bist sauber«, bemerkte ich, nachdem ungefähr zwei Minuten vergangen waren.

Lachend spülte er seine Arme ab. In dem Moment kam Nancy herein. Sie trug einen Mundschutz. »Bereit?«

»Natürlich.« Seine Antwort wirkte so leicht und unbesorgt. Ich hingegen stand kurz davor, auszuflippen – okay, ich war schon mittendrin.

Nancy hielt ihm die Handschuhe geöffnet hin und half ihm dann in seine Chirurgenmontur, oder wie auch immer man das Ding nannte, das sie über seine Kleidung und seine Füße streifte.

Es war wie eine Live-Version von *The Night Shift*. Nur dass es hier nicht um eine Not-OP ging, sondern um einen freiwilligen Eingriff. Und trotzdem musste er all diese Vorsichtsmaßnahmen ergreifen.

Mein Adrenalin schoss in die Höhe, als Nancy zu mir kam, meinen Mund und meine Nase mit einer Maske bedeckte, mir eine Haube reichte und mich förmlich in die richtige Richtung schubste.

Als Erstes fiel mir auf, dass das Licht im OP wirklich grell war. Und als Zweites? Dass ein Team aus mindestens vier Personen dort wartete. Die Patientin nicht mitgezählt, die Thatch voller Bewunderung anschaute.

Eifersucht erfasste mich, während ich den mir zugewiesenen Platz an der Wand einnahm.

»Wie geht es Ihnen?«, fragte Thatch mit beruhigender und doch fester Stimme.

»Oh, ich bin so was von bereit.« Sie hatte Tränen in den Augen. »So bereit. Das bin ich schon lange.«

Ich unterdrückte ein Schnauben. Warum war sie so emotional? Es ging schließlich nur um Brustimplantate.

Ein Mann – ich nahm an, dass es sich um den Anästhesisten handelte – schloss etwas an ihren Tropf an, dann fragte Thatch sie nach ihren Plänen für die Woche, als wäre er nicht gerade dabei, das OP-Tuch hinunterzuziehen, um ihr die Brust aufzuschneiden.

Auf ihrem Körper befanden sich mehrere Filzstiftmarkierungen, und ein Teil ihrer Haut war grellorange gefärbt.

»Oh, ich habe vor, ein wenig Netflix zu gucken und …« Ihre Stimme wurde undeutlich, und die Lider fielen ihr zu.

»Austin«, sagte Thatch laut. »Du kannst jetzt näher kommen. Sie ist betäubt, und du weißt, dass ich nicht beiße.«

Ha, falsch. Er biss sehr wohl. Und oft. Normalerweise in meinen Hals. Und manchmal in die Innenseite meines rechten Oberschenkels.

Ich erschauerte.

Dann trat ich einen Schritt vor, und noch einen, bis ich nah genug war, um die beiden freiliegenden Brüste zu sehen – oder das, was Brüste hätten sein sollen.

Ich sah Narben. Und eine flache Brust.

Ich konnte mein Aufkeuchen nicht unterdrücken. Der Raum um mich herum schien stillzustehen. Bevor ich wusste, wie mir geschah, rollte mir eine Träne über die Wange, direkt gefolgt von einer weiteren.

Ich war so eine miese Kuh. Mehr gab es dazu nicht zu sagen. Denn während ich auf meinem hohen Ross gesessen und jeden verurteilt hatte, der in Thatchs Praxis kam, um seine Makel beheben zu lassen, war mir nie in den Sinn gekommen, dass er auch einer ehemaligen Brustkrebspatientin neue Brüste verschaffen würde.

»Skalpell.« Thatch beugte sich über die Frau und setzte unter ihrer Achsel einen Schnitt. Der mir ein wenig zu klein dafür vorkam, ein Implantat hindurchzuzwängen. Es blutete stark, dann schob Thatch das Implantat hinein, und ich hätte mich beinahe übergeben.

Die Brust blähte sich auf – und selbst mit dem Blut und den seltsamen Farben konnte ich erkennen, dass es umwerfend aussehen würde.

Thatch verschob das Implantat mit den Fingern, dann beugte er sich vor, maß, beobachtete, wartete. Alle schwiegen.

Er wiederholte das Ganze mit der rechten Brust, und als Dr. Perfektionist fertig war, nähte er die Wunden mit schwarzen Fäden zu, die sich, wie ich annahm, mit der Zeit selbst auflösen würden.

Ich nahm ziemlich viel an. Aber ich hatte Angst, Fragen zu stellen. Denn die gesamte Prozedur fühlte sich seltsam an – irgendwie heilig. Als hätte er gerade mehr getan, als ihr nur Brüste zu schenken – als hätte er ihr ihre Weiblichkeit zurückgegeben.

Kurz wallten erneut Tränen in meinen Augen auf, als Nancy und eine weitere Schwester die Patientin aus dem OP rollten.

Thatch drehte sich um und kniff die Augen ein wenig zusammen. »Austin? Ist dir übel? Was ist los?« Er zog erst das komische Schürzending und die Handschuhe aus, dann nahm er den Mundschutz ab. »Austin?«

Ich schüttelte den Kopf. »Ich muss los.«

»Aber …«

»Wir sehen uns später. Ich muss …«

Ich beendete den Satz nicht. Ich musste hier raus. Ich musste irgendwo meinen Hass auf diesen Mann wiederfinden. Und das würde nicht passieren, wenn ich weiter zuschaute, wie seine magischen Hände eine Operation durchführten, die er vermutlich im Schlaf konnte.

»Austin.« Seine Stimme ließ mich erstarren, aber ich drehte mich nicht um. »Du erinnerst dich? Ich habe noch eine Lektion im Fahrradfahren bei dir gut. Denn ich soll am Freitag mit deinem Dad und einem meiner Partner eine Trainingsrunde absolvieren.«

»Sag ihnen, dass du krank bist.«

»Austin.«

»Na gut«, entgegnete ich angespannt. »Sieben Uhr. Bei mir.«

Und dann flüchtete ich wie ein Loser aus dem Raum, weg von dem Mann, der immer noch mein Herz besaß und sich weigerte, es zurückzugeben. Weg von dem einzigen Mann, den ich je gewollt hatte.

Kapitel Sechzehn

Thatch

Seitdem Austin davongelaufen war, als wären Zombies hinter ihr her, die drohten, ihr das Gehirn auszusaugen, sollte sie stehen bleiben, war ich angespannt.

Ich hatte das Einzige gesagt, was ich hatte sagen können, um sie wiederzusehen. Denn ich war ein kranker Mann. Oder vielleicht merkte ich, dass meine Sucht nach ihr immer schlimmer wurde, und wie ein wahrer Süchtiger redete ich mir ein, dass ich bloß noch einen weiteren Schuss bräuchte und dann aufhören würde.

Noch ein Blick auf ihren Körper, und ich würde sie für immer gehen lassen.

Noch einmal ihre Lippen schmecken, und ich würde ihre Telefonnummer löschen.

Nur noch ein Mal.

Als ich an meiner Wohnung ankam, um zu duschen und mich umzuziehen, hatte ich wirklich schlechte Laune. Was zum Teufel war dafür verantwortlich, dass sie plötzlich Panik bekommen hatte?

Sie hatte den Biss einer Vogelspinne überlebt, ohne ohnmächtig zu werden. Warum war sie also so blass gewesen, nachdem sie eine Brustvergrößerung mit angesehen hatte? Es waren weniger Stiche als bei den meisten OPs, und ich hatte ja nicht an jemandes Nasenknochen herumgeschnitzt oder eine Bauchstraffung vorgenommen.

Ich steckte den Schlüssel ins Schloss und erstarrte. »Dad.«

»Mein Sohn.« Er kam aus seiner Wohnung und verschränkte die Arme. »Wir sollten mal wieder zusammen essen gehen. So wie früher. Uns vielleicht ein paar Bierchen gönnen.«

Ich war nicht in der Stimmung für seinen Mist.

Außerdem klang er bereits betrunken.

»Ich bin beschäftigt.« Ich drückte meine Tür auf.

Natürlich folgte er mir.

»Mit dem kleinen Flittchen?« Er lachte finster. »Ich dachte, du hättest mit ihr Schluss gemacht.«

Ich biss die Zähne zusammen und ballte eine Hand zur Faust. Ich würde ihn nicht schlagen. Nicht noch einmal.

»Das habe ich«, stieß ich aus. »Erinnerst du dich? Du bist quasi Zeuge gewesen, weil du gegenüber wohnst und das Wort ›Privatsphäre‹ nicht verstehst.«

»Sie war sexy, das muss ich dir lassen.«

Ich schloss die Augen und lehnte mich gegen die Arbeitsplatte in der Küche. »Was willst du?«

Sein Lächeln war kalt. »Was ich immer wollte. Zeit mit meinem einzigen Sohn verbringen.«

»Dafür ist es zweiunddreißig Jahre zu spät. Und jetzt geh, ich hatte einen harten Tag.«

Er warf den Kopf in den Nacken und lachte. »Oh, einen harten Tag, was? Mit dem Anfassen von Titten? Ich wette, das war schwer, und ich kann immer noch nicht glauben, dass du dich für plastische Chirurgie entschieden hast, wo du ein *echter* Chirurg hättest sein können. So wie ich! Wie dein Großvater. Der stand sogar auf der Liste für den Nobelpreis in Medizin …«

»Ja, ich weiß. Das hast du mir schon ungefähr eine Million Mal erzählt.« Wenigstens war ich größer als er und konnte das nutzen, um ihn aus der Wohnung zu kriegen. Ich legte ihm die Hände auf die Schultern und schob ihn in Richtung Flur. »Geh. Ich glaube, du hast für ein ganzes Leben genug Vater gespielt, oder?«

»Nimm deine Hände weg!« Er riss sich von mir los und sah mich höhnisch an. »Sie ist schlecht. Genau wie deine Mutter! Hörst du mich? Sie ist eine Schlampe und eine Hure und …«

Ich schlug ihm so fest auf die Nase, dass wir beide es fühlten und ein Knacken hörten, als meine Fingerknöchel auftrafen.

»Verdammt! Du hast mir die Nase gebrochen!«

»Und du wirst vermutlich einen dummen plastischen Chirurgen finden müssen, um sie richten zu lassen.« Ich schlug ihm die Tür vor seiner blutigen Nase zu und lehnte meinen Kopf dagegen.

Die Wut kochte in mir hoch. Mein Gott, wie war es möglich, dass ich von so einem Arschloch großgezogen worden war?

Andererseits hatten weder er noch meine Mutter viel Erziehungsarbeit geleistet. Ich hatte den Großteil der Zeit mit meinen Großeltern und ihrer Haushälterin verbracht.

Es fiel mir immer schwerer, den Zorn zu unterdrücken. Vor allem, wenn ich in Austins Augen schaute und dort jemanden sah, der mir wirklich helfen wollte. Jemanden, der mich so oft gefragt hatte, ob alles in Ordnung sei, ob ich über meine Kindheit reden wolle. In weniger als einem Monat hatte sie mir gezeigt, wie es wäre, seinen Schmerz und seine Liebe mit jemandem zu teilen.

Und ich hatte sie von mir gestoßen. Hatte das alles zurückgewiesen. Denn manchmal erreichte man einen Punkt, an dem man wusste, dass der eigene Schmerz zu hässlich war, um geteilt zu werden, und dass ihn zu teilen nur das zerstören würde, was man am meisten liebte.

Dennoch hätte ich es ihr so gerne erzählt – bis es nicht länger in meiner Macht stand, es zu tun.

Es war besser, dass sie die Wahrheit nicht kannte. Besser für alle.

Bei dem Gedanken, dass sie es herausfinden könnte, durchlief mich ein Schauder.

Nein. Er hatte es versprochen. Sosehr ich meinen Vater auch hasste, ich wusste, was das anging, würde er sein Wort halten. Ansonsten würde er kein Geld mehr bekommen.

Und da ein alkoholabhängiger Chirurg nicht arbeiten kann, war ich seine einzige Einkommensquelle, bis die Scheidung durch war und er die Hälfte des Vermögens erhielt, das meine Mutter von meinen Großeltern geerbt hatte.

Alle Probleme meines Vaters hätten gelöst werden können, wenn er sich nicht wie ein Promi-Milliardär benommen und jede Frau außer meiner Mutter gevögelt hätte.

Fluchend stieß ich mich von der Tür ab und ging ins Schlafzimmer. Ich brauchte eine Dusche und frische Klamotten.

Und einen großen Schluck Bier, wenn ich den Abend mit Austin überstehen wollte. Allein.

Ich musste meinen Körper unter Kontrolle bringen, vor allem jetzt, wo mein Herz kurz davor stand, zu platzen, wann immer sie mich mit Tränen in den Augen ansah.

Mein Gott, was war der Anlass für ihre Panik gewesen? Ich würde es herausfinden müssen. Selbst wenn das eine fürchterliche Idee war. Das Letzte, was ich brauchen konnte, waren ihre Tränen. Da wäre mir ihr Zorn schon lieber. Zorn konnte man überwinden. Traurigkeit?

Die blieb.

Ich musste es wissen.

Ich war schon seit sehr langer Zeit traurig.

* * *

»Ich glaube nicht.« Ich verschränkte die Arme. »Nein.«

Austin lachte und packte mich am Handgelenk, was eine schlechte Idee war, denn das löste ein Kribbeln aus, das sich in meiner Brust ausbreitete und dann direkt in südliche Richtung schoss. »Du hast gesagt, dass du es lernen willst.«

»Auf einem Fahrrad!« Ich riss mich von ihr los. »Nicht auf diesem … was auch immer das ist.«

»Dora – die Entdeckerin.« Sie nickte triumphierend. »Mit rosafarbenen Bändern und einem verdammt coolen Korb, in den du alle deine Spielzeuge legen kannst.«

»Austin«, stieß ich zwischen zusammengebissenen Zähnen aus.

»Thatch.« Sie zog ihre Augenbrauen zusammen und sah mich an, als wäre ich ein echter Spielverderber. »Komm schon, du schaffst es, mit einem Man-Bun lässig auszusehen, da kannst du auch auf einem Dora-Fahrrad fahren. Du musst nur deinen inneren Entdecker finden.« Natürlich musste sie dazu auf die Hupe drücken. Denn welches Kinderfahrrad wäre ohne Hupe schon komplett?

»Oder …«, sie zuckte mit den Schultern, »du kannst es dir selber beibringen und Daddy und deinem Partner gestehen, dass du gelogen hast …«

»Ich hasse dich in diesem Moment so sehr«, knurrte ich. »Okay. Also, wie steig ich auf?«

Austin sah mich ausdruckslos an, dann schob sie das Fahrrad vor sich. »Tja, Thatch, das ist so, wie eine Hose anzuziehen. Ein Bein darüberheben, und voilà, du fährst Fahrrad.«

»Es hat Stützräder.«

»Damit du nicht umfällst.« Sie zwinkerte mir zu. »Okay, du bist dran. Schwing einfach ein Bein rüber, werde eins mit den Pedalen, und fliege!«

Es war so dämlich. Meine Angst vor dem Fahrradfahren. Und klar, ich hatte Lucas erzählt, dass ich beinahe von einem

Eiswagen überfahren worden wäre, aber das war bloß die halbe Wahrheit.

Die ganze? Ich hatte gerade erst gelernt, ohne Stützräder zu fahren, und war auf dem Weg nach Hause gewesen, um es meinen Eltern zu erzählen. Nur um meinen Vater im Auto beim Rummachen mit einer Frau zu finden, die nicht meine Mom war.

Das melodische Klingeln des Eiswagens verursachte mir immer noch Übelkeit. Genau wie Eiscreme. Genau wie Fahrräder.

»Ich kann nicht«, flüsterte ich, sobald ich auf dem winzigen, unbequemen, demütigenden Fahrrad saß. »Es sieht so aus, als ob du mich die Treppe hinunterschubsen musst, damit ich zu verletzt bin, um mitzufahren.« Ich stieg von dem Fahrrad ab und schüttelte mich.

Austin stemmte die Hände in die Hüften. »Ich werde dich nicht die Treppe hinunterschubsen.«

»Vor einer Woche wärst du dafür noch Feuer und Flamme gewesen.«

»Vor einer Woche war ich auch noch sauer.«

Ihr Geständnis schockierte mich. »Und jetzt bist du das nicht mehr?«

»Es ist schwer, sauer zu sein, nachdem ich gesehen habe, wie du einer ehemaligen Krebspatientin neue Brüste gemacht und ihr damit ihre Weiblichkeit zurückgegeben hast«, erwiderte sie abwehrend und starrte auf ihre Sandalen.

Ich trat einen zögerlichen Schritt auf sie zu. »Bist du deswegen vorhin weggelaufen?«

Sie nickte.

»Weißt du …« Ich seufzte. Die Sonne ging gerade unter und malte rosafarbene Streifen auf die Wolken. Austins Haus lag zwanzig Minuten von meiner Wohnung entfernt – und der Ausblick hier war wunderschön. Man konnte fast ganz Seattle überblicken. »Dieses Stigma, mit dem Schönheitschirurgen leben müssen, kann mich immer noch wütend machen.«

Unter ihren dichten Wimpern schaute Austin mich an. »Was meinst du damit?«

»Dass ich von gelangweilten Hausfrauen mit zu viel Geld und zu wenig Selbstbewusstsein dafür bezahlt werde, ihr Äußeres zu verschönern. Dabei handelt es sich bei meinen Patienten in den meisten Fällen um Menschen, die sich einfach besser fühlen wollen. Brandopfer, ehemalige Krebspatienten, Mütter, deren Körper nach der Geburt ihrer Kinder die Hölle hinter sich haben. Oder auch nur Menschen, die den Alterungsprozess ein wenig verlangsamen wollen. Dieser Beruf ist nicht das, was die meisten annehmen. Früher hat mich das wirklich geärgert, doch inzwischen weiß ich, was ich tue. Sicher, es wird immer Ausnahmen geben. Menschen, die unter einem falschen Körperbild leiden und versuchen, eine OP nach der nächsten zu kriegen, bis sie wie Monster aussehen. Aber diese Fälle sind sehr selten.«

Warum erzählte ich ihr das alles?

»Warum erzählst du mir das alles?« Sie hatte schon immer meine Gedanken lesen können.

»Keine Ahnung.« Ich schüttelte den Kopf. »Also, was ist jetzt mit dem Unfall? Ein gebrochenes Bein sollte reichen.«

Austin lächelte mitfühlend. »Ich werde dir nicht das Bein brechen. Wie es aussieht, wirst du ihnen gestehen müssen, dass du Angst vor Fahrrädern hast, selbst vor welchen mit so schönen Bändern an den Handgriffen.«

»Es geht nicht um das Fahrrad«, flüsterte ich leise. Es ging darum, wofür es stand. Für eine weitere Sache, die mir dank meines Vaters genommen worden war. »Vielleicht schütze ich einfach Krankheit vor.«

»Hmm.« Austin lehnte das Fahrrad gegen das Garagentor und verschränkte die Arme, sodass ihre vollen Brüste sich gegen das dünne weiße Tanktop drückten. Würde es mir jemals gelingen, eine normale Reaktion auf ihren Körper zu haben? Ich sehnte mich bereits wieder danach, sie zu berühren. »Wir könnten dir immer noch eine Lebensmittelvergiftung verpassen.«

»Aber das würde heißen, dass ich einen ganzen Tag freinehmen müsste.«

»Gefolgt von einer nahezu wundersamen Heilung?«

»Vielleicht.« Ich stieß mit der Schuhspitze gegen die Erde.

Wenn ich nicht Rad fahren lernte, war meine Zeit mit ihr vorbei. Was bedeutete, dass ich gehen musste.

Und ich wollte nicht gehen.

Bitte mich, zu bleiben.

»Tja …« Sie hob hilflos die Hände. »Während die Mücken uns hier draußen bei lebendigem Leib auffressen, werden wir dein Problem nicht lösen. Willst du ein Glas Wein oder so?«

Wir schauten einander an.

Mit ihr befreundet zu sein wäre unmöglich. Ich würde sie immer wollen. Ich würde mich immer nach ihr sehnen.

Aber Wein war Wein, richtig?

»Klar«, stimmte ich zu und folgte ihr wie ein Welpe in das wahnsinnig große Haus, wo ich mich an die Bar setzte, während Austin uns je ein großes Glas Rotwein einschenkte.

Kapitel Siebzehn

Austin

Ein Glas Wein mit Thatch. Das zwischen uns hatte mit Wein angefangen. Wein und Pizza, und dann dieser alberne kleine Aufreißspruch von ihm, ob ich seine Comic-Sammlung sehen wolle. Ich hatte gewusst, dass das Blödsinn war, aber ich hatte mich unwiderstehlich zu ihm hingezogen gefühlt. Ich war hilflos gefangen gewesen in seinem köstlichen Netz aus Sex.

Und ich war ein williges Opfer gewesen. Doch der Kerl, mit dem ich ins Bett gestolpert war, und der Kerl, mit dem ich gerade kultiviert ein Glas Wein trank? Zwei total unterschiedliche Menschen.

Das atemberaubende Lächeln, hinter dem er sich normalerweise versteckte, war verschwunden, und er sah nackt aus. Als könnte er endlich seine Witzeleien sein lassen und eine Art Wahrheit enthüllen.

»Also, willst du darüber reden?« Ich schwenkte den Wein ein paarmal in meinem Glas herum, bevor ich einen Schluck trank.

»Worüber?« Er konnte mir nicht in die Augen schauen.

»Titten.«

Er spuckte den Wein in sein Glas zurück und funkelte mich empört an.

»Sorry, das konnte ich mir nicht verkneifen.«

»Versuch's noch mal.« Er verengte den Blick.

Lachend nickte ich in Richtung Tür. »Brüste mal beiseitegelassen …«

Er schnaubte.

»Was hat es mit dieser Fahrradsache auf sich? Du hast da draußen ausgesehen, als würdest du dir gleich in die Hose machen. Und der Thatch, den ich kenne, ist wesentlich tougher. Also, was war da los?«

»Tougher würde ich nicht sagen«, brummte er.

»Du bist zweimal mit Haien geschwommen und hast es irgendwie geschafft, für Charlie ein liebevolles Zuhause zu finden.«

Er lachte laut auf. Sein Lachen fehlte mir. Es war tief, ansteckend und, genau wie sein Lächeln und die kleinen Fältchen um seine eisblauen Augen, unwiderstehlich. »Wie kommst du darauf, dass ich ihn nicht einfach umgebracht habe?«

»Du rettest Leben.« Ich zeigte mit dem Finger auf ihn. »Du bist Arzt.«

»Ha.« Er stellte sein Glas ab, und eine Strähne löste sich aus seinem sexy Man-Bun und strich über seine Wange. Ich war eifersüchtig auf diese Strähne. Ich wollte sie ihm vom Kopf reißen und unter mein Kopfkissen legen und weinen.

Okay, keinen Wein mehr für mich. Ich schob mein Glas weit, weit von mir weg, damit ich nicht in Versuchung geriet.

»Sagen wir einfach, Fahrrad zu fahren ist für mich mit sehr, sehr schlechten Erinnerungen verknüpft, und jedes Mal, wenn ich ein Rad anfasse – egal ob Dora oder nicht –, kommen die Erinnerungen hoch. Und ich würde sie wirklich gerne unten lassen, verstehst du?«

Oh. Das war mehr Information, als ich erwartet hatte.

»Das ergibt Sinn«, erklärte ich schließlich.

Er schwieg.

»Also …« Ich musste die Stille unbedingt mit meiner Stimme füllen, oder? »Was steht für morgen auf dem Plan? Po-Implantate? Penisvergrößerungen? Noch mehr Brüste?«

»Wie schaffst du es bloß, meinen Job so aufregend klingen zu lassen?« Ein Lächeln umspielte seine Mundwinkel. »Und es tut mir leid, dich enttäuschen zu müssen, aber die letzte Penisvergrößerung, die ich durchgeführt habe, liegt schon mehrere Monate zurück – so etwas kommt bei uns nur selten vor. Die meisten Männer, die bei uns auftauchen, verstehen die möglichen Nebenwirkungen nicht.«

»Wie erektile Dysfunktion?«

»Wie wäre es mit totaler Impotenz? Infektionen? Damit, jegliches Gefühl zu verlieren und damit die Fähigkeit, eine volle Erektion zu kriegen?« Er schüttelte den Kopf. »Das ist es nicht wert.«

»Nun hast du mir den Tag versaut«, meinte ich lachend.

»Ich habe eine Rhinoplastik auf dem Plan«, erwiderte er. »Und unsere Praxis führt kostenlose Operationen an Kindern mit Gaumenspalte durch. Morgen werde ich einen potenziellen Kandidaten untersuchen.«

Und mein Herz fing wieder an, im Rhythmus von Thatchs Namen zu schlagen. Ich griff nach meinem Weinglas. Böse Austin.

»Das ist echt nett von euch.«

»Die Kinder können nichts dafür, weißt du?«, sagte er mehr zu sich selbst. Seinen Wein hatte er bereits ausgetrunken und stand nun auf.

Ich bekam Panik. Denn ich wollte, dass er blieb. Aber ich wusste nicht, wie ich ihn dazu bringen sollte, außer indem ich mein Oberteil auszog und ihm meine Brüste zeigte, in der

Hoffnung, er würde auf die Chance anspringen, sie noch einmal zu berühren.

Seufzend erhob ich mich ebenfalls, nahm die Weingläser und schaffte es irgendwie, über meine eigenen Füße zu stolpern und mit dem Gesicht nach unten auf dem Boden zu landen. Glasscherben steckten in meiner Wange.

»Austin!« Thatch kniete sich vor mich, während ich versuchte, wegen des Bluts, das über meine Wange floss, nicht auszuflippen.

Ich griff nach der Scherbe.

»Halt.« Er schob meine Hand weg und zog langsam ein Stück Glas aus meiner Wange, das ungefähr anderthalb Zentimeter lang war.

»Das tut weh!«, rief ich und drückte meine Hand an mein Gesicht.

»Verdammt.« Er sprang auf. Ich hörte Wasser rauschen, und von dem Gedanken daran, dass dieses Stück Glas gerade in meiner Wange gesteckt hatte, wurde mir schwindelig.

Thatch kehrte mit einem feuchten Papiertuch zurück und betupfte damit mein Gesicht. Es brannte wie verrückt.

»Das muss nicht genäht werden.« Sein Gesicht war so nah, dass ich ihn beinahe schmecken konnte.

Mit Tränen in den Augen nickte ich. Tränen der Demütigung. Tränen der Zurückweisung. Super. Was ihn betraf, war ich immer voller Tränen.

Seine Hand strich erneut sanft über meine Wange, dann stand er auf.

Ich blieb auf dem Boden, weil ich meinen Beinen noch nicht zutraute, mich aufrecht zu halten.

Er kehrte ein paar Minuten später zurück und kniete sich erneut vor mich. Etwas Kaltes berührte meine Haut. Es brannte ein wenig, dann klebte er mir ein Pflaster auf die Wange.

»Arielle?«, fragte ich.

»Ich dachte, Iron Man sähe cooler aus.«

Ich lächelte und stöhnte auf. Sogar zu lächeln tat weh.

Wieder ließ er den Blick professionell über mein Gesicht wandern, bevor er sich abwandte – als hätte er Angst davor, mir direkt in die Augen zu schauen. »Das ist nur ein Schnitt. Nimm heute Abend ein paar Ibuprofen, und wenn du Probleme hast, ruf mich an, okay?«

»Probleme?«, wiederholte ich. Meine Wange brannte, und das Pflaster spannte an der Haut neben meinem Mund.

»Ruf mich einfach an, wenn es wehtut.« Er stand auf und streckte mir die Hand hin.

Ihn anrufen, wenn es wehtat. Es tat immer weh. Immer.

Aber was sollte man tun, wenn der Mann, der einem Hilfe anbot, derjenige war, der den Schmerz überhaupt erst verursacht hatte? Ich weigerte mich, ihm ein weiteres Mal zu sagen, dass er mir das Herz gebrochen hatte – dass er *uns* gebrochen hatte. Dass ich immer noch traurig war und jede Nacht mit wüsten Gefühlen kämpfte, wenn ich allein in dem Bett meiner Kindheit schlief.

»Danke«, meinte ich und zeigte auf meine Wange. »Ich schätze, ich sollte mich wieder meiner Abschlussarbeit widmen.«

»Ja.« Er federte auf den Fersen zurück. Schweigen breitete sich zwischen uns aus. »Wann kommst du morgen?«

Ich befeuchtete mir die Lippen, während er mich endlich ansah. Sein Gesicht war völlig ausdruckslos.

»Nach der Vorlesung«, antwortete ich schließlich. »Vermutlich genau rechtzeitig, um mir ein paar interessante Notizen zu einer Nasenkorrektur zu machen.«

Ein Lächeln zuckte um seine Lippen. »Klingt aufregend.«

»Ich bin mir sicher, das ist es.«

»Morgen.« Er beugte sich vor, als wolle er mich küssen, und erstarrte. Ich hatte Angst, mich zu bewegen.

Dann beugte er sich noch ein bisschen weiter vor und gab mir einen Kuss auf die Stirn, bevor er das Haus auf die gleiche Weise verließ, wie er in mein Leben getreten war – mit langsamen, selbstbewussten Schritten, die all die falschen Stellen in meinem Körper schmerzen ließen.

Vor allem mein Herz.

Kapitel Achtzehn

Austin

Der Cursor blinkte mich an. Mein neuer Blog machte sich über mich lustig.

Denn die einzigen Worte, die mir einfielen, waren Sachen wie: *Er umfasste mit seinen Händen meine Brüste, sein Daumen war nur einen Zentimeter von meinem Nippel entfernt, als er mich vermaß. Seine Finger waren warm.* Ich musste schlucken. *Groß.*

Und jedes Mal, wenn ich diese Worte getippt hatte, musste ich sie löschen, denn schließlich schrieb ich hier keinen Erotikroman.

Ich ließ meinen Kopf auf die Tastatur sinken und seufzte. Nach dem Trauma, eine Glasscherbe in meiner Wange stecken zu haben, hatte ich beschlossen, ins Bett zu gehen und früh aufzustehen, um vor der Vorlesung meinen ersten Post zu schreiben.

Und darum saß ich nun hier, eine Stunde bevor ich das Haus verlassen musste.

Ich starrte immer noch auf den leeren Bildschirm, auf dem kein einziges Wort stand, und fragte mich, wie ich professionell klingen sollte, wo doch jede Berührung dafür gesorgt hatte, dass ich am liebsten über den guten Doktor hergefallen wäre.

Der schwierige Teil war, dass ich wusste, wie sein Mund schmeckte. Wie sich seine Berührungen anfühlten. Mein Körper konnte nicht anders – er sehnte sich nach ihm.

»Sei professionell«, wiederholte ich, während ich anfing, sachlich zu dokumentieren, was bei der Konsultation zu einer Brustvergrößerung passierte und welche Gefühle ich dabei gehabt hatte. Ich erzählte ehrlich, dass die Situation ein wenig seltsam gewesen war, die Anwesenheit einer Arzthelferin aber dabei geholfen hatte, dass ich mich nicht allzu unbehaglich fühlte.

Der Blogpost war nicht sonderlich heiß – doch es wurde darin über Brüste gesprochen, er ließ Thatch wie einen guten Arzt klingen, und ich wusste, wenn jemand an legitimen Erfahrungen aus erster Hand interessiert war, würde er meinen Post finden. Ich klickte auf »Veröffentlichen« und schnappte mir meine Sachen.

In der Minute, in der ich aufstand, hatte ich einen dieser Flashbacks von der besonders nervigen Sorte, bei der dir dein Kopf sagt: *Warte mal, wir sind noch gar nicht dazu gekommen, diesen Moment von gestern Abend ausführlich zu analysieren. Schnell, lass es uns jetzt tun.*

Ich stöhnte. Und schloss die Augen. Beinahe konnte ich spüren, wie seine Lippen über meine Stirn strichen. Was zum Teufel sollte das überhaupt bedeuten? Und warum tat er so etwas? Ein Kuss auf die Stirn war beinahe schlimmer als einer auf den Mund – weil er von einer gewissen Zärtlichkeit sprach.

Und von Traurigkeit.

Von Liebe.

Thatch hatte mir den Schlaf einer Nacht und einen produktiven Tag geraubt, indem er mich auf meine dumme Stirn geküsst hatte.

Egal. Er hatte seine Chance gehabt und mich abgewiesen – er hatte sogar die Möglichkeit erhalten, sich zu erklären, und sich dafür entschieden, es nicht zu tun. Also, Kuss auf die Stirn oder nicht – ich war nicht die Richtige für ihn.

Wenn mein Körper und mein Geist sich mit dieser simplen Tatsache nur abfinden könnten. Wenigstens würde es, nachdem ich diese dumme Abschlussarbeit erfolgreich abgeschlossen hatte, keinen Grund mehr geben, Zeit mit ihm zu verbringen.

Dieser Gedanke war ein wenig deprimierend. Also konzentrierte ich mich auf glücklichere. Wie darauf, dass ich ihn wenigstens heute noch mal sehen würde.

Ja, ich hatte echt eine Schraube locker.

* * *

»Und, wie läuft's?«, fragte Avery besorgt, während sie mir einen MoonPie gab und mir zuzwinkerte. »Du weißt schon, abgesehen von dem seltsamen Pflaster auf deiner Wange und deinem verträumten Blick.«

Sie hatte mir geschrieben, dass unsere Freundschaft auf die Ersatzbank geschickt würde, sollte ich ihr nicht ein Update zur Thatch-Situation geben – komplett in Großbuchstaben. Als das das letzte Mal passiert war, hatte ich ihr ihre Wochendosis von Starbucks kaufen müssen, um ihre Gnade zurückzugewinnen. Außerdem hatte sie vielleicht noch irgendwelche Erkenntnisse über Thatch, die mir helfen konnten. Denn weiß Gott, ich musste jedes Mal meine volle Rüstung anlegen, wenn ich die Praxis dieses Mannes betrat.

Vor allem nach dem Tag, den wir gemeinsam gehabt hatten.

Er hatte die Hand eines Kindes gehalten und ihm erklärt, dass er seine Gaumenspalte richten würde. Ich hatte den Raum verlassen müssen, damit er mich nicht weinen sah. Der Blogpost würde der Killer werden. Ich konnte es kaum erwarten, ihn zu schreiben und eigene Recherchen zu Gaumenspalten hinzuzufügen sowie aktuelle Non-Profit-Organisationen aufzuführen, die Kindern die Operationen ermöglichten. Bevor ich gegangen war, hatte Thatch mir auch noch einen ganzen Haufen guter Quellen genannt. Zur Hölle mit ihm.

»Schokolade?«, bettelte ich.

»Bitte.« Sie verdrehte die Augen.

Ich biss in den MoonPie. Ja. Zucker. Den brauchte ich.

Avery grinste und holte eine Dose Mountain Dew hervor. Mein Blick wurde so verschwommen, dass ich Schwierigkeiten hatte, sie klar zu erkennen. »Du liebst mich.«

»Dieses Zeug wird dich irgendwann umbringen, das weißt du, oder?«

Ich riss ihr die Limo aus der Hand. Von der Kälte wurden meine Finger ganz taub. Trotzdem gelang es mir, den Verschluss zu öffnen und den Inhalt zur Hälfte hinunterzustürzen, bevor ich die Dose auf den Tisch stellte. »Woher hast du es gewusst?«

Seufzend stützte Avery ihre Arme auf den Tisch und beugte sich vor. »Du weißt schon, dass du, wenn du traurig bist, anfängst, mir wahllos Emojis zu schicken, oder? Einen Toaster. Ein High Five. Ein Huhn. Heute hast du mir zehn Shrimps geschickt.«

Ich verzog das Gesicht. »Sorry. Das ist mein Schrei nach Hilfe.«

»Ja, ich weiß.« Sie lächelte. »Und deshalb bin ich hier, an einem Donnerstagabend, in deiner wieder einmal menschenleeren Villa, um dich aufzuheitern.«

»Du bist eine gute Freundin.«

»Lucas sagt, er überfährt dich mit dem Auto und vergräbt deine Leiche, wenn du mich länger als eine Stunde hier festhältst.«

»Oh, er ist ja gar nicht besitzergreifend.«

»Er meinte außerdem, wenn ich nicht rechtzeitig wiederkomme, kommt er her.«

Ich stöhnte. »Ist zu teilen wirklich so schwer?«

»Lustig. Man würde meinen, er ist ein großer Freund des Teilens, Schlampe, die er ist, aber jetzt, wo er in einer festen Beziehung lebt, scheint er die ganzen Regeln aus dem Kindergarten vergessen zu haben.«

Ich biss noch einmal von dem köstlichen MoonPie ab und seufzte. »Ehrlich, mir geht es gut.«

»Und da ist es wieder. ›Ehrlich‹.«

»Was?«

»›Wirklich‹. ›Ehrlich‹.« Ihre Augenbrauen schossen in die Höhe. »Das sind die Wörter, die verraten, dass es dir nicht gut geht. Und ich wette zehn Dollar, dass ich, wenn ich unter deinem Bett nachsehen würde, ein halb gegessenes Snickers fände.«

Meine Wangen brannten.

»Aha.« Sie trommelte mit den Fingernägeln auf die Tischplatte. »Also, gucken wir einen Film und ignorieren den riesigen Thatch im Raum, oder reden wir darüber, wie schwer es für dich ist, ihn jeden Tag zu sehen und nicht flachlegen zu können?«

Ich schaute sie finster an. »Ich würde ihn nie während der Arbeit flachlegen.«

Sie schwieg.

»Ich meine …« Schulterzuckend brach ich mir ein weiteres Stück Keks ab. »Er hat diesen echt stabilen Schreibtisch, der uns bestimmt beide tragen könnte, und ich würde lügen, wenn ich behaupten würde, dass ich nicht wenigstens einmal daran gedacht habe.«

Sie hustete.

»Oder ein Dutzend Mal.«

»Schon besser.«

»Aber …« Ich stieß den Kopf ein paarmal auf die Tischplatte, bevor ich wieder hochschaute. »Er scheint gegen alles immun zu sein! Als er meinen Busen untersucht hat, war er total scharf, das habe ich gesehen, und gestern Abend war er so süß, doch seitdem ist er vollkommen distanziert.«

»Das ist drei Tage her.«

»Ganz genau!« Genervt warf ich die Hände in die Luft. »Drei Tage, in denen er sich so professionell verhalten hat, dass ich mein T-Shirt lüpfen und ihm meine Brüste zeigen wollte.«

»Tja, das wäre vermutlich nicht die beste Entscheidung.« Avery krauste die Nase. »Hast du dich sexy angezogen? Geschminkt? Parfüm benutzt?«

Mir blieb der Mund offen stehen. »Kennst du mich denn gar nicht?«

Einen Moment schwieg sie, dann deutete sie auf mein Outfit. »Hast du das heute angehabt?«

»Nein. Ich bin nach Hause gekommen und habe mich für unsere Verabredung umgezogen«, erwiderte ich sarkastisch.

»Wow.« Sie hob beschwichtigend die Hände. »Ich versuche nur, dir zu helfen.«

»Was stimmt denn mit dem, was ich anhabe, nicht?«

»Du trägst schwarze Skinny Jeans, ein Tanktop und schwarze High Heels. Du siehst … traurig aus.«

Ich runzelte die Stirn. »Ich dachte, Schwarz ist professionell.«

»Das ist es auch. Aber du siehst aus, als wärst du in Trauer.«

Tränen stiegen mir in die Augen.

»Ach Liebes.« Avery stand auf und zog mich in ihre Arme. »Du bist immer noch traurig, oder? Wegen Thatch?«

»Ich verstehe es einfach nicht«, schniefte ich. »Und ich hasse es, dass ich so an ihm hänge. So ein Mädchen war ich nie!«

»Vielleicht liegt es daran, dass er deine erste Liebe ist.«

Ich nickte.

»Okay, du weißt noch, dass wir diesen Racheplan geschmiedet haben, der total nach hinten losgegangen ist, oder? Die Leute auf der Straße nennen ihn immer noch einen Helden.«

Trotz meiner Tränen lachte ich. »Ja. Wie könnte ich das vergessen?«

»Das war also nicht die beste Idee. Aber ich glaube, diese hier könnte dich aufmuntern.«

Ich blinzelte ein paarmal und wischte mir die Tränen von den Wangen. »Okay, schieß los.«

»Kleider.«

»Wie bitte?«

»Kurze Kleider.«

»Kurze Kleider?«, wiederholte ich. »Das ist dein Plan?«

»Nein.« Sie grinste und zog mich auf die Füße. »Das ist deiner!«

Kapitel Neunzehn

Thatch

»Ich bin in der verfickten Hölle.«

»Reiß dich zusammen.« Lucas schlug mir auf den Rücken. »So schlimm kann es gar nicht sein.«

»O doch«, knurrte ich. »Hast du nicht gehört, was ich gerade gesagt habe? Wie zum Teufel hast du das gemacht? Ich meine, mit Avery zusammenzuarbeiten, ohne es auszunutzen, dass du ihr Chef warst …«

Lucas grinste. »Rede nur weiter. Ich werde dir dann einfach die Scheiße aus dem Leib prügeln, anstatt wie geplant mein Wissen mit dir zu teilen.«

Stöhnend verspeiste ich den Rest von meinem Burger und wischte mir die Hände ab. »Ich habe vier Tage mit ihr zusammengearbeitet. Heute ist Donnerstag, Lucas, und ich bin dabei, den Verstand zu verlieren.«

»Vergiss nicht, du musst immer noch eine Krankheit oder eine Verletzung vortäuschen, damit du morgen nicht mit ihrem Dad Fahrrad fahren musst.«

»Sehr hilfreich«, stieß ich zwischen zusammengebissenen Zähnen hervor. »Ich schlafe nicht. Ich bin ständig steinhart, wenn sie in meiner Nähe ist. Gestern kam eine Großmutter mittleren Alters wegen einer Botoxbehandlung. Austin hat zugeschaut und dabei die ganze Zeit auf ihrer Unterlippe herumgekaut. Und ich musste mich tatsächlich kurz entschuldigen, um mich … nun ja, darum zu kümmern.«

Lucas lachte laut auf, wurde jedoch sofort wieder ernst, als er meinen Blick sah. »Sorry, das ist nicht lustig.«

»Sie wird mich noch zwei weitere Wochen auf Schritt und Tritt begleiten.« Ich stöhnte in meine Hände. »Das ist ein Albtraum. Ein totaler Albtraum.«

»Wie wäre es, wenn sie einen anderen Arzt begleitet?«

»Ich habe sie in Turners Büro geschickt, aber der Dreckskerl hat sie so lange gierig angeschaut, dass er Glück hat, dass er noch alle Zähne besitzt. Auf keinen Fall werde ich sie einem der Singles bei uns vor die Nase setzen.«

»Hm.« Lucas nahm seine Sonnenbrille und wirbelte sie zwischen seinen Fingern herum. »Damit ich das richtig verstehe: Du wirst verrückt, weil du sie willst, aber du willst sie nicht. Und du willst auch nicht, dass ein anderer sie bekommt? Habe ich das richtig zusammengefasst?«

Ich öffnete den Mund und schloss ihn wieder.

»Willst du weiter nicht darüber reden, warum du mit ihr Schluss gemacht hast, obwohl sie bereit war, dir zu verzeihen, dass du mit einer anderen Frau geknutscht hast?«

Das Schweigen würde mich noch bei lebendigem Leibe auffressen. Genau wie die Schuldgefühle. Und die Scham wegen dem, was ich getan hatte. Trotzdem würde ich alles wieder genauso machen, denn ich wollte nicht, dass Austin wieder einmal in die Schusslinie geriet. Allein der Gedanke verursachte mir Übelkeit.

»Du siehst blass aus«, flüsterte Lucas.

»Ich muss los.« Ich warf meine Serviette auf den Teller. »Ich schätze, ich zähle einfach die Tage, bis sie wieder weg ist.«

»Du könntest einen Mistelzweig aufhängen«, warf Lucas hilfreich ein. »Oder …«

Die Sonnenbrille auf halbem Weg zum Gesicht, hielt ich inne. »Oder?«

»Oder du könntest sie einfach so küssen.«

Bei dem Gedanken hämmerte mein Herz so heftig gegen meine Rippen, dass ich glaubte, es würde gleich herausspringen und die Straße hinunterlaufen. »Ja«, lachte ich. »Und die Hölle könnte zufrieren.«

Ich hörte ein scharfes Luftschnappen.

Direkt hinter mir stand Austin. Und neben ihr Avery.

Verdammt.

Ich war nicht sicher, wie viel sie gehört hatten, aber angesichts der Tränen, die Austin in die Augen stiegen, musste es wohl der größte Teil der letzten Minute gewesen sein.

»Austin.« Ich schluckte gegen den Kloß in meiner Kehle an.

»Oh, hi.« Sie winkte mir zu, obwohl sie keinen halben Meter von mir entfernt stand. Sie trug ein kurzes schwarzes T-Shirt-Kleid, Stiefel und ihre übliche riesige Handtasche.

»Süße.« Lucas stand auf und gab Avery einen Kuss auf den Mund. »Ihr seid zwanzig Minuten zu früh.«

»Wir waren shoppen und wollten deine Meinung zu Austins neuer Garderobe hören. Ich meine, wir brauchen die Meinung von jemandem, der sie nicht mit den Augen vögeln würde.« Ihre Stimme klang angespannt.

Ich war so ein Idiot. Wären sie ein paar Minuten früher gekommen, wüsste Austin, dass ich es nicht so gemeint hatte, wie es klang. Ein paar Minuten eher, und sie wüsste, welche Wirkung sie auf mich ausübte und wie schwer es mir fiel, sie auf Abstand zu halten. Stattdessen hatte ich sie verletzt.

Ihr normalerweise so fröhliches Gesicht war blass, und ihre Unterlippe zitterte, als sie um mich herumtrat und sich vor Lucas stellte. »Also, wirst du mir helfen?«

Die Ablehnung traf mich schnell und hart. Ihr auf dem Fuß folgte Genervtheit. Was zum Teufel?

»Ich bin auch ein Mann.« Ich hatte das Gefühl, das betonen zu müssen, als die drei sich geschlossen zu mir umdrehten. Ja, ich war ein totaler Idiot.

»Ein Mann, der schon jetzt zu spät dran ist für seinen Termin um halb zwei«, sagte Austin leise.

»Kommst du nicht mit?« Ich erkannte meine eigene Stimme nicht wieder, so arrogant klang sie. »Du weißt schon, dass ich dir einen Gefallen tue, oder? Wenn du mich bei den interessanten Fällen nicht begleiten willst, wirst du nicht genügend Material für deinen Blog haben und in dem Kurs durchfallen.« *Meine Güte, hör auf zu reden!*

Lucas warf mir einen fassungslosen Blick zu, während Avery die Augen leicht zusammenkniff.

Austin funkelte mich an und legte den Kopf schief. »Tja, ich würde es hassen, durchzufallen. Oder dich zu enttäuschen, indem ich deine … Freundlichkeit ausnutze.«

Ich war so scharf vom Anblick ihrer langen Beine unter dem kurzen Kleid, dass ich Schwierigkeiten hatte, klar zu sehen.

Ja, ich war freundlich.

Oder ein außer Kontrolle geratener Idiot, der keine andere Wahl hatte, als ihn in der Hose zu lassen, bis Austin für immer aus meinem Leben verschwunden war.

»Komm, wir müssen los«, schnauzte ich sie an.

»Geh voran, Boss«, stieß Austin unterdrückt aus. Ich wusste, dass sie das als Beleidigung gemeint hatte. Sie machte sich über mich lustig. Trotzdem war das Gehen für mich schmerzhaft. Ich musste wirklich mal wieder zu einem Date oder so – sie mit einer anderen Frau komplett aus meinem System spülen. Aber mein Körper schreckte vor dieser Vorstellung zurück. Eine andere zu küssen fand er ungefähr so ansprechend, wie sich einen Frosch als Haustier zuzulegen.

Meine Praxis lag nur zwei Blocks von dem Restaurant entfernt, in dem ich mich mit Lucas zum Lunch getroffen hatte.

Zwischen Austin und mir herrschte angespanntes Schweigen, das mir das Gefühl gab, so weit von ihr entfernt zu sein, dass ich hätte schreien können. Gefühlte eine Million Mal öffnete ich den Mund, um mich zu entschuldigen, und schloss ihn wieder. Vielleicht war das mein Problem: Ich war zu gut darin, nichts zu sagen, weil es manchmal das Schweigen war, das einen rettete, nicht Worte. Das wusste ich besser als jeder andere.

Die Fahrstuhltür öffnete sich, und Austin und ich gingen nebeneinander den Flur hinunter.

»Dr. Holloway.« Mia nickte in meine Richtung und zwinkerte Austin zu. »Ihr Halb-zwei-Termin ist in Raum vier.«

»Danke.« Ich nahm ihr das Klemmbrett ab, das sie mir hinhielt, und bedeutete Austin, mir in das Untersuchungszimmer zu folgen.

»Justin«, sagte ich und öffnete die Tür. »Hi. Ich bin Dr. Holloway. Ich habe eine …«, ich warf einen Blick zu Austin, »Studentin dabei, die über plastische Chirurgie recherchiert. Sie wird bei unserer Konsultation dabeisitzen, wenn das für dich in Ordnung ist? Sie hat eine Verschwiegenheitserklärung unterschrieben, du kannst dir also sicher sein, dass deine Patientenakte privat bleibt.«

»Meinetwegen.« Er schaute um mich herum zu Austin und lächelte. »Eine Studentin also. Willst du auch Ärztin werden?«

»Nein, ich mache gerade meinen MBA«, hörte ich Austin mit ihrer fröhlichen Stimme erwidern, und ich wusste nicht, warum, aber ich hasste es, dass sie mit ihm sprach. »Ich recherchiere hier nur ein wenig für meine Abschlussarbeit.«

Er war jünger als ich. Gut aussehend. Warum genau war er noch mal hier?

Ich schaute auf seine Akte und hätte beinahe laut aufgestöhnt. »Okay, sprechen wir über das Wadenimplantat.«

Justin nickte. »Mann, ich arbeite seit Jahren an meinen Waden.« Was nicht möglich war, er war schließlich praktisch ein Kind. »Und egal, was ich tue, sie werden einfach nicht größer. Also dachte ich: Hey, warum nicht? Ich habe das Geld. Ich meine, Frauen lassen sich Brustimplantate verpassen, warum soll ich mir da nicht Wadenimplantate einsetzen lassen?« Er zwinkerte Austin zu.

Es war verlockend – die Vorstellung, ihm die Wimpern einzeln auszurupfen.

Nachdem ich mich geräuspert hatte, stellte ich ihm die üblichen medizinischen Fragen und ging schnell seine Formulare durch.

»Tja, du bist der perfekte Kandidat. Jetzt schau ich mir mal deine Waden an.«

Er trug Shorts, was die Sache erleichterte. »Du hast sehr schlanke Muskeln.« Ich berührte seine Wade und drückte die Haut ein. »Wie wäre es, wenn ich dir ein paar Fotos von Implantaten zeige, die ich bei Männern deiner Größe und mit deinem Körperbau gemacht habe, und dann sehen wir weiter?«

Als er nicht reagierte, blickte ich auf.

Natürlich antwortete er nicht. Er war nämlich gerade dabei, Austin abzuchecken, als stünde sie zur Verfügung – während die arme Austin nichts ahnend Notizen kritzelte, wie sie es immer tat.

»Hey.« Ich schnippte mit den Fingern. »Wenn du das hier ernst meinst, brauche ich deine volle Aufmerksamkeit, okay? Auch eine Schönheitsoperation ist eine Operation.«

»Sorry.« Er lief rot an und senkte die Stimme. »Aber sie ist heiß. Ich meine, wie kannst du mit ihr zusammenarbeiten, ohne ständig abgelenkt zu werden?«

Das war eine sehr gute Frage.

»Ich würde sie flachlegen.«

»Raus.« Ich stand auf, marschierte zur Tür und riss sie auf.

»Was?« Er blinzelte verwirrt. »Was meinst du mit ›Raus‹?«

»Verschwinde verdammt noch mal aus meinem Büro«, sagte ich kalt. »Und komm ja nicht wieder.«

Ich ragte über ihm auf.

Wo wir gerade von Wadenmuskeln gesprochen hatten … In meinen zuckte es, ihm einen festen Tritt in den Hintern zu verpassen. Und meine Hände zitterten von dem unterdrückten Wunsch, dem Kerl die Zähne einzuschlagen.

»Ist das dein Ernst?« Justin verdrehte die Augen. »Ich bin ein zahlender Patient!«

»Nein, jetzt nicht mehr. Wenn du nicht sofort gehst, bin ich gezwungen, den Sicherheitsdienst zu rufen.«

»Arschloch.« Er schob sich an mir und Austin vorbei und schlug die Tür hinter sich zu.

Austin stieß einen Pfiff aus. »Als Arzt besonders fürsorglich? Ich glaube, das muss ich wieder streichen.«

»Er war respektlos«, schnaubte ich.

Austins Augen wurden groß, dann lachte sie laut auf. »Oh, wow, er war respektlos? Interessant. Dann bist du also der einzige Mensch, der etwas Respektloses über mich sagen darf, und wenn jemand anderes das tut, trittst du ihm in den Hintern?«

»Ja«, stieß ich durch zusammengebissene Zähne aus. »Nein.« Verdammt. »Austin …« Ich befeuchtete mir die Lippen. »Können wir das bitte nicht jetzt besprechen?«

»Na gut.« Sie ging zu dem Stuhl, auf dem Justin gesessen hatte, und ließ sich hineinfallen. »Dann lass uns mit der Untersuchung fortfahren.«

»Wie bitte?«

»Ich habe mir lediglich Notizen darüber machen können, wie du das Aufnahmeformular durchgegangen bist. Was passiert noch bei einer Voruntersuchung für ein Wadenimplantat, Doc?« Sie schlug die Beine übereinander, und so, wie sie jetzt da saß, konnte ich einen großen Teil ihres Oberschenkels sehen.

Ja. Ich war in der Hölle. Und es war verdammt heiß.

»Na gut.« Ich heuchelte Gleichgültigkeit, obwohl meine linke Hand so stark zitterte, dass ich sie in meine Hosentasche stecken musste. »Normalerweise zeige ich dem Patienten Fotos von verschiedenen Implantaten, und dann sprechen wir über die … Größe.«

»Groß«, platzte sie heraus. »Ich will es riesig.«

Das Atmen schmerzte. Warum musste bei ihr alles einen sexuellen Unterton haben?

»Wie groß?«, fragte ich angespannt.

Sie neigte den Kopf und zeigte auf meine Beine. »Wie groß sind deine?«

»Meine sind echt.«

»Ja, aber wie groß sind sie?«

Ich würde in der Hölle schmoren, denn das Einzige, was ich tun wollte, war, meine Hose auszuziehen und etwas Dummes zu sagen, wie: *Was meinst du?* Dann würde sie auf meinen Schwanz zeigen, und ich würde antworten: *Falsches Bein*, und dann würden wir an der nächstliegenden Wand vögeln.

Ja, da reckte eine Klage wegen ärztlichen Fehlverhaltens ihr hässliches Haupt. Allerdings immer nur, wenn Austin mit mir in einem Raum war. Dass ich keine Arzthelferin dabeihatte, war ein Fehler. Und dass die Tür geschlossen war.

Ich räusperte mich. »Wie wäre es, wenn ich dir ein paar Fotos zeige?«

»Ach, Thatch, hast du Angst, mir ein wenig nackte Haut zu zeigen?« Sie zwinkerte mir zu und verlagerte ihr Gewicht, sodass ihr Kleid noch ein Stück höherrutschte. Verdammt, ich konnte beinahe ihre Pobacke sehen.

»Ich, äh …« Mein Gehirn flehte mich an, den Blick zu senken, also konzentrierte ich mich mit aller Kraft darauf, ihr weiter in die Augen zu schauen. »Das ist bloß ein Bein.«

»Genau. Also solltest du keine Probleme damit haben, es mir zu zeigen.«

»Du verhältst dich albern«, gab ich verkrampft zurück und zog mein Hosenbein hoch. »Diese Waden kommen von Kniebeugen, Laufen, richtigem Sport. Er hatte schlankere Muskeln, vermutlich vom Langstreckenlauf oder vom Fahrradfahren.«

»Hmm.« Sie berührte meine Wade mit der Fingerspitze und strich bis hinunter zu meinem Knöchel. »Wo genau kommt das Implantat rein?«

»Wo es reinkommt?«, wiederholte ich.

Sie nickte, nahm ihre Hand aber nicht weg.

»An der … Achillessehne.« Ich fluchte leise, dann stützte ich meine Hände auf Austins Oberschenkel und strich langsam an ihren Knien hinunter, bis ich ihre Waden erreicht hatte und zudrückte. »Ich würde es hier hineinschieben.« Ich drückte fester zu. »Und dich hier wieder zusammennähen.« Noch einmal drückte ich zu. »Nach ein paar Wochen mit Schmerzen ist alles verheilt. Und das war's. Wobei ich jeden Arzt umbringen würde, der es wagt, an deinen Beinen herumzupfuschen.«

»Die sind irgendwie dünn und schlaksig.«

Ich weiß nicht, was genau passierte, doch in der einen Minute hatte ich ihre Beine mit den Händen umfasst, in der nächsten rutschten diese Hände an ihren Unterschenkeln hinauf, und meine Finger gruben sich in ihre weiche Haut, bis ich ihr das Kleid beinahe bis zur Taille hochgeschoben hatte. Ihre halb geschlossenen Lider verrieten mir alles, was ich wissen musste, als ich ihre Beine um meine Taille legte und sie hochhob. »Ich habe deine Beine immer geliebt.«

Sie schluckte schwer und öffnete den Mund ein wenig.

Ich beugte mich nach vorn. Vor Vorfreude hämmerte der Puls zwischen meinen Ohren. Dann klingelte das Telefon. Seufzend setzte ich Austin wieder ab. Mein Körper schrie verzweifelt auf.

Beim vierten Klingeln ging ich ran. »Ja?«

»Ihr Vater ist erneut im Krankenhaus«, flüsterte Mia.

»Verdammt.« Ich massierte mir die Nasenwurzel. »Ich komme gleich.«

Ich legte auf und hätte am liebsten mit der Faust gegen die Wand geschlagen. »Ich muss los.«

Austin kniff die Augen zusammen. »Du siehst aus, als müsstest du dich gleich übergeben.«

»Mir geht es gut«, gab ich kurz zurück.

»Thatch …«

»Du bist nicht mehr meine Freundin. Ich muss dir gar nichts sagen. Geh und schreib deinen albernen kleinen Blog, damit das hier – was auch immer das ist«, ich wedelte mit der Hand zwischen uns hin und her, »endlich vorbei sein kann.«

Sie atmete hörbar ein. »Ich schwöre, in der einen Minute bist du der Mann, in den ich mich verliebt habe, und in der nächsten erkenne ich dich überhaupt nicht wieder.«

»Vielleicht liegt das daran, dass der Mann, in den du dich verliebt hast, einfach nur flachgelegt werden wollte. Hast du mal daran gedacht?«

Sie keuchte auf und verpasste mir eine Ohrfeige, dann stolzierte sie aus dem Raum und schlug die Tür hinter sich zu.

Kapitel Zwanzig

Austin

»Er hat mich in eine Stalkerin verwandelt«, flüsterte ich ins Telefon, während ich zusammengesunken hinter dem Lenkrad meines Wagens hockte und wartete.

»Warum flüsterst du?«, fragte Avery am anderen Ende. »Und wen stalkst du?«

»Weil Stalker nun mal flüstern. Und ich stalke Thatch.«

»Okay, jetzt reicht's. Zeit für eine Intervention. Du kannst nicht weiter hoffen, dass er zu dir zurückkommt, Süße. O Gott, ich habe gewusst, dass es eine schlechte Idee war, für dein Abschlussprojekt ausgerechnet mit ihm zusammenzuarbeiten. Du bekommst wieder Hoffnungen, und – zack! – bald werde ich dich wieder unter einem Berg von MoonPies begraben finden.«

»Das wäre eine ziemlich coole Art, abzutreten, weißt du?«

»Nein, Austin!«, rief sie. »Das wäre keine coole Art. Das wäre überhaupt keine Art. Du musst über ihn hinwegkommen, und das kannst du nicht, wenn du ihm immer noch hinterherweinst. Das ist alles meine Schuld. Ich habe dir geraten, dich sexyer anzuziehen, in der Hoffnung, dass er es endlich kapieren würde. Aber als wir in ihre Unterhaltung hineingeplatzt sind …«

Schmerz durchbohrte meine Brust. »Ja, ich glaube nicht, dass diese Unterhaltung wiederholt werden muss. Das war hart.«

Ehrlich gesagt war er seit unserem kleinen Gespräch bei mir zu Hause vor ein paar Tagen ständig abwechselnd heiß und kalt zu mir gewesen. Es war, als würde ein Schalter umgelegt.

Er hasste mich.

Dann hasste er mich nicht.

Dann hätte er mich beinahe geküsst. Oder?

Verdammt!

»Er darf mich nicht hassen!«, rief ich ins Telefon, während ich mit den Blicken Thatchs Auto suchte. »Ich bin die betrogene Frau! Wie kann er es wagen, mir das wegzunehmen? Seitdem ich versprochen habe, dass ich keine Rache mehr will, ist es … ist er … gemein und distanziert. Kalt. Vor Kurzem hat er mir einen Kuss auf die Stirn gegeben, und heute hat er mich hochgehoben und sich beinahe an mir vergangen!«

Avery keuchte auf. »Was? Warum hast du mir das nicht erzählt?«

»Weil ich zu sehr mit dem Stalking beschäftigt war. Tut mir leid.«

»Warum stalkst du ihn noch mal?«

»Na ja, nachdem er mich hochgehoben und mir beinahe das Kleid ausgezogen hat …«

Avery stieß einen kleinen Jubelschrei aus.

»Ich würde erst mal nicht den Champagnerkorken knallen lassen«, sagte ich und fuhr fort. »Also, er beugte sich gerade vor, ich kam ihm entgegen, und dann klingelte das Telefon, er ging ran und hat sofort dichtgemacht.«

»Und daraufhin bist du ihm aus dem Büro gefolgt.«

»Richtig.«

»Und bist mit deinem roten Wagen hinter ihm hergefahren.«

»Ich habe nie behauptet, dass es der klügste Plan ist, Avery!«

»Sorry«, rief sie. »Okay, wo bist du jetzt?«

»Am Krankenhaus«, erklärte ich lahm. Was stellte ich gerade nur mit meinem Leben an? Ich verstand Hinweise einfach nicht, oder? Thatch half mir, weil er sich schlecht fühlte. Er hatte mich abgewiesen. Und trotzdem konnte ich ihn nicht in Ruhe lassen – ich musste losziehen und ihn mit meinem verdammten Auto verfolgen!

Wieder einmal war ich »so ein Mädchen«.

Ich hasste dieses Mädchen.

Ich musste mir ein Date organisieren und Thatch ein für alle Mal vergessen.

Als Thatch also aus dem Krankenhaus kam und einfach bloß schrecklich aussah, als er seine Hände gegen das Lenkrad schlug und einen lauten Schrei ausstieß? Ignorierte ich den Drang, ihm zu helfen.

Denn das war es, was ich tun wollte. Ich wollte dafür sorgen, dass es ihm besser ging. Ich wollte ihn an mich ziehen und fragen, was er im Krankenhaus gemacht hatte. Ich wollte der Mensch sein, an den er sich wandte, wenn er gestresst war.

Aber ich musste endlich aufwachen. Wenn er mich hier hätte haben wollen, hätte er mich gebeten, mitzukommen. Oder mir zumindest von dem Grund für seinen Besuch hier erzählt. Ich gehörte nicht mehr zu seinem Leben. Je eher ich das erkannte, desto besser.

»Austin? Bist du da?«

Seufzend schloss ich die Augen und flüsterte: »Hat Lucas noch diesen Freund?«

* * *

Vor Lachen liefen mir die Tränen über das Gesicht. Matt, mein Blind Date, war zum Schießen. Seine Gesten waren so groß und übertrieben, dass ich, seitdem wir uns gesetzt hatten, aus dem Lachen nicht mehr herausgekommen war. In seiner Gegenwart hatte ich mich sofort entspannen können.

Für meinen Geschmack war er ein wenig zu chic angezogen mit seinem Nadelstreifenanzug und der violetten Krawatte, die er sich ständig richtete. Laut Lucas hatte Matt in der Bank eine höhere Position inne, allerdings hatte ich nicht gefragt, was genau er tat, und da er es von sich aus nicht ansprach, nahm ich an, das Thema wäre für ein erstes Date zu viel. Ich stellte mir vor, dass er, wenn wir uns nicht direkt nach der Arbeit getroffen hätten, lässiger angezogen gewesen wäre – passend zu seiner Persönlichkeit.

Von seinen Grübchen bis zu den großen braunen Augen erinnerte er mich an einen Welpen – leider an einen, den ich nicht mit nach Hause nehmen und in mein Bett einladen wollte.

»Also, was machst du so?«, fragte er und warf sich eine Erdnuss in den Mund, auf der er ein paarmal herumkaute, bevor er sich die Mundwinkel mit der Serviette abtupfte. Der Mann war der Inbegriff von guten Manieren. Das sollte attraktiv sein. Der Anzug, das Lächeln, das lockere Gespräch. Er war das ganze Paket. Aber aus irgendeinem Grund wollte ich nur meine Hand ausstrecken, ihm die Haare zerzausen und ihn fragen, ob er je versucht gewesen war, einen Man-Bun auszuprobieren.

»Ich studiere.« Ich riss mich aus meinem seltsamen Thatch-Tagtraum. »Ich mache meinen MBA mit dem Schnellstudium an der UW.«

Er warf sich weitere Erdnüsse in den Mund und lächelte. Er erinnerte mich stark an meinen Dad. Untadelige Manieren, netter Anzug, Kauen mit geschlossenem Mund, Lächeln mit den Lippen, doch dieses Lächeln erreichte nie wirklich seine Augen. Hatte die ganze Sache mit Thatch etwa *das* mit mir angestellt? Mich in die Arme von jemandem getrieben, der mein Vater sein könnte? Ich erschauderte.

»Ich stehe kurz vor dem Abschluss, und sobald ich fertig bin, bekomme ich hoffentlich einen gut bezahlten Job.« In der echten Welt. Mit echten Menschen wie Matt, deren Anfangsgehalt vermutlich das überstieg, was ich in fünf Jahren verdienen würde.

»Es ist hart da draußen.« Er nickte ernst und beugte sich vor, zweifelsohne, um mir einen wahnsinnig guten Tipp fürs Leben zu geben, denn immerhin war er schon über drei Jahre »da draußen«. Heilige Scheiße! Ich war bei einem Blind Date mit meinem Vater. Wie hatte das passieren können? »Aber Lucas meinte, dass du verdammt klug bist, also bin ich sicher, dass du das hinkriegst.«

Verdammt klug.

Ha!

Ich schenkte ihm einen Blick, der hoffentlich besagte: *Wow, du bist echt super*, und streckte die Hand langsam zu meinem auf dem Tisch liegenden Handy aus. Ich musste mir nur eine gute Ausrede einfallen lassen. Mein Hund war gestorben. Mein Vater brauchte mich. Avery war im Krankenhaus.

Oder vielleicht probierte ich es einfach mit der Wahrheit: *Mein Dad hat genau den gleichen Anzug, und ich bin mir sicher, wenn ich dich heiraten würde, wäre das wie Inzest.*

Er blinzelte mir zu.

Ich lächelte. Schwieg ein paar Herzschläge lang. Weil uns offiziell die Themen ausgegangen waren. Das war unangenehm.

Das Lachen, das Scherzen waren vorbei. Ich hatte mich schon gewundert, wann der unbehagliche Teil des Blind Dates anfangen würde. Es gab keine Vorwarnung. Bloß eine gewisse Spannung, die sich wie eine stinkende Wolke um den kleinen Tisch in meiner Lieblingsbar legte. Und ich konnte nur darum beten, dass das Universum mir Rettung schicken würde.

»Also …«, ich schaute auf mein Handy und wieder zu Matt, »du arbeitest immer ziemlich lange, hm?«

»Ja.« Das falsche Lächeln war zurück. Super. »Ich meine, ich liebe meinen Job, also macht es mir nichts aus, aber ich habe kaum mal Zeit, wegzugehen.« Er blickte auf die Uhr. »Ehrlich gesagt muss ich morgen früh raus, ich würde allerdings gerne deine Wohnung sehen.«

Ich brauchte einen Moment, um das zu verdauen. »Meine Wohnung?«

»Ja.« Dieses Mal erreichte sein Grinsen seine Augen. Natürlich tat es das – der Mistkerl dachte, er würde heute flachgelegt. Sorry, aber dafür hatte ich nicht genügend getrunken, und ich war mir ziemlich sicher, dass ich auch mit rosaroter Brille meine Nase über dieses Angebot gerümpft hätte.

»Ich wohne bei meinen Eltern«, teilte ich ihm zuckersüß mit. Nimm das!

»Ich weiß«, erwiderte er. »Dein Dad ist der Bürgermeister.«

Mich überlief ein Kribbeln. »Hat Lucas dir das erzählt?«

»Ich habe im Internet recherchiert.«

Tja, das war … nett. »Äh, warum?«, fragte die Stalkerin. *Toll, Austin. Als hättest du nicht das Gleiche getan, wenn du nicht wegen Thatch die ganze Zeit so traurig wärst.*

»Ich gehe nicht mit Nobodys aus.«

Das war seine Antwort. *Ich gehe nicht mit Nobodys aus.*

Er schob seine Hand über den Tisch und legte sie auf meine.

Gerade wollte ich meine Hand wegreißen und ihm in schönster Filmstar-Manier meinen Drink ins Gesicht schütten, als eine grimmige Stimme hinter mir verlangte: »Nimm die Flossen von ihr.«

»Thatch.« Ich sprang aus dem Stuhl – einen halben Meter weiter, und ich wäre in seinen Armen gelandet. »Gott sei Dank.«

»Wer zum Teufel bist du?« Matt erhob sich und pumpte sich auf.

Thatch reckte die Schultern und sagte ganz leise: »Ein Chirurg. Ihr Freund. Super im Bett. Reich. Und in diesem Moment? Jemand, der geht. Mit Austin.«

Matt fielen fast die Augen aus dem Kopf. »Du bist zwar derjenige, der gehen muss. Aber ohne mein Date.«

»Den Teufel werde ich tun!« Die beiden standen jetzt Brust an Brust.

Und dann traf Thatch eine wirklich schlechte Entscheidung – er stieß Matt gegen die Brust, woraufhin der mit rudernden Armen nach hinten stolperte. Als er sein Gleichgewicht wiederfand, schoss sein rechter Arm durch die Luft, und seine Faust traf Thatch mitten auf die Nase.

»Elender Dreckskerl!« Thatch hielt sich die Nase, aus der Blut über seine Lippen rann.

»Du bist hoffentlich ein guter Chirurg, Arschloch.« Matt richtete sein Jackett. »Sorry, dass du das mit ansehen musstest, Austin. Sollen wir gehen?« Er hielt mir eine Hand hin.

Ich war nicht sicher, ob ich lachen oder weinen sollte. »Nein.« Ich schüttelte den Kopf. »Ich denke, dieses Date ist vorbei.«

Er runzelte die Stirn. »Du entscheidest dich für diesen Typen?«

Thatch funkelte Matt wütend an.

Was soll ich sagen? Ich habe eine masochistische Ader. »Jap. Ich schätze, das tue ich.«

Thatchs verkrampfte Schultern entspannten sich sichtlich, als Matt sich an uns vorbeischob und murmelte: »Ich bin zu gut für diesen Scheiß.«

Seufzend nahm ich mein Handy und steckte es in meine Handtasche. Dann sah ich Thatch kopfschüttelnd an. »Komm, Rocky, bringen wir dich nach Hause.«

Kapitel Einundzwanzig

Thatch

Ich hatte mich nur bei Austin dafür entschuldigen wollen, dass ich sie so mies behandelt hatte und so distanziert gewesen war – ich war mir nicht sicher, ob ich irgendetwas, was darüber hinausging, ertragen könnte.

Aber jetzt, wo mein Dad im Krankenhaus lag, dachte ich, dass die Wahrheit sowieso bald ans Licht kommen würde, und mir war es lieber, wenn Austin sie von mir hörte.

Meine Güte, meine Eltern waren echt verdammt gut darin, mein Leben zu zerstören, oder?

Und nun würden sie auch ihres ruinieren.

Fabelhaft.

Meine Nase pochte. Zum Glück hatte der Mistkerl sie nicht gebrochen, doch es schmerzte höllisch, sie zu berühren. Als ich Lucas gefragt hatte, wo ich Austin finden könnte, hatte er nichts darüber gesagt, dass sie bei einem Date war.

Also war ich nicht darauf vorbereitet gewesen, zu sehen, wie ein anderer Mann ihre Hand berührte – die Hand, die mir gehörte.

Immer noch spürte ich diese Hände über meinen Körper gleiten, wenn ich nachts gegen die Beklemmung ankämpfte, die mich wegen des Endes unserer Beziehung ständig überfiel. Immer noch träumte ich von der Frau, zu der diese Hände gehörten.

Meine Nase pulsierte schmerzhaft – ja, das Leben war einfach nicht fair.

»Dein Auto holen wir morgen.« Als wir vor meinem Apartmentgebäude anhielten, brach Austin endlich ihr Schweigen. Sie stieg aus dem Wagen und knallte die Tür hinter sich zu.

Ich folgte ihr und hasste es, dass ich mich so klein fühlte, als wäre ich derjenige, der etwas falsch gemacht hatte – dabei hatte ich doch nur ihre Ehre verteidigt, oder? Der Scheißkerl hatte sie angefasst!

Und das Schlimmste daran war, dass er es durfte. Sie gehörte nicht mir. Und daran war ich selbst schuld. Ich hatte dafür gesorgt. Und ich war fertig damit. Ich ertrug es nicht einmal, dass er neben ihr atmete, geschweige denn, dass er sie berührte. Nein. Einfach nein.

Daran zu denken war beinahe genauso schlimm, wie es mitzuerleben. Seine Hände hatten manikürt gewirkt. Was für ein Mann geht bitte zur Maniküre? Beim Anblick seines Anzugs hätte ich mich beinahe übergeben. Und ich hätte schwören können, dass ich an einem seiner Finger einen Ring entdeckt hatte, und zwar keinen Ehering, nein, ein kitschiges goldenes Ding, das aussah, als wäre er nur einen Schritt davon entfernt, Zuhälter zu werden.

Ich folgte Austin hinauf in meine Wohnung, holte die Schlüssel aus der Tasche und ließ uns schnell hinein. Dad sollte noch im Krankenhaus sein, aber ich wollte nicht das Risiko eingehen, ihm über den Weg zu laufen – nicht, bevor ich nicht die Gelegenheit hatte, Austin alles zu erklären.

»Äh, bist du ausgeraubt worden?«, fragte Austin, als wir drinnen waren und ich ein paar Lampen in der Küche und im Wohnzimmer angeschaltet hatte.

Ich suchte ein Handtuch und Eiswürfel und murmelte: »Nein.«

»Bist du sicher?« Sie zeigte auf die ganzen Zeitschriften, die vor der Couch auf dem Boden lagen, auf die Klamotten überall und das dreckige Geschirr in der Spüle.

Ja, normalerweise war ich ein totaler Ordnungsfreak. Ich mochte es sowohl beruflich als auch privat, organisiert zu sein. Was Austin wusste. Also war es vollkommen untypisch für mich, dass in meiner Wohnung so ein Chaos herrschte.

»Ich habe vielleicht etwas die Kontrolle verloren.« Ich funkelte sie finster an.

»Und das hast du an deinen Klamotten ausgelassen? Was ist mit dem Geschirr?« Sie ging um den Frühstückstresen herum und betrachtete kopfschüttelnd die Spüle. »Was ist hier los?«

»Nichts«, antwortete ich schnell.

»Blödsinn.« Ihr Blick suchte meinen. »Thatch, du hast heute Abend einen vollkommen Fremden geschlagen, und deine Wohnung sieht aus, als hätte die Polizei hier eine Crack-Razzia durchgeführt.«

Ich schnaubte. »Was wäre, wenn ich dir sage, du sollst es für heute einfach gut sein lassen?«

Sie leckte sich über die Lippen und ließ ihren Blick über den Tresen gleiten. Ohne Zweifel, um das Chaos noch mal in sich aufzunehmen. »Ich würde antworten, dass du es vermutlich zu lange hast gut sein lassen, aber das hier ist nicht mehr meine Wohnung.« Sie drehte sich zur Spüle um und stellte das Wasser an.

Ich runzelte die Stirn, was höllisch wehtat. »Was tust du da?«

»Abwaschen.«

»Austin …«

»Du solltest dich hinlegen.«

»Austin, du musst nicht meinen Abwasch machen.« Austin in meiner Wohnung war eine ganz schlechte Idee. Eine grauenhafte Idee. Es ließ mich Dinge wollen, die, wie ich wusste, nicht mehr in meiner Reichweite waren.

»Ich möchte es aber.« Sie hielt die Teller kurz unter das Wasser und stellte sie dann in die Spülmaschine. »Und jetzt sag mir schmutzige Sachen.«

Auf dem Weg zur Couch wäre ich beinahe über meine Füße gestolpert. »Wie bitte?«

Sie warf mir ein verschmitztes Lächeln über die Schulter zu. »Erzähl mir all die schmutzigen Einzelheiten übers Fettabsaugen. Komm schon, schieß los.«

Ich lächelte. Ein echtes Lächeln. Und lehnte mich auf meiner Ledercouch zurück. »Du willst wirklich übers Fettabsaugen reden?«

»Kann man davon tatsächlich sterben? So wie Chers Mom in *Clueless*?«

»Hä?« Wovon zum Teufel sprach sie da?

»Das war eine Anspielung auf die Popkultur. Dein Mangel an Wissen enttäuscht mich.«

Ich zuckte die Achseln, auch wenn Austin mich nicht sehen konnte. »Ich habe als Kind nie viel ferngesehen.« Ich war zu sehr damit beschäftigt gewesen, meinen Eltern aus dem Weg zu gehen, weswegen ich mich quasi in jeden Extrakurs an der Schule eingeschrieben hatte, den es gab. Außerdem hatte ich mich, wenn sie nicht da gewesen waren, in dem großen Haus immer einsam gefühlt.

Ein vertrauter Druck legte sich auf meine Schultern und umspannte meine Brust wie ein Schraubstock.

»Thatch?«

»Sorry, hattest du was gesagt?«

»Ja, aber ich führe gerne Selbstgespräche. Das mache ich zu Hause ständig. Ich schwöre, ich habe meine Eltern seit Tagen nicht gesehen.«

Das glaubte ich ihr sofort.

»Oh?« Meine Haut kribbelte auf einmal.

»Ach, das ist normal.«

Das Pochen in meiner Nase ließ nach, und ich schloss die Augen.

»Hey.« Mit einem Mal war Austin neben mir – ich roch sie, noch bevor ich die Augen aufschlug. »Abgesehen von der guten alten Nasenkorrektur, bei der du die Knochen von jemand anderem mit einem Hammer bearbeiten darfst ...«

Ich verzog das Gesicht.

»Welche OP führst du am liebsten durch?«

Ich runzelte die Stirn. »Das hat mich noch nie jemand gefragt.«

»Tja, jetzt, wo du exakt ...«, sie hob einen Finger und sah auf ihr Handy, »zehn Fans hast«, sie hob entschuldigend die Schultern, »musst du ihnen geben, was sie wollen. Und einer meiner Kommentatoren will wissen, welche OP du am liebsten machst. Ich schätze, das kann ich als dritten Blogpost diese Woche benutzen.«

Ich hob den Kopf und klopfte auf den Platz neben mir auf der Couch. Ich hatte keine Ahnung, warum Austin so nett zu mir war, nachdem ich sie so mies behandelt hatte, doch ich würde mich nicht darüber beschweren.

Sie ließ sich neben mir auf die Couch fallen und zog die Füße unter sich, womit sie sehr viel Bein entblößte. Zu viel Bein. Mit Austin befreundet zu sein würde mich sehr wahrscheinlich umbringen.

»Okay.« Ich räusperte mich. »Ich weiß nicht, ob ich es meine Lieblings-OP nennen würde, aber mir gefällt eine schöne Bauchdeckenstraffung.«

Austin riss die Augen auf. »Du magst es, den Leuten ihren Bauch straff zu ziehen und ihnen Fett rauszuschneiden?«

»Es ist ein wenig komplexer, aber ja, ich habe viele Frauen mittleren Alters, die sich ihren Bauch straffen lassen wollen, nachdem sie mehrere Kinder geboren haben. Ich denke dann jedes Mal: Das ist das Mindeste, was ich tun kann, weißt du? Ihnen zu helfen, ihren Vor-Baby-Körper zurückzukriegen. Es gibt auch Frauen, die kommen, nachdem sie sehr viel abgenommen haben, und … ich weiß nicht, das klingt vermutlich idiotisch, doch es ist eine Ehre, an ihnen zu arbeiten.«

Austins Lächeln hätte nicht breiter sein können. »Verdammt, wer hätte das gedacht? Thatch Holloway hat ein Herz.«

»Ha, ha.« Ich schüttelte den Kopf. »Okay, aber erzähl es keinem. Ich will meinen Ruf als Arschloch nicht ruinieren.«

Sie verdrehte die Augen. »Bitte, du hast gerade einen der renommiertesten Preise erhalten, die ein plastischer Chirurg kriegen kann, und das mit – was? Zweiunddreißig? Ich würde sagen, Sie haben einen sehr guten Ruf, Doktor.«

Mein ganzer Körper erwachte zum Leben, wenn sie mich so nannte. Das hatte sie in der ganzen Zeit, seit ich sie kannte – selbst in dem Monat, in dem wir zusammen gewesen waren –, nie getan.

Ich glaube, meinem Schwanz gefiel es ein wenig zu gut. Mein Körper strebte förmlich in ihre Richtung. Und das pochende Gefühl aus meiner Nase verzog sich angenehmerweise an eine andere Stelle.

Hölle.

»Okay.« Austin ließ ihre Fingerknöchel knacken. »Zeig es mir. Wenn ich deine Patientin wäre, wo würdest du den Schnitt setzen?«

»Den Schnitt?«

»Na, du weißt schon.« Sie machte eine schnelle Bewegung mit der Hand. »Wo schneidest du die Patientin auf? Wie viele Schnitte setzt du? Wie tief? Ziehst du wirklich an der Haut?«

»Wow, das sind aber viele Fragen.«

»Gib den Lesern, was sie wissen wollen.«

»Na gut.« Ich befeuchtete mir die Lippen und beugte mich vor. Wir waren nur wenige Zentimeter voneinander entfernt. Mit dem Zeigefinger strich ich über ihren Hüftknochen und von da nach innen. »Normalerweise«, sagte ich, und meine Hand zitterte, »frage ich die Patienten, wie sie ihr Bikiniunterteil oder ihre Unterwäsche tragen, da die meisten Schnitte zu hoch gesetzt werden.«

Sie schluckte. »Oh.«

»Also ...« Ja, ich würde es tun. »Da du sehr oft Unterwäsche im Bikini-Stil und ab und zu Jungsshorts trägst ...«

»Du erinnerst dich an meine Unterwäsche?«

Ich wagte es nicht, sie anzuschauen. »Wie könnte ich die vergessen? Auf einer Hose stand quer über dem Hintern: ›Gib mir 'nen Klaps‹.«

Sie grinste mich an, und ich versuchte, nicht zurückzugrinsen, was aber unmöglich war, da es sich um Austin handelte, da ich sie berührte, da wir einander so nah waren.

»Was kommt dann?« Bildete ich mir das ein, oder klang sie ein wenig atemlos?

»Als Nächstes«, ich räusperte mich und legte meine Hände an ihren Bauch, »setze ich den Schnitt so, dass er später von der Unterwäsche bedeckt ist.« Mir fiel auf, dass ihr Atem schneller ging. »Der zentrale Punkt muss mindestens sieben bis neun Zentimeter über dem höchsten Punkt der ... Vulva liegen.«

Ihr Atem stockte, als meine Hand von ihrem Bauch in Richtung ihrer Leiste glitt.

»Das ist sehr ...«, sie schaute mich von oben bis unten an, »technisch.«

»Das sind Operationen meistens«, erwiderte ich. Ich hatte meine Hand nicht bewegt, doch ich hätte es so gerne getan. Ich wollte sie weiter nach unten schieben, wollte Austins Hitze spüren, sie küssen, bis sie fast besinnungslos wurde, und all den

Mist vergessen, der zwischen uns stand. Ich wollte sie einfach lieben.

»Ich sollte gehen.« Sie rührte sich nicht.

»Ja, vermutlich solltest du das, aber …«

Wir schwiegen beide. Sie suchte meinen Blick. »Aber?«

»Du musst nicht.«

»Ich glaube, ich weiß, was passiert, wenn ich bleibe. Und ich denke nicht, dass ich es ertrage, wenn du mir sagst, dass du nur flachgelegt werden willst, wenn wir uns treffen. Also …« Sie stellte die Füße auf den Boden. »Ich glaube, ich werde gehen.«

Mir wurde das Herz schwer.

»Sieh das Positive. Wenigstens musst du morgen nicht mit meinem Dad Fahrrad fahren, weil du verletzt bist.« Sie zeigte auf meine Nase. Ich stand auf und begleitete Austin zur Tür, wobei mir jeder Schritt schwerfiel.

Es war meine Schuld. Und ich wusste nicht, was ich anders machen könnte.

»Um ehrlich zu sein, ich hatte das mit dem Fahrradfahren total vergessen«, gab ich zu. Ich war zu sehr mit anderen Dingen beschäftigt gewesen – wie mit Austin und damit, meinen Dad im Krankenhaus zu besuchen.

Sie stellte sich auf die Zehenspitzen, gab mir einen Kuss auf die Wange und trat zurück, aber nicht, bevor ich meine Lippen auf ihre Stirn gepresst hatte.

»Mistkerl«, grummelte sie.

»Wie bitte?« Verwirrt sah ich, wie sie das Gesicht verzog.

»Du!« Austin stieß mir ihren Zeigefinger gegen die Brust. »Das darfst du nicht mehr! Diese Stirnküsse bedeuten mir etwas, okay? Also lass es. Denn das ist gemein, und du bist gemein, und es sorgt dafür, dass ich vergesse, wie du mir das Herz gebrochen hast und darauf herumgetrampelt bist. Und aus irgendeinem kranken Grund scheint es für mich lustig zu sein, das jeden Tag neu zu erleben, und ich muss diesen Kurs schaffen und die nächsten paar Wochen überstehen, ohne mitten in der Nacht von diesem dummen Schmerz in der Brust aufzuwachen, der einfach nicht verschwinden will, wenn ich daran denke, was zwischen uns passiert ist – was zerbrochen ist und warum ich es nicht reparieren konnte.«

Total verblüfft griff ich um sie herum, schloss meine Wohnungstür ab, packte Austins Hand und zog sie daran hinter mir her.

»Thatch, was hast du vor?«

Ich antwortete nicht. Ich war zu wütend auf mich, um zu antworten. Wütend auf die Situation, auf meine Eltern, und lächerlicherweise auch auf ihre.

Als wir in meinem Schlafzimmer waren, schloss ich diese Tür ebenfalls und saugte Austins Anblick förmlich in mich auf. »Wenn ich dir sagen würde, dass ich heute mit dir schlafen und es morgen wieder vergessen wollte, was würdest du erwidern?«

»Dass du ein Wichser bist.«

Ich lächelte. »Aber?«

»Bei dir gibt es immer ein ›aber‹«, beschwerte sie sich. »Der kleine Teil meines Herzens, den zurückzugeben du dich hartnäckig weigerst, würde vermutlich vor Freude in die Luft springen und mir das Leben zur Hölle machen, wenn ich nicht wenigstens darüber nachdenken würde.«

»Der kleine Teil?«

»Du ziehst es vor, dich darauf zu konzentrieren, anstatt über den Sex nachzudenken?«

»Das Herz ist wichtiger als Sex.«

»Sagt der Kerl, der einfach nur flachgelegt werden wollte.«

»Das war gelogen«, gab ich zu. »Du kennst mich besser.«

»Worte verletzen, egal, ob du sie ernst meinst oder nicht, Thatch.«

»Bleib.« Ich griff nach ihr.

Sie zuckte zurück. »Und morgen?«

»Morgen kannst du versuchen, mir noch mal das Fahrradfahren beizubringen.«

»Ich spüre ein weiteres ›aber‹.«

»Frag mich nicht, warum wir Schluss gemacht haben. Ich werde es dir nicht sagen. Und dann wirst du sauer. Vertrau mir, dass ich dich auf die einzige Weise beschütze, die ich kenne.«

»Und das Geknutsche?« Das musste sie ja fragen. »Der Grund, warum du Brooke geküsst hast?«

Ich zuckte mit den Achseln. »Ich küsse eben gern.«

»Du bist ein unglaublich schrecklicher Mensch.«

»Und doch denkst du darüber nach …« Lächelnd trat ich auf sie zu. »Darüber, wie gut es zwischen uns war, wie gut es heute Nacht sein könnte, wenn du nur Ja sagst.«

Austin verengte die Augen. »Meine Hand juckt es, dich zu ohrfeigen.«

»Wenn du dich dann besser fühlst.«

Diese Gelegenheit hätte ich ihr nicht geben sollen. Ihre Hand sauste durch die Luft und traf mich so fest auf die Wange, dass ich zur Seite stolperte. Und dann hämmerte sie mit ihren kleinen Fäusten auf meinen Rücken ein und schob mich gegen die nächstbeste Wand.

Ich ließ es zu. Und als sie sich abreagiert hatte, setzte ich zum Todesstoß an.

Und küsste sie.

Kapitel Zweiundzwanzig

Austin

Thatch küsste eine Frau, als würde er über ihren Körper mehr wissen als sie selbst. Es war, als würden seine Lippen den perfekten Druck kennen, den er in jedem bloß möglichen Kuss-Szenario ausüben musste. Stöhnen, Keuchen, Um-mehr-Flehen waren nicht nur Optionen, sie waren notwendig.

Es ging ums nackte Überleben.

Ich war ein Opfer seiner Küsse. Genau wie ich ein Opfer seines sexuellen Könnens gewesen war. Ich wusste, wenn ich den Kuss nicht verhinderte, würde ich wieder ein Opfer werden.

Aber mein Körper bettelte darum, dass ich noch einen kleinen Moment verweilte. Er verlangte von mir, ich solle warten, bis ich seine Zunge über meine gleiten spürte, bis er meine Unterlippe zwischen seine Zähne nahm und diese Sache machte, bei der er gerade so lange daran saugte, bis ich aufkeuchte und meinen Mund ein Stück weiter öffnete, wodurch er dann hineingleiten und ihn erobern konnte, bis sein Atem zu meinem wurde.

Mein Körper zitterte unter Thatchs heißer Berührung. Er wusste genau, wo ich ihn wollte, wo ich mich immer nach ihm sehnte, und er nutzte das gnadenlos aus, raubte mir jedes mögliche Nein, das ich aussprechen wollte, und verwandelte es in ein »Ja, ja, ja, verdammte Scheiße, ja!«.

Endlich hörten seine langen, leidenschaftlichen Küsse auf und wurden von langsamem, hitzigem Druck auf meinen Lippen ersetzt. Ich zog mich zurück. Sein Blick schoss zwischen meinen Augen und meinem Mund hin und her.

»Thatch …«

Er legte mir einen Finger an die Lippen. »Ich brauche dich.«

Alles, nur das nicht.

Alle anderen Worte, aber nicht diese.

Mein Kryptonit.

Denn bis ich Thatch kennengelernt hatte, hatte ich mich nie gebraucht oder auch bloß gewollt gefühlt. Meine Eltern nahmen meine Existenz kaum zur Kenntnis.

Ich hatte immer nur Avery gehabt. Ihre Eltern waren für mich mehr Eltern, als es meine je gewesen waren. Und dann war Thatch gekommen, und er war lustig und anders und selbstbewusst gewesen, und mit einem Mal hatte ich mich in allem verloren, wofür er stand. Doch was mich am meisten in seinen Bann gezogen hatte, war der Tag gewesen, an dem ich herausfand, dass das alles lediglich Fassade war.

Was mich faszinierte, waren die Einblicke, die er mir schenkte, wenn er glaubte, ich würde nicht wirklich aufpassen. Die kurzen Wutanfälle, die rastlosen Nächte, die Augenblicke, in denen ich ihn dabei erwischt hatte, wie er ein Telefonat beendet hatte und den Hörer so fest umklammerte, dass ich fürchtete, er würde sich was brechen.

Er sprach niemals über seine Vergangenheit. Und deswegen hatte ich einfach angenommen, er wollte sich auf seine Zukunft konzentrieren – *unsere* Zukunft.

Mein größter Fehler in unserer Beziehung war nicht gewesen, dass ich mich in Thatch verliebt hatte. Nein, mein größter Fehler war gewesen, zu glauben, dass er mich so sehr brauchte wie ich ihn.

Denn wenn ich ihn berührte … fühlte meine Welt sich erfüllt an. Wie also konnte es ihm nicht genauso gehen? Wieso konnte er nicht das Gleiche empfinden?

»Ich brauche dich«, wiederholte er.

Und wie eine Idiotin küsste ich ihn erneut – besiegelte mein Schicksal an seinen Lippen, wohl wissend, dass ich nichts von ihm besaß, während er immer noch jeden Teil meines Wesens in seinen Händen hielt.

Ich war ein dummes Mädchen. Eine von denen, die ich immer verurteilt hatte. Und ich genoss es in vollen Zügen. Denn wenn man in dieser Situation ist, denkt man, man wäre die, bei der sich alles ändert – man stellt sich vor, man wäre anders.

Thatch knabberte an meinen Lippen. Von seinem hungrigen Stöhnen wurde mir schwindelig, und ich versuchte, mit seinen Händen mitzuhalten, die mir in Rekordzeit die Kleidung vom Leib schälten.

»Langsam« gab es bei Thatch nicht. Zumindest nicht beim Sex. Beim Küssen ließ er sich Zeit. Der Sex war allerdings immer aggressiv gewesen – nicht schnell, aber er wartete definitiv nicht damit, zum Punkt zu kommen.

Als er nun also langsamer wurde und seine Stirn gegen meine lehnte, mich dann von der Wand wegzog und mich auf sein Bett drückte – da wusste ich, dass ich verloren war.

Er streifte sich sein T-Shirt ab und enthüllte ein Sixpack, das wie aus Stein gemeißelt war. Dazu Brustmuskeln, von denen ich immer behauptet hatte, dass die unmöglich echt sein konnten.

Männer wie Thatch sollte es in der realen Welt nicht geben. Sie gehörten in Vampirromane und paranormale Spielfilme.

Als er sich langsam über mich schob, spannte sich sein Bizeps an. Unsere Lippen begegneten einander fieberhaft, während er sich von der Jeans befreite und dann seine Hände an meinen Nacken legte, um mich zu sich hinaufzuziehen.

»Das hat mir gefehlt«, gestand er zwischen den Küssen.

»Mir auch«, gab ich zu und bemühte mich, die Tränen in Schach zu halten. Sex. Ich konnte das. Einfach nur Sex.

Mit dem Mann, den ich liebte.

Mit dem Mann, der mir das Herz gebrochen hatte.

Mit dem Mann, der mich wieder verlassen würde.

»Mir auch«, wiederholte ich laut – mehr, um mich selbst zu überzeugen, als wegen irgendetwas sonst.

Seufzend küsste er sich an meinem Hals entlang. In seine Augen trat ein Feuer, als er meine nackte Brust betrachtete. »Niemals.«

»Niemals?«

»Niemals.« Er schüttelte den Kopf.

Mein Blick verschwamm vor ungeweinten Tränen, während Thatch mich weiterhin betrachtete.

»Ich würde dich niemals hier aufschneiden.« Er fuhr mit der Hand seitlich an meiner Brust entlang. »Und da irgendetwas hineinstopfen.« Er lächelte. »Denn das hier …«, er schloss die Augen und umfing meine Brust mit der Hand, strich mit dem Daumen über die Spitze, »ist Perfektion.«

»Aber was wäre, wenn ich dich anflehen würde, es zu tun?«

»Dann würde ich dich mit meinem Mund zum Schweigen bringen und dich so beschäftigt halten, dass du deinen eigenen Namen vergisst.«

Seine Antworten waren immer schon ein bisschen zu wundervoll gewesen. Verdammt sollte er sein. »Touché«, flüsterte ich.

»Ehrlich, Austin.« Er beugte sich vor und saugte so fest, dass ich beinahe vom Bett abgehoben hätte. »Lass dir niemals etwas anderes einreden.«

»Tja«, keuchte ich, »da du Schönheitschirurg bist, schätze ich, dass du dich auskennst.«

Er stieß ein kehliges Geräusch aus und wandte sich meiner anderen Brust zu, mit der er sich viel Zeit ließ. Er schenkte meinem Körper wesentlich mehr Aufmerksamkeit, als dieser seit dem Ende unserer Beziehung erhalten hatte.

»Du schmeckst noch genauso.« Er leckte über die Stelle, an der er gerade gesaugt hatte. »Wie kann es sein, dass ich süchtig nach dem Geschmack deiner Haut bin?«

»Ich glaube, was du sagen willst, ist, dass du süchtig nach meinem Schweiß bist.«

»Du schwitzt noch nicht.« Er zwinkerte mir zu. »Aber das wirst du bald.«

»Wirklich? Denn eigentlich habe ich keine Lust auf Sport«, neckte ich ihn.

Seine verletzten Nasenflügel blähten sich, und dann tat Thatch, was er am besten konnte – er fand meinen Schwachpunkt und stürzte sich darauf.

Er legte seinen Arm unter meine Beine und zog mich auf dem Bett nach unten. Mein Rücken glitt über die kühlen Laken, dann trafen meine Füße auf den Boden, und ich stand. Thatch ließ mich los und ging vollkommen nackt zur Tür, wo er das Licht einschaltete.

Meine instinktive Reaktion war, meinen Körper zu bedecken. Doch Thatch sah ständig weibliche Körper.

Und mit einem Mal war er wieder vor mir, küsste mich, verwirrte mich, packte mich, strich mit den Händen über meine Hüften und ging dann in die Knie, schlang einen Arm um meine Oberschenkel, sodass seine Hand gegen meinen Po drückte, während er mein Bein küsste.

Ich erschauerte.

Was machte er da?

Mir wurde heiß und kalt, als er mit seiner Zunge über meine Mitte fuhr und mich stöhnend an sich zog. Ich versuchte, ein wenig wegzurutschen – zum einen, weil es sich zu gut anfühlte und ich mir ziemlich sicher war, dass ich jede Minute auf ihm zusammenbrechen würde. Und zum anderen, weil er alles sehen konnte.

Alles.

»Ich möchte dich ununterbrochen schmecken.« Meine Haut vibrierte unter seiner Stimme, während ich meine Hände in seinen langen Haaren vergrub und mich festhielt, als hinge mein Leben davon ab. »Ich liebe das.«

»Das«.

Nicht »dich«.

Ich verspannte mich.

»Du bist so warm.« Er tat etwas mit seiner Zunge, von dem ich mir sicher war, dass es verboten sein sollte, wenn eine Frau bei Verstand bleiben wollte. Und dann kam ich und versuchte, mich an all die Gründe zu erinnern, warum das hier rein körperlich bleiben und ich keinen Umweg auf emotionales Territorium machen sollte.

Mir blieb keine Zeit, mich zu erholen. Keine Zeit, den besten Orgasmus meines Lebens zu verarbeiten. Denn Thatch war zu sehr damit beschäftigt, mich weiter zu küssen, mich gegen die Kommode zu pressen, mich hochzuheben und gegen die Wand zu drücken. Mein Rücken prallte so heftig gegen die Mauer, dass ich aufstöhnte.

»Tut mir leid.« Um seinen Mund zuckte es.

»Tut es nicht.« Ich atmete zu schwer, und ja, verdammt sollte er sein, ich schwitzte. Er hatte mich zum Schwitzen gebracht.

Sein Blick hielt meinen fest. »Hat es einen anderen gegeben, seitdem …«

Ich schluckte. Wollte lügen. Doch ich schüttelte nur den Kopf. »Bei dir?«

Er ließ seine Zunge über meine Unterlippe schnellen und flüsterte: »Was glaubst du?«

»Ich glaube, ich werde wegen Mordes ins Gefängnis gehen, wenn du Ja sagst.«

Mit einem tiefen, warmen Lachen an meinem Ohr flüsterte er: »Ich würde das hier nicht tun …«, er stieß so tief in mich hinein, dass ich kaum Luft bekam, »oder das hier …«, er zog sich beinahe vollkommen zurück, bevor er wieder zustieß und das Bild, das neben meinem Kopf an der Wand hing, krachend zu Boden fiel, »oder auch dies …«, er biss die Zähne zusammen, und die Lust explodierte bei seinem nächsten Stoß um mich herum, »wenn dem so wäre, Austin.«

Durch einen Nebel der Lust bemerkte ich die Verzweiflung in seinen Augen. Und ich hasste sie. Denn ich kannte den Grund dafür nicht.

Als er also tiefer, härter in mich hineinstieß, als ich mich fühlte, als würde ich entweder sterben oder wahnsinnig werden, hielt ich mich an seinem heißen, verschwitzten Körper fest und gestattete mir, mich in der Lust des Augenblicks zu verlieren, obwohl ich wusste, dass es bald vorüber wäre.

»Mein Gott, was habe ich dich vermisst!«, keuchte er an meinem Ohr. »Ich bin so kurz davor.«

»Ich habe dich auch vermisst«, wimmerte ich und ließ meinen Kopf gegen die Wand sinken, als der Orgasmus mich überrollte. »Thatch!«

»Ich brauch dich«, stieß er hervor, dann spürte ich, wie er sich in mir ergoss. »So sehr.«

Wir trennten uns nicht sofort, sondern schauten einander keuchend an. Ich hatte Angst, mich zu rühren. Ich wusste nicht, ob er jetzt wollte, dass ich ging. Ob ich von mir aus gehen sollte. Ob er so tun würde, als hätte er nicht gerade meine Welt erschüttert.

Ich befand mich auf gefährlichem Terrain. Mein Herz hämmerte immer noch, als wäre ich dreißig Minuten gerannt, und ich fühlte mich schwach. Ich war nicht sicher, dass ich es überhaupt bis zu meinem Auto schaffen würde.

»Komm.« Er zog sich zurück, und ich erschauerte. Dann führte er mich zu seinem Bett. Dem Bett, das ich so gut kannte. Sanft deckte er mich auf meiner Seite zu, gab mir einen Kuss auf die Stirn – verdammt! – und flüsterte: »Schlaf.«

»Wo gehst du hin?«

Seine Kiefermuskeln spannten sich kurz an, dann strich er sich durch die zerzausten Haare und hielt sich die Hände an die Schläfen. »Ich kann nicht schlafen. Nicht nach dem, was hier gerade passiert ist. Mit meinem Adrenalin könnte ich eine ganze Kiste Red Bull versorgen.« Er grinste. »Ich gucke vielleicht fern oder so.«

Ich nickte. »Vielleicht kann ich dir dabei Gesellschaft leisten?«

Ohne ein weiteres Wort kam er zum Bett, hob mich samt Bettdecke hoch und verließ mit mir auf dem Arm das Zimmer.

Wir schliefen zur Show von Jimmy Fallon ein.

Und als ich ein paar Stunden später aufwachte, war ich wieder im Bett – ohne Thatch an meiner Seite.

Kapitel Dreiundzwanzig

Thatch

»Den Teufel wirst du tun!«, presste ich heraus. »Du kannst nicht reinkommen!« Ich stand ernsthaft kurz davor, wegen meines eigenen Vaters die Polizei zu rufen. Er war seit drei Stunden aus dem Krankenhaus raus – und schon wieder total betrunken.

»Ich bin dein Vater!« Erstaunlich, dass er nicht mal lallte, obwohl er leicht hin und her schwankte. Verdammt!

Ich hatte Austin in meinem Bett. Meine Austin. Und nun musste ich mich mit diesem Scheiß herumschlagen.

»Gib mir die Schlüssel.« Ich streckte die Hand aus.

Dad zuckte die Achseln. »Die hab ich dagelassen.«

»Wo hast du sie gelassen?«

»Keine Ahnung.« Er lachte laut auf.

»Bleib da stehen«, stieß ich durch zusammengebissene Zähne hervor und verschwand wieder in meiner Wohnung. Dort schnappte ich mir den Ersatzschlüssel und bemühte mich, ihn nicht in der Mitte durchzubrechen, während ich zu meinem Dad zurückstapfte und dann den Hausflur überquerte.

Nachdem ich ihm die Tür aufgeschlossen hatte, stolperte er natürlich über seine eigenen Füße und fiel gegen den Tisch im Flur. Fluchend ging ich mit ihm rein und begann mit dem üblichen Prozedere. Ich setzte eine Kanne Kaffee auf, durchsuchte seine Wohnung nach Whiskeyflaschen, stellte ihm ein Glas Wasser und einen Spuckeimer neben das Bett und legte ihm einen Satz Kleidung zum Wechseln raus.

Als ich endlich fertig war, war es sechs Uhr morgens, und ich hatte seit seinem lauten Klopfen nicht mehr geschlafen. Zum Glück hatte Austin ungerührt weitergeschlummert.

Mein Vater lag bereits schnarchend im Bett, als ich in meine Wohnung zurückkehrte. Zum ersten Mal seit langer Zeit lächelnd, ging ich ins Schlafzimmer.

Mein Bett war leer. Austin war weg. Und ich konnte mir nur zu gut vorstellen, was sie gedacht hatte. Dass ich meine eigene Wohnung verlassen hatte. Nach dem Sex. Dem unverbindlichen Sex.

Ich hasste mein Leben.

Und meinen Dad.

Nicht unbedingt in dieser Reihenfolge.

Kapitel Vierundzwanzig

Austin

Mein Morgen fing gar nicht gut an. Ich hatte drei verpasste Anrufe von Avery, die ich ignorierte, weil ich nach verschwitztem Thatch roch und gerade dabei war, meine Sachen zusammenzusuchen, damit ich nach Hause fahren und vor der Vorlesung duschen konnte, als mein Vater beschloss: »Hey, ich stelle besser mal sicher, dass meine Tochter noch lebt und atmet.«

Lunch. Er wollte, dass ich mich mit ihm und Mom zum Lunch traf. Und natürlich hatte er mir eine Nachricht schicken müssen, um mich das zu fragen.

Damit stand fest, dass er mir etwas zu sagen hatte – denn das war der einzige Grund für diese Lunch-Treffen, und natürlich konnte er sich nicht wie ein normaler Vater benehmen und diese Unterhaltungen zu Hause führen, weil es da niemand mitbekommen würde.

Ich versprach es nur, damit ich keine weiteren Nachrichten mit Fragezeichen von ihm bekam, und machte mich auf die Suche nach meiner Unterwäsche. Ich fand sie im Wohnzimmer, was seltsam war, denn ich war mir ziemlich sicher, dass Thatch mich in seinem Schlafzimmer ausgezogen hatte.

Schnell schlüpfte ich in meine Klamotten und schnappte mir meine Handtasche. Zum Glück war es so früh, dass mich niemand beim Rausschleichen sehen würde.

Ich schaffte es bis zur Tür, bevor es mich traf. Nicht Schuldgefühle. Nicht einmal Bedauern. Sondern bloß eine unendliche Traurigkeit.

Ich hatte ihn hereingelassen. Ich hatte ihm vertraut, obwohl ich gewusst hatte, dass ich das nicht tun sollte. Und er war geflüchtet.

Er hatte mich tatsächlich in seiner Wohnung allein gelassen – so verzweifelt hatte er mir entfliehen wollen. Ich hatte ihn wortwörtlich aus seinem Zuhause vertrieben!

Puh. Ich presste mir die Finger an die Schläfen und schaute zu dem Notizblock und dem Stift, die immer auf dem Tisch im Flur lagen. Es reizte mich, ihm eine Nachricht zu schreiben, die total lässig klang, so nach dem Motto: *Hey, danke für den Sex. Den hatte ich echt gebraucht, haha. Du weißt, was ich meine?*

Ich stöhnte laut auf. Nein. Denn Thatch müsste nur mit den Fingern schnippen und könnte jede Frau haben, die er wollte. Warum musste er so gut mit Worten umgehen können? Warum?

Dumme, dumme Austin.

Ich würde ihm keine Nachricht hinterlassen. Die hatte er nicht verdient. Es war mir egal, wie viele Orgasmen er mir verschafft hatte! Oder dass er mir gesagt hatte, ich wäre perfekt. Tränen brannten in meinen Augen. Dumme Tränen.

Warum waren Mädchen so dumm? Warum war *ich* so dumm?

Ich stapfte zu meinem Auto und erlaubte mir, ein paar Tränen zu vergießen, sobald ich drinsaß. Und typisch für Seattle … fing es an zu regnen.

Die Tropfen prasselten wütend auf meine Windschutzscheibe und passten damit super zu meiner Stimmung, während ich nach Hause fuhr, wo, wie ich wusste, niemand sein würde. Mom war vermutlich schon beim Hot Yoga, und Dad war definitiv schon im Büro.

Ich ging zum Kühlschrank und nahm mir eine Dose Mountain Dew heraus. Als ich die Tür wieder schloss, verspottete mich mein Spiegelbild auf der glänzenden Edelstahloberfläche.

»Niemand muss je davon erfahren«, flüsterte ich mir zu.

Meine Güte, Thatch hatte mich offiziell ruiniert, und nun führte ich Selbstgespräche und würde vermutlich verrückt werden. Danke, Mann. Echt.

Ich ging ins Schlafzimmer, fischte einen MoonPie aus der Nachttischschublade und stellte mich dann unter die Dusche, um mir den Sex von der Haut zu waschen.

* * *

»Austin!«

Mein Dad breitete die Arme aus und setzte sein falsches Lächeln auf. Dann küsste er mich auf beide Wangen und rückte mir den Stuhl zurecht. Mein Vater hatte tadellose Manieren.

Mom strahlte uns an und bestellte für uns alle Eistee.

Was für ein wahnsinnig tolles Familientreffen.

»Na, wie waren die Vorlesungen?«, fragte Dad, nachdem wir einen Blick in die Speisekarte geworfen hatten.

»Super«, log ich. *Mein eines Fach wird mich höchstwahrscheinlich umbringen, ich bin im Bett meines Ex-Freunds gelandet und würde es vermutlich wieder tun, wenn sich die Gelegenheit ergäbe. Oh, und ich habe ein gebrochenes Herz.* »Einfach großartig.«

»Freut mich, das zu hören.« Er zwinkerte mir zu und sah sich dann wie üblich einmal im Restaurant um. Er lebte von den Blicken, die er erhielt, wenn er sich in der Öffentlichkeit aufhielt. Man hätte fast glauben können, als Bürgermeister wäre er eine örtliche Berühmtheit. »Ich habe eine Art Job für dich.«

»Einen Job?« Super. Das letzte Mal, als er einen Job für mich gehabt hatte, hatte ich mich während seiner Wahlkampagne um den Hot-Dog-Stand kümmern müssen. »Was für einen?«

Er und Mom wechselten einen Blick, bevor Mom eine Hand auf meine legte. »Erinnerst du dich noch an Bill Siphers Sohn?«

»Nein.« Ich schüttelte den Kopf. Ich hatte ihn absichtlich vergessen, weil ich ihn gruselig fand und er mich in eine Zeit zurücktransportierte, in der ich so unsicher gewesen war, dass ich beinahe alles getan hätte, nur weil ein süßer Junge gesagt hatte, dass er mich mochte.

»Natürlich erinnerst du dich!« Mom lachte und zwinkerte mir zu, als wäre ich das Lustigste, was sie den ganzen Tag gesehen hatte. »Der mit der Zahnspange?«

»Mom, als ich ein Teenager war, hatten wir alle Zahnspangen.«

»Er ist ungefähr so groß.« Dad hielt die Hand über den Tisch. Eins zwanzig. Er hatte eine Zahnspange gehabt und war eins zwanzig groß. *Sorry – ich kann mich nicht erinnern. Können wir etwas Brot bekommen?* »Er war dein erster Kuss!«

Mein Mund wurde trocken. Mein erster Kuss. Ich hatte viele »erste« mit ihm gehabt. Allein über ihn zu reden war gruselig.

»Braden!«, rief ich. Ich hatte nicht vorgehabt, laut zu werden.

Köpfe drehten sich zu uns um, und mein Dad – ich schwöre, ich liebte ihn an den meisten Tagen – stand auf und sagte: »Ach, schaut mal, wer da gerade hereingekommen ist!«

Ein abgekartetes Spiel! Alarmstufe Rot! Abbruch. Ich musste sofort einen Fluchtweg finden. O nein, er kam auf uns zu. Fluchtweg, Fluchtweg. »Braden!« Ich grinste wie eine Verrückte. »Wie lange ist das her? Ein Jahr? Zwei?«

»Fünf«, erwiderte er und klang ziemlich genervt. »Plus/minus ein paar Wochen, in denen du dich geweigert hast, auf meine Anrufe, Nachrichten und E-Mails zu reagieren. Aber mal ehrlich, wer zählt schon mit, oder?« Er ließ ein Lächeln aufblitzen.

Ich versuchte, den Enthusiasmus der anderen zu teilen – und scheiterte kläglich. »Ich hatte viel zu tun … Die Uni. Du weißt schon.«

Er musterte mich von Kopf bis Fuß. »Isst du immer noch MoonPies, als könnte die Produktion morgen eingestellt werden, Austin?«

Oh, verdammt noch mal, nein. Keine Körperwitze. Wenn er noch ein einziges Wort über meinen Körper verlor, so, wie er es früher getan hatte, würde ich ihm das Gesicht abreißen und es ihm durch den Hintern wieder einführen.

»Charmant wie immer«, stellte ich durch zusammengebissene Zähne fest. »Also, was tust du hier in der Stadt?« In diesem Restaurant, an meinem Tisch.

Natürlich musste Dad einen Stuhl für ihn heranziehen. Ich war in der Hölle.

»Ich habe gerade meinen Abschluss an der Stanford Law gemacht und bin in die Gegend zurückgezogen. Vor ein paar Wochen haben dein Dad und ich uns im Everett Country Club getroffen.« Gott schütze mich vor diesem Ort. Alle meine schlimmsten Erinnerungen hatten mit diesem Club zu tun, und dort hatten auch Braden und ich uns kennengelernt. »Und, nun ja, eins führte zum anderen, und er hat erwähnt, dass du immer noch Single bist.«

Ich würde meinen Dad umbringen. Später. Nach diesem schrecklichen Lunch. Weil es meinem Dad um den äußeren Schein ging, und wenn ich nicht lächelte und es ertrug, würde ich später was zu hören kriegen, und das Letzte, was ich wollte, war, dafür angeschrien zu werden, dass ich mich nicht wie die Tochter eines Bürgermeisters verhalten hatte.

Selbst wenn der Kerl, den er zum Lunch eingeladen hatte, ein totaler Psychopath war.

»Jura also. Das klingt nach Spaß. Du warst immer gut darin, *zu* Leuten zu sprechen.« Lächelnd griff ich nach meinem Wasserglas und betete, dass ein Wunder geschähe und das Wasser sich in Wein verwandelte. In einen starken, nie versiegenden Strom Wein.

»Danke. Wie lieb von dir.« Seine Augen wurden schmal. Mist, wusste er etwas, das ich nicht wusste? Und wenn ja, was?

»Austin.« Dads Lächeln wurde breiter. O nein, jetzt kam es. »Du weißt doch, dass die jährliche Spendengala ansteht, und Braden hat eingewilligt, mit dir zusammen hinzugehen.«

»Hat er das?«, stieß ich hervor. »Wie schön. Aber Dad, weißt du noch, ich hatte dir gesagt, dass ich vermutlich nicht dabei sein kann.«

Er lachte. »Natürlich kommst du. Wie würde es aussehen, wenn meine einzige Tochter nicht auftaucht?«

»Aber …«

»Du gehst«, verkündete er angespannt.

»Also gut.« Ich sank auf dem Stuhl zusammen, als wollte meine Haut mit dem Bezug des Stuhls verschmelzen und mich so unsichtbar machen. Vielleicht würde Braden dann aufhören, mich so anzusehen.

Braden und ich waren aufgrund des Beharrens unserer Eltern miteinander ausgegangen. Wir passten gut zusammen. Wirklich. Das hatten unsere Eltern zumindest behauptet. Als lebten wir in einem historischen Roman und als bestünde meine einzige Pflicht darin, in eine wohlhabende Familie einzuheiraten, damit wir noch mehr Geld hätten und die Welt übernehmen könnten.

Übelkeit breitete sich in mir aus. Braden einfach nur gegenüberzusitzen holte all die schlimmen Erinnerungen an unsere gemeinsame Zeit wieder hervor. Seine ununterbrochenen Bemerkungen über meinen Körper. Und meine Essgewohnheiten. Wegen dieses Jungen hatte ich mich in den Schlaf geweint.

Und das Schlimmste? Als ich mit ihm Schluss machte, hatte ich Ärger bekommen. Mein Dad hatte mir tatsächlich Stubenarrest gegeben. Mit sechzehn.

Später, als es so schien, als wäre Braden zu einem wirklich netten jungen Mann herangewachsen – die Worte meiner Mom –, hatten wir uns im Club wiedergesehen und erneut angefangen, miteinander auszugehen.

Er hatte mir Komplimente gemacht – und ich hatte nicht erkannt, wie ausgehungert ich nach positiver Aufmerksamkeit gewesen war. Aber bald nach unserem zweiten Versuch hatte er sich wieder gegen mich gewandt. Jedes Kompliment war doppeldeutig gewesen, oder ihm war eine negative Bemerkung gefolgt – von meinen Haaren bis hin zu der Tatsache, dass ich zugenommen hatte. Ich hatte in seiner Gegenwart Angst gehabt, Brot zu essen. So schlimm war es gewesen.

Zum Glück gab es Avery. Sie hatte mir schließlich geholfen, zu erkennen, dass es nicht normal war, in einer Beziehung zu sein, in der man Angst hatte, Kohlenhydrate zu sich zu nehmen oder zu einer Verabredung die falsche Farbe zu tragen.

Und seitdem hatte ich mir geschworen, mich nie wieder auf eine feste Beziehung einzulassen.

Sex. One-Night-Stands. Ich war dazu verdammt, Single zu sein. Und das war okay.

Bis zu Thatch.

Ich hielt die Tränen zurück. Seinetwegen würde ich nicht weinen. Oder darüber, dass ich letzte Nacht in seinen Armen gelegen und er mich heute Morgen verlassen hatte und ich dann den Wölfen zum Fraß vorgeworfen worden war.

Daddy griff über den Tisch und fasste kurz meine Hand. »Also, was meinst du?«

Mist. Während ich mich den Erinnerungen hingegeben hatte, war über etwas Wichtiges gesprochen worden. Na super.

»Äh, gut.« Ich nickte und lächelte. Das war eigentlich alles, was ich bei meinem Vater tun musste, denn er wollte und brauchte meine Meinung nicht – ich war dazu da, ihm zuzustimmen. Meine Mom kannte ihre Rolle gut. Sie zwinkerte mir zu.

Ich liebte die beiden. Wirklich. Es gab nur Tage, an denen ich mir wünschte, es ginge mehr um uns als Familie als um den Job meines Vaters oder seine Träume, ins Weiße Haus einzuziehen.

Das war kein Witz. Als ich sechs Jahre alt gewesen war, hatte er mir erzählt, dass er irgendwann für die Präsidentschaft kandidieren wollte. Mein ganzes Leben lang hatte er sich für den einen oder anderen offiziellen Posten beworben.

»Prima.« Mein Vater ließ seine Serviette auf den leeren Teller fallen und schaute auf die Uhr. »Ich sehe euch beide später.« Er gab mir einen Kuss auf den Scheitel, dann stand meine Mom auf, sammelte ihre Sachen zusammen und folgte ihm.

»Klassische Falle«, knurrte ich und verschränkte die Arme.

Braden betrachtete mich von Kopf bis Fuß und griff dann nach seinem Wasserglas. »Also …«

»Nein«, unterbrach ich ihn. »Wir tun das nicht. Weder jetzt noch sonst irgendwann.«

»Aber dein Dad will es so gerne, und möchtest du nicht, dass er glücklich ist? Wie würde es aussehen, wenn du mich jetzt im Stich lässt, nachdem du zugestimmt hast, mir während des Lunchs Gesellschaft zu leisten?«

Verdammt. Dazu hatte ich mich bereit erklärt?

»Außerdem möchte dein Dad, dass wir uns über die Spendengala unterhalten.«

»Nein.« Wieder schüttelte ich den Kopf und betrachtete mein Spiegelbild im Löffel. Meine Lippen waren von letzter Nacht noch ein wenig geschwollen und meine Haut gerötet. Es war, als könnte nicht mal mein Körper Thatch loswerden, egal, wie oft mein Gehirn ihm befahl, er solle aufhören, auf ihn zu reagieren. Aufhören, an ihn zu denken.

Mein Herz klopfte wild in meiner Brust. »Wir sprechen uns später«, sagte ich und stand auf.

»Austin.« In Bradens Wange zuckte ein Muskel. »Setz dich.«

Es war schrecklich. Mein Körper reagierte sofort, weil es so tief in mir verwurzelt war, das gute Mädchen zu sein. In der Sekunde, in der mein Hintern den Stuhl berührte, sprang ich wieder auf, nahm meine Handtasche und ging.

Ich rannte von ihm weg. Von dem Mann, der mich emotional missbraucht hatte. Und vor den Erinnerungen, die mir immer das Gefühl gaben, nichts wert zu sein.

Das wirklich Traurige daran? Ich hatte Braden durch jemanden ersetzt, der genauso schlimm war. Thatch war nicht besser. Braden wollte mich, aber er war Gift für mein Herz und meine Seele. Mit ihm würde es mir nicht gut gehen.

Thatch wollte Sex – nicht mich –, und doch fühlte ich mich zu ihm hingezogen. Er wollte mich vermutlich genauso sehr, wie er sich eine Erkältung einfangen wollte – das hatte er heute Morgen bewiesen.

Mit hängenden Schultern ging ich langsam zu meinem Auto, stieg ein und schlug mit dem Kopf gegen das Lenkrad.

Das einzige Positive an diesem Tag kam später, als ich entdeckte, dass ich weitere Follower für meinen Blog hinzugewonnen hatte.

Ich musste meine Abschlussarbeit fertigstellen und dann zusehen, dass ich von Thatch wegkam, bevor unsere Beziehung sich in etwas verwandelte, in dem ich mich erneut verlor.

Kapitel Fünfundzwanzig

Thatch

Ich schrieb ihr keine Nachricht.

Ich rief sie nicht an.

Ich lief ihr nicht hinterher.

Nicht, weil ich das alles nicht tun wollte, sondern weil ich wusste, dass es nicht reichen würde. Austin war in einer leeren Wohnung aufgewacht und hatte das Schlimmste angenommen. Und wer hätte das nicht getan? Aber ich wollte ihr nicht von meinem alkoholkranken Vater erzählen.

Denn sie würde Fragen stellen. Und ich würde es ihr erzählen, weil ich den Stress schon so lange mit mir herumtrug. Ich wusste, es war nur eine Frage der Zeit, bis ich mit allem herausplatzen würde.

Ich warf einen Blick auf die Uhr in der Ecke. Austin sollte heute um zwei Uhr kommen.

Es war halb drei.

Ich schloss die Augen und wartete darauf, dass meine Bürotür aufging. Als sie es nicht tat, lief ich hinüber und riss sie selbst auf. Ich schaute den Flur hinauf und hinunter, doch nirgendwo war ein Anzeichen ihrer dunkelbraunen Haare oder ihrer langen Beine zu entdecken.

Ich ließ den Kopf hängen, und gerade, als ich mich wieder umdrehen wollte, sah ich am anderen Ende des Flurs dunkle Haare aufblitzen, und dann kam sie auf mich zu. Ihr Lächeln war angespannt, ihr Körper steckte in einem wunderschönen schwarzen Wickelkleid, und ihr Kinn war gereckt.

So wollte sie das also spielen, hm?

Die wütende Austin durfte man nicht unterschätzen. Sie war umwerfend. Wild. Ich musste mir auf die Zunge beißen, um nicht auf sie zuzustürmen und sie in das nächstbeste Untersuchungszimmer zu zerren.

Als sie schließlich vor mir stehen blieb, zeigte ich auf mein Büro. »Wir müssen reden.«

Sie verspannte sich. Verdammt.

»Dr. Holloway?« Mias sanfte Stimme erklang hinter mir. »Ihr Termin um halb drei wartet auf Sie.«

Ich biss die Zähne zusammen. »Ich bin gleich da.«

Austins Augenbrauen schossen in die Höhe. Sie verschränkte die Arme vor der Brust. »Sie sollten die Welt nicht warten lassen, Dr. Holloway.« Ich hasste es, dass ihre Aussprache meines Namens eine so heftige Wirkung auf mich hatte.

»Komm.« Ich gab ihr keine Gelegenheit zur Diskussion. Außerdem brauchte sie doch Storys für ihren Blog, oder? Mit dieser Patientin würde sie einen wilden Ritt erleben.

Miranda war seit ungefähr zehn Jahren Patientin in unserer Praxis. Und jedes Jahr gab es noch diese eine Sache, die sie machen lassen wollte, egal, wie oft wir ihr sagten, dass es nicht nötig war.

Ich öffnete die Tür und trat schwungvoll ins Behandlungszimmer. »Miranda, das hier ist Austin Rogers. Sie ist Studentin und begleitet meine Arbeit für eine Weile. Ist es in Ordnung, wenn sie bei unserer Sitzung dabei ist?«

Miranda lächelte. Ihr Gesicht war bis zum Bersten mit Fillern vollgestopft – die ihr ohne Zweifel Troy für ein

Heidengeld verpasst hatte, da ich mich weigerte, ihr mehr zu spritzen. »Natürlich. Das ist ganz wunderbar.«

Miranda war eine umwerfende Frau, an der aber nur noch wenig natürlich war, und da sie auf die siebzig zuging, hatte ich Sorge, dass sie sich wieder unters Messer legen wollte. Je älter eine Patientin war, desto größer waren die Risiken bei einer OP.

»Also, was wollten Sie mit mir besprechen?« Ich zog mir einen Stuhl heran.

Miranda war kein typischer Termin. Sie kam nicht wegen einer normalen Konsultation, sondern sie bat mich jedes Mal, sie von Kopf bis Fuß anzuschauen und ihr mitzuteilen, wo etwas verbessert werden könnte. Und seitdem ich sie vor zwei Jahren das erste Mal gesehen und von Troy ihre Vorgeschichte erfahren hatte, sagte ich ihr jedes Mal: *Sie sind perfekt. Und jetzt gönnen Sie sich einen Keks.*

»Eine Brustvergrößerung, vielleicht ein wenig Botox?« Sie errötete tatsächlich. »Erinnern Sie sich noch, als ich vor ein paar Wochen hier war und …« Sie warf Austin einen Blick zu, dann sah sie wieder mich an. Ihre pechschwarzen Locken tanzten bei der Bewegung auf ihren Schultern. »Troy meinte, dass ich von ein paar Dingen profitieren könnte, und ich … ich wollte einfach eine zweite Meinung einholen.«

Ich seufzte. »Sie müssen sich keine Sorgen machen, dass ich ihm verrate, dass Sie mich nach meiner Meinung gefragt haben, und da Austin hier ist, ist es nicht nötig, eine der Schwestern hinzuzuziehen. Warum zeigen Sie mir nicht, was Sie meinen, hm?«

Es folgte eine schmerzhaft lange Stunde, in der ich versuchte, sie davon zu überzeugen, dass nichts getan werden musste, während sie mit mir darüber diskutierte, was mein Partner gesagt hatte.

»Hören Sie.« Ich rieb mir mit dem Handrücken müde über die Augen. »Ich meine ja bloß, dass Ihre Brüste aus chirurgischer

Sicht keine Anhebung benötigen. Wenn Sie das emotional brauchen, um sich besser zu fühlen, ist das eine ganz andere Sache, okay?«

Sie ging.

Gott sei Dank.

Aber das bedeutete, die nächsten beiden Termine würde ich ohne Pause hinter mich bringen müssen.

Austin sagte nichts, als ich an ihr vorbeieilte. Sie folgte mir nur. Verdammt. Es juckte mich in den Fingern, sie anzufassen, mit ihr zu reden, mich zu erklären, irgendetwas zu tun. Und das Schlimmste? Jedes Mal, wenn ich Blickkontakt mit ihr aufnahm, war in ihren Augen ein so leerer Ausdruck, dass ich irgendetwas zerstören wollte.

Mia kam an uns vorbei, reichte Austin zwei Müsliriegel und mir eine Akte und zwinkerte. Sie hatte eine Gehaltserhöhung verdient. Ich schlang den Riegel hinunter, klopfte an die Tür und stellte mich vor. Und in dem Moment wusste ich, dass ich total am Arsch war.

Austins Mutter starrte uns mit großen Augen und hochroten Wangen an. »Austin?«

»Mom?«

Oh, wow, ich war in der Hölle gelandet!

Kapitel Sechsundzwanzig

Austin

Meine Mom. In Thatchs Praxis. Was machte meine Mom hier? Warum passierte das? Hatte ich gerade ein alternatives Universum betreten, in dem meine Mom Wörter wie »Nippel« benutzte? Versteht mich nicht falsch, ich liebte meine Mom. Aber das hier? Wusste Dad davon?

Soweit es mich betraf, hatte sie bisher nicht mal über eine Bruststraffung oder Ähnliches nachgedacht. Außerdem waren ihre Brüste – im Gegensatz zu meinen – quasi perfekt. Wie alles an ihr.

Ich schloss den Mund und wechselte einen entsetzten Blick mit Thatch, der aussah, als würde er sich gleich übergeben, obwohl ich nicht wusste, warum. Das hier war sein Job! Und es war ja nicht so, als würde er die Brüste seiner eigenen Mutter berühren.

Das geht zu weit, Austin. Viel zu weit.

»Was machst du hier?«, fragten meine Mom und ich gleichzeitig.

»Austin begleitet mich für einen ihrer Kurse«, erklärte Thatch und bewahrte mich so davor, selbst etwas sagen zu müssen. Doch ich würde ihm für diese Rettung nicht dankbar sein. Ich würde nicht zulassen, dass seine Nettigkeit in diesem Moment die Abfuhr von heute Morgen minderte.

Mit gerecktem Rücken stellte ich mich meiner Mom. »Also, warum bist du hier?«

»Ich, äh …« Sie wirkte etwas panisch. »Wegen …« Der Blick, den sie mit Thatch wechselte, war nicht normal. »Wegen eines Brustimplantats.«

»Wegen Brustimplantaten, meinst du?«, korrigierte ich sie. »Natürlich könnte Thatch dir nur eins verpassen, aber ich bin mir ziemlich sicher, dass Dad eine Bemerkung darüber fallen lassen würde, dass du auf Fotos irgendwie schief wirkst.«

Moms angestrengtes Lachen war auch nicht normal.

Was zum Teufel war hier los?

Thatch schnappte sich ihr Klemmbrett und hielt es so, dass ich es nicht sehen konnte. Dann nahm er das erste Blatt ab und stopfte es in seine Hosentasche. »Also, nach allem, was ich gelesen habe, hätten Sie gerne kleine Implantate und eine Straffung?«

Mom nickte.

»Und diese Straffung ist … für Sie? Für Ihren Ehemann?«

Mom schwieg einen Moment, dann sagte sie: »Natürlich beides.«

»Okay.« Thatch biss die Zähne zusammen. »Nun, dann schauen wir uns mal an, womit wir hier arbeiten können.«

Das war nicht seine normale Art, diese Gespräche zu führen.

Ich runzelte die Stirn. Warum war er so unprofessionell? Vielleicht, weil er meine Mom kannte. Oder sie zumindest während unserer Beziehung ein paarmal getroffen hatte. Wie auch immer, sie schluckte und nickte mir zu. »Ziehe ich einfach … mein Oberteil aus?«

Ich lächelte. »Mom, entspann dich. Thatch ist in dem, was er tut, wirklich gut.« Thatch sah mich nicht an. »Ich meine, vorausgesetzt, er kommt nüchtern zur Arbeit und beschließt, deine Brüste nicht ein wenig zu lang anzufassen, weil er vergisst, dass er sie eigentlich vermessen soll. Oder das eine Mal, als er einer Frau aus Versehen einen Drippel verpasst hat.«

Meine Mom wusste, dass ich nur gescherzt hatte. Sie lachte.

Thatch hingegen sah aus, als wolle er mich erwürgen. »Erstaunlich, dass du weißt, was ein Drippel ist, da du ja nicht mal das Wort ›Nippel‹ aussprechen kannst, ohne rot zu werden.«

»Nippel«, platzte ich heraus. »Was soll daran so hart sein?« Das Wort »hart« betonte ich und schaute dabei direkt auf seinen Schritt. Dazu hob ich ein wenig die Augenbrauen, als wollte ich sagen: *Oh, armes Baby, kriegst du ihn nicht hoch?*

Mom stieß ein kleines Quieken aus. »Ich glaube, ich habe meine Meinung geändert.«

»Bleib.« Ich blickte Thatch an. »Vielleicht macht er es dir umsonst. Immerhin hat er technisch gesehen mit einer seiner Patientinnen geschlafen, nicht wahr, Thatch? Wir wollen doch nicht, dass das rauskommt.« Ich bluffte nur, aber ich war wütend und hatte bis zu diesem Moment vermutlich gar nicht gemerkt, *wie* wütend ich war.

»Blödsinn!«, fuhr er mich an. »Du bist nicht mal eine echte Patientin!«

»Ich habe die Formulare unterschrieben«, gab ich zurück.

»Wisst ihr«, Mom schnappte sich ihre Handtasche, »ich denke, ich warte damit noch ein wenig. Austin, wir sehen uns zu Hause. Thatch.« Sie winkte und schloss die Tür hinter sich.

»Was zum Teufel stimmt mit dir nicht?«, brüllte Thatch. »Weißt du eigentlich, dass ich wegen dem, was du gerade gesagt hast, gefeuert werden kann?«

»Ach bitte.« Ich verdrehte die Augen. »Das war meine Mom, und sie will eine Brustvergrößerung genauso dringend, wie sie ein drittes Bein will.«

»Du wärst überrascht, zu erfahren, warum deine Mom will, was sie will.«

»Oh, das nenne ich mal kryptisch. Und wieso weißt du auf einmal so viel über meine Familie?«

Wieder wurde er blass.

»Wie auch immer, ich gehe.« Ich marschierte aus dem Untersuchungszimmer und hätte beinahe meinen Arm verloren, als Thatch mich zurückhielt, in Richtung seines Büros zerrte und die Tür hinter uns zuknallte.

Kapitel Siebenundzwanzig

Thatch

»Ich bin nicht verschwunden«, erklärte ich rau. »Also hör auf, deinen Ärger an allen anderen auszulassen! So etwas würde ich dir nicht antun.«

»Aber das hast du«, erwiderte sie. »Ich bin allein aufgewacht.«

Ich fuhr mir mit den Fingern durch die Haare und versuchte, mir eine Erklärung einfallen zu lassen, bei der ich ihr nicht alle Fakten nennen musste. »Ich bin heute Morgen nicht wirklich gegangen. Ich wollte nicht einfach verschwinden oder versuchen, den unangenehmen ›Morgen danach‹-Moment zu vermeiden, in dem man sich fragt, ob man mehr Sex bekommt oder der andere sich so schnell wie möglich verzieht.«

Sie seufzte und senkte den Blick. »Und bist du gar nicht neugierig, was es bei mir gewesen wäre?«

»Doch.« Mein Körper sehnte sich schmerzlich nach ihr.

»Tja, schade.« Sie trat zur Tür und legte ihre Hand auf den Griff. »Wenn du nicht wirklich gegangen bist, wo warst du dann?«

»Ist das wirklich wichtig? Ich bin nicht einfach verschwunden.«

»Ja, dem Mädchen, mit dem du geschlafen und das du dann für den Großteil der Nacht allein gelassen hast, ist es wichtig.«

»Ich war bis um fünf Uhr heute Morgen bei dir.«

»Willst du eine Auszeichnung fürs Kuscheln?«, gab sie zurück.

»Verteilst du die auch?«, versuchte ich mich an einem Scherz.

Sie funkelte mich wütend an.

Ich hob beschwichtigend die Hände. »Falls du es unbedingt wissen willst: Ich war auf der anderen Seite des Flurs.«

Verwirrung breitete sich auf ihrem wütenden Gesicht aus. »Okay.« Sie zog das Wort in die Länge. »Und was hast du da gemacht? Dir eine Tasse Zucker ausgeliehen? Pfannkuchenteig? Was?«

Ich kratzte mich am Kopf. »Mein Nachbar ist betrunken nach Hause gekommen. Er hat an alle Türen geklopft, und ich habe einen Ersatzschlüssel für seine Wohnung, weil ich manchmal ...« *Denk nach, Thatch!* »Weil ich manchmal seine Blumen gieße und seinen Hund füttere.«

Sie verengte die Augen. »Und sowohl die Pflanzen als auch der Hund sind noch am Leben?«

»Sehr lustig.«

»Du hast ihm also in seine Wohnung geholfen.« Sie stemmte die Hände in die Hüften. Ich merkte, dass sie über die Informationen nachdachte und überlegte, ob ich die Wahrheit sagte oder nur versuchte, mich rauszureden.

»Ich schwöre es.« Ich trat einen Schritt auf sie zu. »Das Letzte, was ich morgens um fünf Uhr wollte, war, mein Bett zu verlassen, in dem du lagst und schliefst.«

Sie nickte und stieß den Atem aus, den sie wohl angehalten hatte. Dann lehnte sie sich gegen die Tür und unterbrach den Blickkontakt. »Wenn ich dir eine Frage stelle, wirst du sie dann vollkommen ehrlich beantworten?«

»Ja.« Das hing von der Frage ab. *Bitte, frag mich nichts über meine Familie. Und erzähl mir nichts von deiner.*

»Habe ich zugenommen?«

Ha, damit hatte ich nun gar nicht gerechnet. »Wie bitte?«

»Gewicht!« Sie sah mir in die Augen. »Habe ich an Gewicht zugelegt?«

»Wo kommt das denn auf einmal her?« Wobei ich es mir schon denken konnte – ihrem Vater war die Illusion von Perfektion wichtiger als alles andere. Wie ironisch, dass die Welt um ihn herum gerade dabei war, zusammenzubrechen, und er keinen blassen Schimmer davon hatte.

»Egal, ist nicht wichtig. Du hast es mir schon beantwortet.« Sie griff wieder nach der Klinke und zog die Tür ungefähr zwei Zentimeter weit auf, bevor ich sie wieder zuschlug und abschloss.

»Verdammt, nein.« Ich legte meine Hände an ihre Hüften und drehte Austin zu mir um. »Sieh mich an.«

Langsam hob sie das Kinn.

»Ich würde nichts an dir verändern.«

Ihre Unterlippe zitterte.

»Nein, du hast nicht zugenommen, Austin. Aber wenn du es getan hättest? Wen zum Teufel interessiert das? Das Leben will gelebt werden. Es geht darum, glücklich zu sein, und wenn du einen zweiten Nachtisch willst, dann iss ihn verdammt noch mal, okay? Es ist ja nicht so, dass ich nichts von deinem Vorrat an Schokokeksen weiß, oder davon, dass du lieber Mountain Dew als Wein trinkst. Ich wette, du hattest sogar eine Dose zum Frühstück. Das machst du nun mal, wenn du gestresst bist, und das ist vollkommen in Ordnung.« Eine Träne lief ihr über die Wange. Ich wischte sie mit dem Daumen fort. »Hörst du, was ich sage? Es ist okay. Du bist wunderschön, weil du du bist. Lass nicht zu, dass eine Kleidergröße den Grad an Perfektion festlegt, wo es doch dein Herz ist, das ich am meisten liebe.«

Liebe. Verdammt. Ich hatte gerade »liebe« gesagt. Das hatte ich nicht gewollt. Aber ich meinte es ernst. Ich hatte es nur nicht laut aussprechen wollen.

Ihre Augen weiteten sich ein wenig, bevor sie ihren Mund auf meinen presste – und ich jegliche Kontrolle verlor.

Ich wurde von einem Gefühl der Richtigkeit erfasst, als sie ihre Lippen an meinen rieb. Sosehr mein Gehirn mir sagte, ich solle sie verdammt noch mal von mir stoßen, so sehr weigerte sich mein Körper, irgendetwas in der Art zu tun. Genau wie mein Herz, dieses nutzlose Organ, das ihr seit der Minute gehört hatte, in der sie sich in mein Leben geschlichen und sich geweigert hatte, wieder zu verschwinden, selbst als ich mich ihr gegenüber wie ein totaler Arsch benommen hatte.

Die Lust pulsierte zwischen uns. Ich zerrte an ihrem Kleid, befreite ihre Brüste. Meine Zunge tauchte tief in ihren Mund, genoss den innigen Kuss. Ich brauchte mehr von ihr. Kurz darauf landete ihr Kleid auf dem Boden.

Mein Brustkorb hob und senkte sich hastig, als ich mich kurz zurückzog, um zu Atem zu kommen, um zu sehen, ob das hier immer noch in Ordnung war.

Aber sie klammerte sich an mir fest und stieß mir ihre Zunge in den Mund, als würde sie sterben, wenn ich aufhörte, sie zu küssen.

Also tat ich es nicht. Das war für uns quasi keine Option mehr. Aufzuhören. Zu gehen.

Und weiß Gott, das hier war das Beste. Es bedeutete nur, dass ich ihr endlich die Wahrheit sagen musste. Und ich hatte so eine verdammte Angst, dass sie mich wirklich verlassen und mich damit zerstören würde.

Gierig atmete ich den Geruch ihrer Haut ein. Wie ein Irrer. Ich hätte schwören können, dass mein Testosteronspiegel so hoch war, dass ich einfach durchs Herummachen auf der Stelle kommen könnte. So war es mit Austin immer gewesen – der totale sexuelle Wahnsinn.

»Ich habe dich schon immer nackt in meinem Büro gewollt«, gab ich zu und schob sie sanft rückwärts gegen meinen Schreibtisch.

»Interessant.« Sie lächelte kokett. »Da ich das hier immer schon habe tun wollen.« Sie fegte einen Tacker und mein Telefon vom Tisch.

»Wow, nicht zu wild werden«, zog ich sie auf.

»Tja, ich weiß ja, dass du es später wieder aufräumen musst, also …« Sie zuckte mit den Schultern und legte mir eine Hand in den Nacken. Ihre Zunge strich einmal über meine Lippen, bevor sie ihren Mund für mich öffnete.

Ich nutzte das aus, schob Austin gegen den Tisch und drehte sie langsam herum. Dann drückte ich ihren Oberkörper hinunter und biss ihr sanft ins Ohr. »Ist das okay?«

»Nein, es ist fürchterlich, bitte hör auf«, stieß sie rau hervor. »Es ist vollkommen okay.«

Ich schob ihre Hände nach vorn, drückte sie platt auf die Oberfläche meines Schreibtischs, bevor ich schnell meine Jeans aufknöpfte.

Mein Körper strebte pochend zu ihr. Der Anblick ihres Hinterns war nicht von dieser Welt. Ihre Haut pulsierte unter meinen Händen, als ich Austin an mich zog und tief in sie eindrang.

Austin schlug mit den Handflächen auf den Tisch und bog den Rücken durch, als ich mich beinahe vollkommen aus ihr zurückzog. Dann stieß ich wieder zu. Ich konnte den Drang nicht kontrollieren, sie zu der Meinen zu machen – in meinem Büro –, sie als meinen Besitz zu kennzeichnen und ihr zu zeigen, dass ich sie niemals wieder würde gehen lassen. Egal, was es mich kostete.

»Thatch …«

Mit einem weiteren Stoß brachte ich sie zum Schweigen und umfasste ihre Brüste. Das Blut rauschte in meinen Ohren, und ich spürte, wie ihr Körper reagierte.

»Dr. Holloway?« Das war Mia auf der anderen Seite der Tür.

Ich ignorierte sie.

»Dr. Holloway?«

»Scheiße«, murmelte ich und rief dann: »Eine Minute.«

»Ich würde sagen, mindestens drei«, korrigierte mich Austin.

Ich presste meine Lippen an ihren Nacken und verlangsamte meine Stöße. Unsere Körper bewegten sich im Einklang miteinander. Austin schloss die Augen und ließ ihren Kopf gegen meine Brust sinken. »Genau so.«

»So?« Ich ließ meine Hüften rotieren und verwöhnte die Stelle unter ihrem Ohr, dann zog ich eine Spur von Küssen bis zu ihrem Kinn, während ich mich weiter in ihr bewegte. Ich würde nie genug von ihr, von diesem Gefühl kriegen.

Ich steckte zu tief drin. Im übertragenen Sinne. Und im wahren Sinn.

»Dr. Holloway?«

»Schmeiß sie raus«, stöhnte Austin. »Ich bin so kurz davor.«

»Na, in dem Fall …« Ich fing an, mich zurückzuziehen.

»Wage es ja nicht!«, zischte sie. »Ich schlitze dir noch mal die Reifen auf und besorge dir einen Frosch als Haustier.«

»Oh, sieh einer an, meine Erektion ist verschwunden«, witzelte ich und liebkoste ihr Ohr mit der Zunge, während ich mich komplett aus ihr herauszog und sie umdrehte. Ich schlang mir ihre Beine um die Taille und drang erneut in sie ein. Unsere Blicke hielten sich aneinander fest.

Da war immer noch so viel Angst in ihren Augen. Angst, die ich dort hineingebracht hatte.

»Du bist wunderschön.« Ich gab ihr einen Kuss auf die Stirn – und spürte, wie ihr Orgasmus sie überrollte.

»Dr. Holloway!«

»Ich komme«, stieß ich hervor, und Austin lachte schallend los.

»Das hier ist eine Arztpraxis, Doktor.« Austin umfasste mein Gesicht mit den Händen und drückte mir einen zärtlichen Kuss auf die Lippen. »Ich liebe dich.«

»Was?« Alle Luft verließ den Raum. »Was hast du gerade gesagt?«

Tränen füllten ihre Augen. »Ich liebe dich.«

Sag es ihr. Verdammt, sag es ihr endlich!

»Ich liebe dich auch.« Ich schob die schuldbewusste Stimme beiseite.

Später. Ich würde es ihr später erzählen. Denn das Letzte, was ich gerade wollte, war, diesen Moment zu ruinieren. Diesen Moment, in dem ich das tat, wovon ich mir immer geschworen hatte, es niemals zu tun. Mich zu verlieben. Und damit dem Herzschmerz Tür und Tor zu öffnen.

Aber mit ihr Schluss machen? Das war unmöglich. Das hatte ich innerhalb weniger kurzer Wochen gelernt. Und jetzt war der Gedanke, dass sie gehen könnte, wie ein Riss in meiner Brust.

»Sag es noch mal.« Ich küsste sie innig, schmeckte sie.

»Ich liebe dich«, flüsterte sie an meinen Lippen.

Kapitel Achtundzwanzig

Austin

»Okay, ich frage es einfach geradeheraus.« Avery sah mich und Thatch an. Sie und Lucas saßen uns am Tisch gegenüber und hielten Händchen. Ach, was sage ich – sie befummelten einander förmlich unter dem Tisch. »Seid ihr beide zusammen?«

»Ganz eindeutig schlafen sie miteinander. Austin hat zehn Knutschflecke am Hals. Wer macht so was heutzutage noch?« Lucas schaute stirnrunzelnd in sein Glas. »An der Haut von jemandem zu saugen ist nicht normal. Wohingegen das Saugen an …«

Avery schob ihm ein Stück Brot in den Mund. »Hunger?«

Er verengte die Augen, zog die Hälfte des Brots wieder heraus und kaute. »Kurz vorm Verhungern.«

»Das dachte ich mir.« Ihre tiefroten Wangen verrieten mehr, als ich über meine beste Freundin und den Kerl, mit dem sie das Bett teilte, wissen wollte. Aber egal. Lucas Thorn war kein Betrüger mehr, und ich freute mich für die beiden. Vor allem jetzt, wo ich Thatch zurückhatte.

Ich erschauerte. Die letzte Woche hatte ich in seinem Bett verbracht. Eine ganze Woche der Seligkeit, in der wir uns darüber gestritten hatten, wer morgens den Kaffee kochte und welche Sendung wir uns abends im Fernsehen anschauten. Es war der Himmel.

Es war genau so, wie es sein sollte. Ich sollte glücklich sein. Und das war ich.

Abgesehen von …

Abgesehen davon, dass ich immer noch nicht wusste, warum er mich betrogen und dann fallen gelassen hatte. Ich kam mir vor wie ein Hund mit einem Knochen – ich kaute und kaute und kaute auf dem dummen Ding herum, in der Hoffnung, dass ich, sobald ich damit fertig wäre, die Antworten hätte, die ich brauchte.

Aber brauchte ich die Antworten wirklich? Er hatte gesagt, dass er mich liebte.

Thatchs magische Hand glitt an meinem Oberschenkel hinauf, und seine Finger tauchten unter den Saum meines Rocks. Unwillkürlich teilten sich meine Lippen, als er meine Haut auf eine Weise berührte, die vermutlich illegal war.

»Du siehst erhitzt aus«, erklärte Avery. »Dabei ist es hier drin gar nicht warm.« Sie tippte sich ans Kinn. »Hände dorthin, wo ich sie im Auge behalten kann.«

»Wenn du sie da wegnimmst, bringe ich dich um«, zischte ich aus dem Mundwinkel.

Thatch grinste, und Lucas nickte ihm zustimmend zu.

»Was hast du mit meiner besten Freundin gemacht?« Avery warf die Hände in die Luft. »Sie ist zwei schlechte Entscheidungen davon entfernt, wegen Erregung öffentlichen Ärgernisses verhaftet zu werden.«

»Daran ist doch nichts falsch«, murmelte Thatch.

»Am Gefängnis ist alles falsch, mein Freund«, entgegnete Avery ernst. »Also, da wir euch beide nun lange genug aus eurer Sexhöhle herausgelockt haben, um eine normale Unterhaltung zu führen … Wie ist das passiert?«

Ich öffnete den Mund, um etwas zu sagen, aber Thatch kam mir zuvor. »Es ist einfach passiert. Musst du wirklich alle schmutzigen Details wissen?«

Avery blinzelte erst ihn, dann mich an. »Ist der Kerl zu fassen?« Sie schüttelte den Kopf. »Ich bin eine Frau. Wir wollen immer alle Details.«

Thatch stöhnte. »Ich hole noch 'ne Runde Drinks.« Er gab mir einen Kuss auf den Scheitel. »Willst du was?«

»Nö.« Ich lächelte ihn an und starrte dann auf seinen fabelhaften Hintern, während er ging.

»Er ist kein saftiges Steak, Austin«, stöhnte Lucas.

»Er gibt Stirnküsse.« Avery seufzte in ihr Getränk.

Lucas schaute zwischen uns hin und her. »Und das ist toll?«

Wir nickten beide.

Die Falten zwischen Lucas' Brauen wurden tiefer. »Unglaublich. Da stellt sich ein weiterer urbaner Mythos als richtig heraus. Ich dachte immer, Frauen würden glauben, ein Kuss auf die Stirn bedeutet Freundschaft.«

Avery verdrehte die Augen. »Er bedeutet, dass man ihm wichtig ist. Es ist ein zärtlicher Kuss, im Gegensatz zu dem besitzergreifenden, leidenschaftlichen Alpha-Kuss.« Sie hustete seinen Namen in ihre Hand und lächelte dann zuckersüß.

»Du liebst meine leidenschaftlichen Küsse.« Und als müsste er beweisen, dass er eine Legende war, küsste er Avery auf den Mund, bis diese rot anlief.

Ich gab ein würgendes Geräusch von mir.

Sie ignorierten mich. Wie immer.

Die Schlange an der Bar musste ziemlich lang sein. Ich warf einen Blick zu Thatch und wäre beinahe ohnmächtig geworden, als ich meinen Dad neben ihm stehen sah.

»Alarmstufe Rot!« Ich sprang von meinem Stuhl auf und ging schnurstracks auf Thatch zu. Er war blass. So unglaublich blass. Mist, vermutlich sprach mein Vater wieder von dem Fahrradrennen.

Ich hatte beinahe der gesamten Stadt Seattle erzählt, dass Thatch an diesem Rennen teilnehmen würde – zusammen mit dem Bürgermeister und einem Kollegen aus seiner Praxis.

Ups?

Ich war wütend gewesen! Es war Rache!

Und jetzt war es an der Zeit, Thatch zu retten. »Thatch!« Ich schlang ihm einen Arm um die Taille. »Daddy, wie geht es dir?«

Dad zeigte auf seine Wange. Ich trat zu ihm und gab ihm einen Kuss, dann zog ich mich mit einem Stirnrunzeln zurück. Er roch … anders. Nicht wie er. Andererseits war er immer mit vielen Menschen zusammen. Ich zuckte mit den Schultern und wartete auf seine Antwort.

»Mir geht es gut.« Dad schaute zwischen uns hin und her. »Ich bin überrascht, euch beide wieder zusammen zu sehen, nach … nach allem.« Seine Augen wurden schmal.

»Dad.« Ich tätschelte ihm die Schulter. »Wir sind erwachsen.«

»Das seid ihr.« Seine Miene veränderte sich. »Thatch, wir sehen uns später. Aber denk über das nach, was ich gesagt habe.«

»Das mach ich, Sir.« Thatch wirkte, als könnte er einen Mord begehen.

»Hey?« Ich umfasste sein Gesicht und zwang ihn, mich anzuschauen. »Ist alles in Ordnung?«

»Nein.« Er schluckte schwer. »Doch das wird es bald wieder sein.«

Er küsste mich und presste mich so hart gegen die Bar, dass sich mir der Tresen schmerzhaft in den Rücken drückte.

Als er sich zurückzog, fragte ich: »Worüber habt ihr euch unterhalten?«

»Übers Fahrradfahren«, platzte es aus ihm heraus, und dann trat dieser sexy, schwelende Blick in seine Augen, bei dem die Welt um mich herum immer verschwand.

»Und?« Seine Hüften pressten sich fester gegen meine. Wie war es nur möglich, dass es bloß eines Blickes von ihm bedurfte und ich zu einer Pfütze auf dem Boden zerschmolz?

»Spandex.« Er schüttelte sich. »Wie auch immer, ich muss wirklich lernen, Fahrrad zu fahren. Ich habe deinem Dad versprochen, mal eine Tour mit ihm zu machen, und da ich mit seiner Tochter zusammen bin und nicht will, dass er mich für einen dreckigen kleinen Lügner oder Schlimmeres hält, dachte ich, ich reiße mich besser zusammen und gehe die Sache an.«

»Tja …« Ich nahm seine Hand. »Wenigstens hast du jemanden, der dir hilft.«

»Unter einer Bedingung.« Er zog mich an sich. »Keine Dora.«

»Aber sie ist eine Entdeckerin!«, widersprach ich. »Und zu dem Fahrrad gibt es eine passende Bauchtasche.«

Er verengte den Blick.

Ich grinste. »Gib's zu, die Taschenlampe in der Bauchtasche war cool. Und wie nett ist es bitte, dass sie dir gleichzeitig hilft, Spanisch zu lernen?«

»Du bist unmöglich.«

»Du liebst mich«, hielt ich dagegen. Sein Eingeständnis machte mich immer noch atemlos. »Also wird es Dora mit Stützrädern, und wenn du nicht gegen einen Laternenpfahl fährst, unterhalten wir uns weiter.«

»Na gut«, grummelte er. »Aber keine Fotos.«

»Deal.« Ich hielt ihm meine Hand hin, und er schlug ein. »Von Videos hast du nichts gesagt.«

Stöhnend zog er so fest an meiner Hand, dass ich gegen seine Brust stolperte und unsere Münder miteinander verschmolzen. Und ich wusste einfach – das hier, das mit mir und Thatch, war für immer. Und nichts würde je einer Zukunft mit ihm im Wege stehen. Absolut gar nichts.

Kapitel Neunundzwanzig

Thatch

Der Zettel aus meiner Praxis brannte mir ein Loch in die Hosentasche. Der Zettel, auf den Austins Mom ihre Handynummer geschrieben und hundertmal umkringelt hatte. Ich nahm an, sie wollte herausfinden, wie viel ich wusste. Was verdammt viel war. Aber ich würde nichts verraten.

Vielleicht lag ich falsch, vielleicht wollte sie sicherstellen, dass ich weder Austin etwas sagte noch mich an die Presse wandte. Andererseits könnte ich mich auch in allem irren, und ihre Mutter ahnte nichts.

Verdammt.

Betrug.

Man betrog nicht »aus Versehen«. Ein Penis landete nicht einfach so in einer anderen Frau, genauso wie eine Frau nicht über ihre eigenen Füße stolperte und zufällig mit ihren Lippen auf die eines anderen Mannes traf.

Verflucht.

Ich rief die Nummer nicht an.

Austin schnarchte leise neben mir. Sie war das einzig Gute in alldem, und ich musste darauf vertrauen, dass sie mich genügend liebte, um jeden Sturm zu überstehen.

Ich lag wach, starrte an die Decke und kehrte in Gedanken zu jener Nacht zurück, in der ich erkannt hatte, dass meine Eltern nicht das waren, wofür ich sie gehalten hatte.

* * *

»Hallo?« Ich warf meine Schlüssel auf die Arbeitsplatte in der Küche und runzelte die Stirn. Mein Dad hatte meine Mom eigentlich hier im Haus treffen und sie zu ihrem Hochzeitstag ausführen sollen, aber was für ein Schocker – er schaffte es nicht, also hatte ich als Überraschung geplant, meine Mutter zum Essen einzuladen. Das war das Mindeste, was ich tun konnte. »Mom?«

Ich ging durch das im Dunkeln liegende Haus in Richtung des Schlafzimmers im hinteren Teil. Licht schimmerte unter der Tür. Ich hörte leise Musik, dann ein Geräusch, das sich verdammt nach Sex anhörte.

Beinahe hätte ich die Tür nicht aufgemacht. Ich wünschte, ich hätte es gelassen. Doch ich war jung. Und dumm.

Gerade erst neunzehn geworden, war ich zu Hause ausgezogen. Die Welt lag mir zu Füßen, und das Leben war gut – meine Familie war reich, meine Eltern bezahlten mein Studium, und ich würde die Welt verändern und in die Fußstapfen meines Vaters treten.

Ehrlich. Mir fehlte es an nichts. Ich hatte allerdings keine Ahnung, wie die reale Welt war – ich hatte keine Ahnung, dass die Realität der menschlichen Existenz Schmerz bedeutete.

Ich drückte die Tür auf und sah meine Mom unseren Gärtner reiten. Cowboystyle rückwärts.

»Mom.« Ich war zu betäubt, um mich zurückzuziehen, wegzulaufen.

»Thatcher!«, schrie sie und versuchte, ihre Blöße zu bedecken. »Wo …? Ich dachte …?« Ihre Augen füllten sich mit Tränen. »Dein Vater … Er sollte eigentlich hier sein …«

»Aber dann hätte er es gesehen!«, brüllte ich. »Er hätte das hier gesehen!«

Sie verstummte.

Und dann begriff ich. Genau das war ihr Plan gewesen. Ihn zu verletzen. Wie er sie verletzte. Er hatte sie mein ganzes Leben lang betrogen.

Doch ich hätte nie, nie gedacht, dass meine Mutter sich auf dieses Niveau herabbegeben würde. Ihn auch zu betrügen, um zu versuchen, ihm wehzutun. Ich hätte nie gedacht, dass sie bei ihrem Kreuzzug, ihn in die Knie zu zwingen, so auf Rache aus war, dass sie mich dabei verletzen würde.

»Thatcher …« Ihre Stimme zitterte. »Es tut mir so leid, Süßer. Es ist nicht so, wie es aussieht. Es waren nur ein paar Mal und …«

»Stopp!«, rief ich und zog mich zurück. »Hör einfach auf.«

An jenem Tag hatte ich meine Eltern aus meinem Leben gestrichen.

Unsere Familie hatte ihren Egoismus nicht überlebt. Und ich war der Kollateralschaden.

Ich hatte mir einen Studienkredit besorgt und mich selbst unterstützt.

Und ich hatte niemals zurückgeschaut.

* * *

»Thatch?« Austins Stimme drang in meinen Traum. Ich blinzelte ein paarmal und sah ihre besorgte Miene. »Geht es dir gut?«

»Natürlich«, log ich. Mein Herz hämmerte in meiner Brust, und ich hatte das Gefühl, ich würde jede Minute zusammenbrechen. Man sagt, wenn man sich nicht mit der Vergangenheit auseinandersetzt, wird sie einen ewig verfolgen.

»Du hast geschrien«, flüsterte Austin. »Rede mit mir.«

Ich wollte es. Es lag mir auf der Zunge, ihr alles zu erzählen – aber das würde unseren Moment des Glücks zerstören, das wusste ich. Auch bloß einen kleinen Teil davon zu teilen wäre zu viel, und dann wäre Austin fertig mit mir.

Ich war nicht sicher, ob ich es emotional verkraften würde, wenn eine weitere Frau, an der mir etwas lag, mich verletzte – oder schlimmer noch, wenn eine weitere Frau, die ich liebte, nicht um das kämpfte, was wir gemeinsam hatten.

»Schlaf wieder ein.« Ich gab ihr einen Kuss auf die Stirn, ließ meine Lippen einen Moment auf ihrer Haut verweilen, bevor ich Austin auf den Rücken drehte und in ihren Augen nach der Erlaubnis suchte.

»Was immer du brauchst«, flüsterte sie und streckte die Arme nach mir aus.

Sie. Ich brauchte sie.

Ich hatte nur Angst, sie zu verlieren. Es war die Angst, die da aus mir sprach. Mehr nicht.

Ja, ich war ein mieser Lügner. Vor allem, wenn es darum ging, mich selbst zu belügen.

Innerhalb von Minuten war ich in ihr, vertrieb die Dämonen auf die einzige Weise, die ich kannte. Mit Sex.

Kapitel Dreissig

Thatch

»Damit ich das richtig verstehe.« Lucas zeigte auf mein blaues Auge. »Ein Panther ist vor dir auf die Straße gesprungen, und du hast ein Fahrrad geschrottet.«

Ich stieß einen Fluch aus. »Ja.«

»Ein Fahrrad mit Stützrädern?«

»Ja.« Die Zähne zusammenzubeißen schmerzte höllisch.

»Und dieser«, er malte Gänsefüßchen in die Luft, »›Panther‹ ist aus dem Zoo entlaufen.«

»Ja!«, schrie ich. »Hör mal, ich hatte eine nette, entspannte Trainingseinheit mit Austin, und sie musste zu ihrer Vorlesung, also dachte ich, warum übe ich nicht noch allein ein wenig? Also habe ich mir meinen Helm geschnappt ...«

Lucas verschluckte sich an seinem Kaffee.

»Ach, was soll's? Warum versuche ich überhaupt, mich zu verteidigen?«

»Der Helm hat ja wahnsinnig viel geholfen. Du hast trotzdem ein blaues Auge.«

»Ich bin auf den Lenker geknallt!« Ich schubste ihn zurück, was aber auch nichts half. Ich schwöre, es war wirklich ein Panther gewesen – oder die größte Katze, die ich je im Leben gesehen hatte. »Und du bist ein Arsch. Warum habe ich dich überhaupt angerufen?«

»Ach, ich weiß nicht. Vielleicht weil ich der Einzige bin, der sich nicht über dich lustig machen und Fotos schießen würde?«

»Du bist, das Handy auf mich gerichtet, aus dem Wagen gestiegen und hast mich dann gefragt, wie man einen Live-Feed startet.«

Er grinste. »Hör mal, so schlimm ist es nicht. Und ich bin froh, dass du in deinem Moment der Not, just während des Panther-Angriffs, mich und nicht Austin angerufen hast.«

»Sie ist in der Uni«, brummte ich. Nachdem ich in der Nacht zuvor beschissen geschlafen hatte, hatte ich beschlossen, mir heute eine Auszeit zu gönnen. Ich hatte meinen Kalender freigeräumt in der Hoffnung, davon würde auch mein Kopf frei werden.

»Also, da der Panther nirgendwo zu sehen ist …«, Lucas stand auf und setzte sich seine Sonnenbrille auf die Nase, »wollen wir was zu Mittag essen?«

»Na gut.« Ich folgte ihm.

»Nein.« Er schüttelte den Kopf. »Nimm den Helm ab, Kumpel.«

Ich verdrehte die Augen. »So wie du fährst, brauche ich ihn vielleicht.«

Er zeigte mir den Mittelfinger. Ich stellte das alberne Dora-Fahrrad in die Garage von Austins Eltern und sprang in Lucas' Wagen. Mein Auto stand noch vor meiner Wohnung, weil ich mit Austin gefahren war und vorgehabt hatte, den ganzen Vormittag zu üben.

Ich schickte ihr eine schnelle Nachricht, dass ich gestürzt sei und meinen Tag damit verbringen würde, meine Sorgen zu ertränken.

»Also …« Lucas trommelte mit den Fingern auf das Lenkrad. »Wie läuft es so mit Austin?«

»Gut.« Schön kurze Antworten geben, nichts Persönliches verraten. Meine Sorge war zu groß, dass er etwas zu Avery sagen könnte, was dann Austin zu Ohren kommen würde.

»Interessant. Erzähl mir mehr.«

Ich warf ihm einen angeekelten Blick zu. »Das geht dich nichts an.«

»Du hast eine andere Frau geküsst, mit Austin Schluss gemacht, sie dann einen Monat lang ignoriert, und jetzt auf einmal … was? Hast du deine Meinung geändert?«

»Und falls es so wäre?«

Lucas stieß einen Pfiff aus. »Hör mal, ich kenne dich schon sehr lange. Du scheust vor emotionalen Verpflichtungen zurück. Und gehst ganz sicher keine Beziehungen ein. Ich habe dich mehrmals verschiedene Dinge mit verschiedenen Frauen anstellen sehen, ohne dass du es leid wurdest.«

Ich stieß einen Fluch aus.

»Was ich damit sagen will: Mit einem Mal wirst du … sesshaft? Schmeißt mit dem L-Wort um dich?«

»Ja.« Ich schluckte um den baseballgroßen Kloß in meiner Kehle herum. »Warum ist das so schwer zu glauben?«

»Tut mir leid, bist du kurz ohnmächtig geworden, als ich alle deine Sünden aufgezählt habe? Kumpel, eine Woche nachdem du mit ihr geschlafen hast, hast du mich panisch angerufen, weil du Angst hattest, sie würde was Festes wollen. Du hast mich gebeten, sie für dich abzuschießen.«

Bei der Erinnerung musste ich lächeln. Austin hatte nur eine Woche benötigt, um mich auf eine Weise zu vereinnahmen, die so furchteinflößend gewesen war, dass ich keinen anderen Ausweg gesehen hatte, als Schluss zu machen.

Und dann hatte ich erkannt, dass ich das gar nicht wollte. Das war bloß die Angst gewesen, die aus mir gesprochen hatte. Alles war perfekt gewesen. Bis zu jener Nacht.

Verflucht.

Es lief also immer wieder darauf hinaus, oder? Ich hatte das Richtige getan. Wirklich.

»Hör mal«, erklärte ich, kurz bevor er an dem kleinen Café anhielt. »Du musst nur wissen, dass ich sie liebe. Das ist genug, oder?«

Er stieß einen Pfiff aus. »Offensichtlich. Immerhin lernst du Rad fahren. Wenn ich mitkriege, dass du einen Frosch adoptierst, fang ich an, mir Sorgen zu machen, Mann.«

Ich lachte und erschauderte dann. »Niemals. Zu einem Hund würde ich allerdings nicht Nein sagen.«

Er blieb stehen. »Aber du hasst Haustiere!«

»Und doch habe ich mich wie lange um dich gekümmert?«, gab ich zurück.

»Haha!«, murmelte Lucas. Wir betraten das Café und setzten uns an einen Ecktisch. Die Kellnerin brachte uns die Speisekarte und Eiswasser.

Ich hatte schon lange keine Zeit mehr mit Lucas allein verbracht. Das war nett. Also, nicht, dass ich Avery nicht mochte. Mir war bloß nicht aufgefallen, wie sehr mir mein bester Freund gefehlt hatte. Und Gespräche über Baseball. Und alles, was nichts damit zu tun hatte, mir Lügen und Versprechen zu merken und zu lächeln, obwohl das Schweigen mich bei lebendigem Leib auffraß.

Die Kellnerin brachte uns unsere Getränke und nahm unsere Bestellung auf.

Es war befreiend. Einfach mit meinem besten Freund hier zu sitzen. Ich fing an, mich zu entspannen.

Die Glocke über der Tür erklang. Lucas und ich schauten auf.

Meine Miene erstarrte.

Lucas runzelte die Stirn. »Ist das Bürgermeister Rogers?«

»Ja.« Mit einem Mal war mir übel. Ich legte mein Sandwich hin und fürchtete, mich gleich übergeben zu müssen.

»Was zum Teufel macht er mit deiner Mutter?«

Die Zeit blieb stehen. Mit einer Mischung aus Wut und Genervtheit schaute ich meinem besten Freund in die Augen.

»Vielleicht solltest du ganz von vorne anfangen.« Lucas fuhr sich mit einer Hand durch die Haare.

Ich brauchte eine Stunde, um alles zu erzählen. Und sobald es einmal draußen war, wusste ich, dass es nur eine Frage der Zeit wäre, bis meine Welt den Bach runtergehen und Austin mit sich reißen würde.

Kapitel Einunddreissig

Austin

»Ich bin beeindruckt.« Diese Worte sagte mein Professor tatsächlich. Sie kamen aus seinem Mund, und ich hätte schwören können, dass er lächelte. Ich meine, seine Zähne waren zusammengebissen, aber egal. Er hatte das Wort »beeindruckt« gesagt.

»Danke.« Ich strahlte und fühlte mich so leicht und beschwingt wie seit Wochen nicht. »Es war wirklich interessant.« Bilder von Thatch vor mir auf den Knien, die Hände an meinen Hüften, während er heiße Küsse auf meine Haut setzte, füllten meinen Kopf, bis sich eine brennende Hitze wie Gänsehaut über meinen gesamten Körper ausbreitete.

»War es das?« Er musterte mich von oben bis unten. Ja, dieser Blick gefiel mir nicht. Ich verschloss schnell alle Bilder von Thatch in einem sicheren Teil meines Gehirns. Das Letzte, was ich gebrauchen konnte, war, dass mein Prof glaubte, ich würde ihn anmachen. »Ich habe eine Idee, was Sie noch verbessern könnten.«

Ich kniff die Augen ein wenig zusammen. Wenn er jetzt sagen würde: »Mit mir schlafen«, würde ich ihm die Faust mitten ins Gesicht schlagen.

Schnell versteckte ich meine vor Nervosität zitternden Hände hinter meinem Rücken und atmete tief ein. »Okay. Was schlagen Sie vor?«

»Tun Sie es.«

»Wie bitte?« Ein Dröhnen explodierte in meinen Ohren. »Was soll ich tun?«

»Eine Brustvergrößerung.« Er zuckte mit den Schultern. »Stellen Sie sich nur mal vor, wie viele Follower Sie gewinnen würden, wenn Sie darüber bloggen. Außerdem …« Er starrte länger als nötig auf meine Brust, bevor er mir wieder ins Gesicht sah. »Es kann nicht schaden.«

Es kann nicht schaden.

Ich wartete darauf, dass er noch mehr sagte, anstatt seine Papiere auf dem Schreibtisch zu ordnen, als erwarte er, dass ich erwiderte: *Super. Ich mach mich gleich dran.*

Es kann nicht schaden.

Tja, irgendetwas würde gleich Schaden anrichten. Beispielsweise mein spitzer Absatz in seinem Hintern!

»Super Vorschlag.« Ich versuchte, das Gift aus meiner Stimme herauszuhalten. »Allerdings auch von extrem sexueller Natur. So sehr sogar, dass ich mir ziemlich sicher bin, dass ich Sie deswegen verklagen könnte. Und gewinnen würde. Ich muss diesen soliden Vorschlag aufgrund der Tatsache ablehnen, dass ich kein Freund davon bin, mich unters Messer zu legen, und außerdem mit meinem Äußeren sehr glücklich bin.«

In der Minute, in der ich die Worte aussprach … erkannte ich, wie wahr sie waren. Ich war glücklich. Wirklich glücklich mit meinem Körper.

Ich lächelte strahlend. Mein Freund war Schönheitschirurg, er betete meinen Körper an, er sagte mir nicht, dass ich zugenommen hatte, er ermutigte mich, Nachtisch zu essen.

Er war perfekt.

Ich war nur mein Leben lang mit Männern wie meinem Professor ausgegangen. Er und Braden wären bestimmt gute Freunde, oder?

»Das war nur ein Vorschlag«, antwortete er knapp, bevor er mir in die Augen sah. »Sie können jetzt gehen.«

Entlassen. Ich wette, wenn ich Sex mit ihm gehabt hätte, hätte ich eine Eins gekriegt. Eklig.

Ich nickte und verließ den Raum. Als ich durch das Hauptportal trat, entdeckte ich Satan in all seiner Pracht neben meinem Auto.

»Warum bin ich nicht überrascht, dich hier zu sehen?« Ich stand kurz davor, Braden meine Bücher gegen den Kopf zu schlagen. »Du bist wie eine wirklich, wirklich, wirklich, wirklich …«

Er seufzte.

»Wirklich«, fügte ich zur Betonung an, »schlimme Erkältung. Wie die, an der Menschen sterben.«

»Bist du jetzt fertig?«

»Nein.«

»Wie du meinst.« Er zuckte mit den Schultern. »Dein Dad hat mir erzählt, wo ich dich finde. Wir haben immer noch nicht über die Spendengala gesprochen.«

»Dann sprich.«

»Es wird für deinen Vater gut aussehen, wenn er meine Familie auf seiner Seite hat. Wir haben Geld, und Geld regiert die Welt. Was ich damit sagen will: Wenn dir etwas an deinem Vater liegt, solltest du es tun.«

»War das etwa eine Drohung?« Wer war dieser Typ?

»Nein.« Wieder zuckte er mit den Schultern. »Ich denke nur, bei allem, was gerade los ist, wäre es vermutlich am besten, eine geschlossene Front zu zeigen.«

»Mit ›allem, was gerade los ist‹ meinst du die Spendengala?«

Er grinste. Es war ein kaltes Grinsen, das mich bis auf die Knochen frieren ließ. »Lustig. Ich dachte, du wüsstest es.«

»Was soll ich wissen?«

»Frag deinen Freund.«

»Woher weißt du, dass ich einen Freund habe?«

»Von deinem Vater, woher sonst?«

»Was du da redest, ergibt nicht wirklich einen Sinn.«

»Das habe ich auch gar nicht versucht. Wir gehen gemeinsam hin, und das ist das letzte Wort.«

»Hm, mal sehen. Wenn die Hölle zufriert. Und selbst dann würde ich, glaube ich, lieber selber mit einfrieren.«

Braden ragte über mir auf. »Du warst schon immer schwierig.«

»Und du warst schon immer bedrohlich.«

»Du glaubst wohl, wenn du einen Schönheitschirurgen als Freund hast, behandelt er dich wenigstens umsonst.«

Okay, das waren zu viele Beleidigungen für einen Tag. Ich schwang meinen Arm und schlug Braden so fest auf die Nase, dass ich ein Knacken hörte.

Nur war das nicht seine Nase.

Sondern meine Hand.

* * *

»Austin!« Thatch stürmte in die Notaufnahme und riss den Vorhang mit einem Ruck zur Seite. Bevor ich etwas sagen konnte, küsste er mich auf den Mund und hielt dann sanft meine Hand. »Die ist so geschwollen, ich kann nicht erkennen, ob sie gebrochen ist.«

»Du solltest mal den anderen sehen«, witzelte ich.

Der Notarzt kam herein, und Thatch schüttelte ihm die Hand »Sie müssen Dr. Holloway sein. Ich habe schon viel von

Ihnen gehört.« Er grinste breit. »Wie es scheint, ist es nur eine Prellung und eine ziemlich fies aussehende Schnittwunde.«

»Schnittwunde?« Thatch blickte mich an. »Woran hast du dich denn geschnitten?«

»Ich glaube, als die Wucht meines Schlags mich zu Boden gerissen hat, ist meine andere Hand auf einem scharfen Stein gelandet, der sich in meine Handkante gebohrt hat.« Meine Lippen zitterten. Alles in allem war es ein ziemlich traumatisierender Tag gewesen.

Beide Hände schmerzten wie die Hölle. Die Knöchel an meiner rechten Hand waren blutig und wurden langsam blau. Und meine linke Handfläche fühlte sich an, als wäre ich gezwungen worden, einen spitzen Stein auszupressen.

»Armer Schatz«, sagte Thatch sanft. »Du bist der einzige Mensch, den ich kenne, der jemanden ins Gesicht schlägt und dabei die schlimmere Verletzung abbekommt.«

Ich sah ihn böse an.

»Ich kümmere mich um sie«, erklärte Thatch, ohne den Blick von mir zu nehmen. In seinen Augen lag pure Besorgnis. »Können Sie sie entlassen?«

»Ist schon passiert.« Der Arzt reichte Thatch meine Papiere. »Ich dachte mir schon, dass Sie das Nähen übernehmen wollen, damit keine Narbe zurückbleibt.«

Thatch dankte ihm und schaute mich kopfschüttelnd an. »Bist du bereit, von mir zusammengenäht zu werden?«

»In *Grey's Anatomy* klingt das irgendwie immer aufregender.«

Er lachte laut los. »Nenn mich einfach Dr. McSteamy.«

Ich erschauerte. Er sah noch besser aus – wenn das überhaupt möglich war.

Kapitel Zweiunddreissig

Thatch

Ich war gerade mit meiner letzten Patientin fertig gewesen, als ich den Anruf von Austin erhalten hatte. Ich war in der Minute losgelaufen, in der sie »Krankenhaus« gesagt hatte. Mein Herz wäre beinahe stehen geblieben.

Dass sie bei Bewusstsein war und mit mir sprach, hatte mir verraten, dass sie am Leben war, aber die Angst, dieses Gefühl des drohenden Verlusts, hatte mich trotzdem bei jedem Schritt begleitet.

Mir war übel gewesen. Ich durfte sie nicht verlieren. Allein der Gedanke, sie nicht mehr zu haben – oder sie auch nur verletzt zu wissen … Verdammt, es war kaum schlimmer, als wenn sie sich an einem Stück Papier geschnitten hätte, doch ich war bereit gewesen, hineinzustürmen und ihr das Leben zu retten.

»Sitz still«, ermahnte ich sie. »Oder willst du eine Zickzacklinie an deiner Hand zurückbehalten?«

»Sorry«, zischte sie, als ich ein wenig fester an der Nadel zog und die Stiche verknotete. »Es fühlt sich bloß so seltsam an.«

»Nicht übergeben«, warnte ich, ohne aufzuschauen. »Es ist nie der Schmerz, der den Menschen zu schaffen macht. Es ist das Gefühl, wenn die Haut zusammengezogen und genäht wird.«

Austin sog scharf die Luft ein und flüsterte: »Du solltest aufhören, zu reden.«

Lächelnd schloss ich meine Arbeit mit einem finalen Knoten ab und schnitt den Rest des Fadens ab. »Sorry.« Es war nicht so schlimm – sie hatte nur sechs Stiche am Daumenballen benötigt. Der Schnitt war jedoch tief gewesen. Vermutlich, weil sie mit ihrem gesamten Gewicht auf dem scharfen Stein gelandet war. »Ich denke, du wirst dich vollständig erholen.«

»Ich werde überleben?«

»Solange du darauf achtest, dass die Hand nicht nass wird«, sagte ich mit sehr ernster Stimme. »Also kein Duschen, Händewaschen oder Essen.«

»Essen?«

»Austin, wir dürfen nicht riskieren, dass dir Mountain Dew über die Wunde läuft. Davon könntest du sterben!«

Ihre Augen wurden groß und ihre Wangen aschfahl. »Aber so gehe ich nun mal mit Stress um und …«

Ich lachte laut los.

Und Austins Laune wechselte sofort von panisch zu genervt. »Du bist so ein Vollidiot!«

»Oho, achte auf deine Sprache.« Ich zwinkerte ihr zu.

Sie schlug mit ihrer anderen Hand nach mir, dann zuckte sie zusammen und fing an, die Hand wie wild zu schütteln und daraufzupusten, als würde das helfen.

Grinsend untersuchte ich diese Hand. Sie hatte eine Prellung erlitten, allerdings nichts Schlimmes. »Denk daran, was passiert ist, als du das letzte Mal einen Streit angefangen hast.«

»Aber ich darf Mountain Dew trinken und duschen?«

Ich befeuchtete meine Lippen. »Du darfst mit einem Schwamm abgewaschen werden … Und keine Angst, ich werde sehr gründlich sein.«

»Ich glaube«, sie beugte sich zu mir, »du redest totalen Unsinn.«

»Das sind die Medikamente, die da aus dir sprechen. Es wäre einfacher, wenn du bei mir bleibst, damit ich mich um jedes deiner«, ich gab ihr einen Kuss auf den Mund, »Bedürfnisse«, ein weiterer Kuss, »kümmern kann.«

»Bist du sicher, dass du das schaffst?«

Ich umfasste ihren Hintern und zog sie auf meinen Schoß. Dann arbeitete ich mich mit den Lippen an ihrem Hals entlang und atmete ihren Duft ein, als wäre er eine Droge. »Ich bin mir sehr, sehr sicher.«

»Tja …« Austin lehnte ihre Stirn an meine. Ihr Atem ging bereits schneller, und sie hatte Schwierigkeiten, ihren Blick auf mich zu fokussieren. »Ich habe MoonPies in meinem Nachttisch. Wie willst du damit konkurrieren?«

»Das ist leicht«, erklärte ich achselzuckend. »Ich lege eine Spur aus weiteren Keksen und Mountain Dew zum Kühlschrank, den ich mich Kakao fülle.«

Sie stöhnte leise auf. »Du weißt, wie gerne ich Kakao trinke, Thatch. Mit so etwas macht man keine Scherze. Es könnte passieren, dass ich deine Wohnung nie wieder verlasse.«

Ich hielt kurz inne und leckte mir über die Lippen. »Würdest du mir glauben, wenn ich behaupte, dass das Teil meines hinterhältigen Plans ist?«

Austin seufzte erneut und gab mir einen zärtlichen Kuss auf den Mund. »Bist du dir sicher?«

Ich nickte. »Ich kann nicht …« Mist. Ich musste ihr endlich die Wahrheit sagen. »Ich kann nicht ohne dich leben. Und«, ich umfasste ihr Gesicht, »ich will es auch gar nicht.«

Die Luft verließ ihre Lungen in einem langen Ausatmen, ehe sie mich küsste und sich an mich schmiegte. Ihre Brüste strichen über meinen Oberkörper. Stöhnend erwiderte ich den Kuss und blendete jede einzelne Unterhaltung aus, die ich an diesem Tag mit Lucas geführt hatte.

Warum ist er mit deiner Mom zusammen?

Das war eine verdammt gute Frage.

Die Lüge hatte mir auf den Lippen gelegen, sich aber ganz schnell außer Reichweite verzogen, als meine Mom und der Bürgermeister einander an den Händen fassten und sofort wieder losließen, sobald jemand in ihre Richtung schaute.

Man konnte niemals zu vorsichtig sein. Und er begann, unvorsichtig zu werden.

Ich kehrte in die Gegenwart zurück.

Zu Austin.

Zu uns.

Zu morgen.

Austin keuchte auf, als ich meine rechte Hand unter den Bund ihrer Leggins schob.

Morgen würde ich es ihr erzählen.

Kapitel Dreiunddreissig

Thatch

»Was machst du da?«, fragte ich Austin, die vor dem Kühlschrank stand und direkt aus der Kakaotüte trank. Sie erstarrte und stellte die Tüte schuldbewusst auf den Tresen. Dann wischte sie sich den Mund mit der Rückseite ihrer bandagierten Hand ab.

Sie hatte keine Ahnung, wie süß sie war. Oder wie sehr es mich erregte, sie aus einer verdammten Milchtüte trinken zu sehen. Das Licht des Kühlschranks warf einen sexy Schimmer auf ihre weiche, glatte Haut und die dunklen Haare, die ihr Gesicht umrahmten und ihr auf die Schultern fielen.

Ertappt lächelte sie. »Ich hatte Durst.«

»Und die Gläser waren alle dreckig?« Langsam näherte ich mich ihr, wobei ich meine Arme vor der Brust verschränkte, um sie nicht schon wieder nach ihr auszustrecken. Ein Mann braucht seinen Schlaf.

Doch seit dem gestrigen Tag war ich nur dabei, sie zu küssen, mit ihr zu duschen und sicherzustellen, dass jede einzelne Stelle in meiner Wohnung mit ihrer Anwesenheit durchtränkt wurde. Einschließlich des Küchentresens. Auf dem immer noch kleine Kleckse Schokoladensoße klebten. Bei der Erinnerung fing mein Blut an zu kochen.

»Ja«, antwortete Austin schließlich. »Oder, besser gesagt, ich wollte nicht ein weiteres Glas schmutzig machen, weil ich weiß, wie sehr du schmutzige Dinge hasst.«

»Tue ich das?« Fantasierte sie? Wann hatte ich so etwas jemals erwähnt?

»Ja.« Sie nickte bekräftigend und lächelte. »Du hasst es so sehr, wenn etwas schmutzig geworden ist, dass du es sofort wieder sauber machen musst.«

Und warum heizte mir das schon wieder so unglaublich ein?

Sie griff in den Kühlschrank, schnappte sich die Schokosoße und lächelte.

»Austin …«

Immer noch lächelnd hielt sie die Flasche über ihren Kopf und öffnete den Mund. Fasziniert beobachtete ich, wie sie sich den Sirup in den Mund laufen ließ und dann hinunterschluckte, wobei ihr ein wenig über das Kinn und auf ihr weißes Tanktop tropfte und von dort aus zwischen ihren Brüsten verschwand.

Mist, das hätte nicht heiß sein sollen. Es war klebrig. Aber sie hatte recht. Ich wollte es sofort sauber machen. Und trotzdem konnte ich den Blick nicht abwenden.

Mein Schwanz zuckte, als Austin sich mit der Zunge über die Lippen fuhr und dann Schokolade von ihrem Daumen lutschte. Dabei schaute sie mich von oben bis unten an und fragte: »Willst du auch was?«

»Klar.« Ich ließ meine Arme sinken und ging auf sie zu. Doch als sie mir die Flasche reichte, schob ich sie beiseite und leckte stattdessen die Soße von Austins Hals. Dann zog ich ihr das Tanktop über den Kopf und saugte abwechselnd an ihren Brustspitzen, bis sie anfing zu keuchen.

»Da ist gar keine Schokolade hingekommen.«

»Ich hatte die Augen geschlossen und wollte bloß sichergehen«, flüsterte ich rau an ihrer Haut. »Oh, sieh nur, noch mehr Schokolade.« Ich bewegte mich an ihrem Bauch hinab und schob ihre Shorts nach unten.

Austin erschauerte. »Okay, jetzt weiß ich, dass du lügst. Ich habe keinerlei Schokolade in die Nähe meiner …«

Ich leckte, dann saugte ich, bis ich hätte schwören können, dass sie unter meinen Lippen einen Orgasmus bekam. »Was hast du gesagt?«

»Ich habe mich geirrt.« Sie gab Schokoladensoße auf ihre Finger und verteilte sie überall dort auf ihrem Körper, wo sie von mir geküsst werden wollte.

»Eine Wegbeschreibung … Wie aufmerksam von dir.« Ich leckte über jede Stelle.

»Ich bin eben ein sehr hilfsbereiter Mensch. Stell dir einfach vor, ich bin so etwas wie dein ganz persönlicher Kompass.«

Ich lachte an ihrer Haut, und meine Lippen vibrierten bei jedem Kuss.

»Ich liebe deinen Mund«, erklärte sie, und ich spürte, wie ihre Knie zitterten. »Habe ich dir schon mal gesagt, dass es der perfekte Mund ist? Ich baue ihm vielleicht einen Schrein – und dort können wir dann beten. Thatchs Lippen, König von …«

»Und hier …«, ich ließ meine Zunge hervorschnellen, »bete ich deine an.«

»Sehr clever.«

Ich saugte fester. »Ja, fand ich auch.«

Ihr stockender Atem machte es mir unmöglich, klar zu denken. Ich packte sie an den Hüften und stand auf. Dann schob ich meine Boxershorts hinunter, während Austin sich an mich drängte.

»Ich glaube nicht, dass ich jemals genug von dir bekomme«, stöhnte ich.

»Willst du eine offizielle Beschwerde einreichen?«

»Ja. Und ich verklage dich außerdem, weil ich zu wenig Schlaf bekomme. Tod durch Schokolade …«

»Schokolade sollte einem immer Orgasmen verschaffen, Thatch. Du bist Arzt, du solltest solche Dinge wissen.«

»Ja. Wie albern von mir, diese Lektion aus dem Medizinstudium vergessen zu haben.«

»Dafür bin ich ja da.« Sie streckte ihre klebrige Hand aus und zog meinen Kopf auf ihren Mund herab. Sie schmeckte nach Schokolade und Lust. »Nimm mich.«

»Mit Vergnügen«, knurrte ich und ließ mich in ihre Hitze sinken. Dabei schob ich die Schuldgefühle beiseite, die mich immer noch überfielen, wenn ich mehr von ihr nahm, ohne mich mit der riesigen Lüge zu beschäftigen, die zwischen uns stand.

»Ich liebe dich«, hauchte sie an meinem Hals, als wir uns miteinander bewegten. »So sehr, Thatch.«

»Ich liebe dich auch.« Mein Gott, was war ich nur für ein Mistkerl? »Egal, was passiert.«

Diesen letzten Teil fügte ich für mich an.

Kapitel Vierunddreissig

Austin

Alles lief irgendwie zu gut.

Und an diesem Morgen hatte ich mit einem Mal dieses seltsame Gefühl, die Spannung in der Luft beinahe schmecken zu können. Irgendetwas fühlte sich falsch an, während ich mich für meine letzte Vorlesung, in der ich meine Arbeit abgeben würde, fertig machte und Thatch verschwunden war. Ich spürte, dass das Universum sich wieder verschob – und zwar nicht zu meinen Gunsten.

Es war das gleiche Gefühl wie an dem Abend, an dem er sich von mir getrennt hatte. Er verließ die Wohnung nie vor mir. Abgesehen von dem einen Mal, als er seinem Nachbarn geholfen hatte.

Besorgt schickte ich ihm eine kurze Nachricht und sah auf die Uhr. Das Letzte, was ich gebrauchen konnte, waren weitere Punktabzüge wegen Verspätung, auch wenn ich die Abschlussarbeit gerockt hatte.

Fünfhundert Menschen hatten meine Reise in die Welt der plastischen Chirurgie verfolgt – wobei ich glaubte, dass es bei den meisten damit zu tun hatte, dass Thatch so unglaublich gut aussah. Ich war ebenfalls süchtig nach dem Blog – und da

Thatch nun einmal Thatch war, hatte er nichts dagegen gehabt, dass ich in ein paar meiner Posts Fotos von ihm eingefügt hatte. Lediglich die Patienten sollte ich nicht zeigen.

Ich bekam keine Antwort.

Langsam nahm ich das Glas mit dem Orangensaft in die Hand, das auf der Arbeitsplatte in der Küche stand, und trank einen Schluck. Der Saft war kalt. Also konnte Thatch noch nicht sehr lange weg sein, richtig?

Achselzuckend nahm ich meinen Rucksack und die Schlüssel und schloss die Wohnungstür hinter mir zu. Ich war so in meine Gedanken vertieft, dass ich beinahe mit einem Mann zusammengestoßen wäre, der die Treppe heraufkam. Seine Augen waren blutunterlaufen, und er hatte große Geheimratsecken.

»Oh, tut mir leid.« Ich lächelte verlegen. »Ich habe Sie nicht gesehen.«

Er schnaubte und schaute dann zu der Tür, aus der ich gerade gekommen war. »Bist du einer von seinen One-Night-Stands?«

Ich musste mich zurückhalten, um diesen Fremden nicht anzuschreien. Mit erzwungener Fröhlichkeit sagte ich: »Tatsächlich bin ich seine Freundin.«

»Seine Freundin.« Er verschränkte die Arme vor der Brust. Er roch nach Whiskey und Zigaretten. »Er hat vor ein paar Wochen mit seiner Freundin Schluss gemacht.«

Und was? Sich mit seinem Nachbarn betrunken und es ihm erzählt?

»Ja, das war ich.« Langsam zog ich mich zurück. »Wie auch immer, einen schönen Tag noch.«

Wieder schnaubte der Mann. »Ich hatte keinen schönen Tag mehr, seitdem die Schlampe mein Leben zerstört hat.«

»Okay.« Ich winkte ihm zu. »Tut mir leid.«

Seine Augen funkelten wütend. »Das sollte es auch.«

Jetzt musste ich wirklich zusehen, dass ich hier wegkam, bevor ich die Polizei rufen musste.

»Ich habe Pfefferspray dabei«, flüsterte ich, die Hand am Handy, bereit, den Notruf zu wählen.

Er lachte laut auf. »Du solltest nicht nur nach dem Äußeren gehen, Süße. Das hier …«, er zeigte auf sich, »ist deine Zukunft. Vor allem, wenn du Thatch heiratest.«

Ja, ich gebe es zu, ich hasste Thatchs Nachbar.

»Klingt zauberhaft«, erwiderte ich sarkastisch.

Er kniff die Augen zusammen. »Du weißt einen Scheiß. Andererseits, ich kann mir vorstellen, dass er abwartet, bis er dir gegenüber die Bombe platzen lässt. So wie er es bei mir gemacht hat. Und jetzt sieh mich an!« Er breitete die Arme aus. »Ich bin in meinem eigenen Erbrochenen aufgewacht.«

»Das war eine echt tolle Unterhaltung, aber ich muss jetzt los.« Ich zog mich zur Tür zurück und rannte dann hinaus und die Straße hinunter zu meinem Auto. Drinnen drückte ich mit zitternden Händen den Knopf herunter und wählte Thatchs Nummer.

Die Mailbox ging ran.

Ich fuhr los in Richtung Campus, dankbar, dass ich mich auf etwas anderes konzentrieren konnte – egal, wie nervig das auch war – statt auf den gruseligen Nachbarn. Erneut erschauerte ich. Dann stellte ich meinen Wagen ab und rannte in Richtung Unigebäude. Wo ich eine Nachricht an der Tür vorfand.

Schicken Sie mir Ihre Abschlussarbeiten samt Stellungnahme dazu, was Sie gelernt haben und wie Sie das anwenden können, bis heute Abend um 17.30 Uhr. Professor Arschloch. Okay, »Arschloch« stand da nicht wirklich, das hatte ich in Gedanken angefügt.

Puh. Ein gruseliger Zusammenstoß mit dem Nachbarn, und wofür? Für nichts. Ich hätte ausschlafen können! Ich hätte sämtlichen Kakao aus Thatchs Kühlschrank austrinken und dabei unsere Beziehung zu Tode analysieren können.

Mit grimmiger Miene marschierte ich zu meinem Wagen zurück und sah auf mein Handy. Weiter nichts von Thatch. Hatte ich Grund zur Sorge? Das passte so gar nicht zu ihm. Überhaupt nicht.

Schlussendlich setzte die Verzweiflung ein, und ich rief in seiner Praxis an.

Mia antwortete wie gewohnt fröhlich. »Seattle Plastics, wie kann ich Ihnen helfen?«

»Hey, Mia.« Ich kaute auf meinem Daumennagel. »Hier ist Austin Rogers. Ist Dr. Holloway schon da?«

»Mir ist er heute noch nicht über den Weg gelaufen.« Ich konnte ihr breites Lächeln förmlich vor mir sehen, während sie seinen Kalender checkte. »Scheint so, als hätte er erst heute Nachmittag seinen ersten Termin.«

Ich seufzte.

»Oh, warte!« Das Klackern ihrer Fingernägel machte mich ein wenig wahnsinnig. »Als er heute Morgen angerufen hat, um den Termin zu bestätigen, hat er irgendetwas von einem Brunch gesagt.«

Ich schluckte um die Trockenheit in meiner Kehle herum. »Hat er auch gesagt, wo der stattfindet?«

»Ich habe es mir aufgeschrieben.« Sie räusperte sich. »Im Downtown Fifth Street Bistro. Weißt du, wo das ist?«

»Ja.« Mein Magen krampfte sich zusammen. Das Bistro kannte ich nur zu gut. Es war eines der Lieblingsrestaurants meiner Mom, in das sie sich gerne zurückzog. Vor allem jetzt, wo sie so oft im Scheinwerferlicht stand. Sie liebte die intime Atmosphäre dort – es war wirklich ziemlich schlecht beleuchtet.

»Danke, Mia!« Ich legte auf und sah ein weiteres Mal auf mein Handy.

Brunch.

Es war noch ein bisschen früh für einen Brunch. Vielleicht hatte er mich überraschen wollen und mir deshalb bisher nicht geantwortet? Wie auch immer, ich musste dringend nach Hause, um ein paar Klamotten zu holen.

Nachdem die Entscheidung getroffen war, fuhr ich die kurze Strecke zum Haus meiner Eltern und erwartete, es leer vorzufinden. Doch mein Dad war daheim. So spät am Morgen war er sonst nie zu Hause.

»Hey, Dad.« Ich trat ein und warf meine Schlüssel auf den Tisch. »Ist alles in Ordnung?«

Sein Hemd war zerknittert und sein Blick ein wenig unfokussiert. »Ist es wahr?«

»Hä?«

»Bist du weiter mit Thatch Holloway zusammen? Ich dachte, das wäre nichts Ernstes.«

Überrascht antwortete ich nicht gleich. Was spielte das für eine Rolle? »Hör mal, wenn es um Braden geht …«

»Verdammt, ja, und ob es um Braden gehen wird.«

»Dad!« Ich wurde ihm gegenüber nie laut. »Was ist los?«

»Bist du«, er richtete sich zu seiner vollen Körpergröße auf, »mit ihm zusammen?«

»Äh, ja«, sagte ich schließlich. »Ich liebe ihn.«

Die Augen meines Vaters weiteten sich ein wenig, bevor ein gemeines Lächeln über seine Züge huschte. »Ich bin sicher, du glaubst, dass du das tust, aber, Honey, diese Gefühle vergehen wieder.«

»Liebe vergeht?« Ich schüttelte den Kopf. »Hörst du dir überhaupt zu?«

»Tust du es?«

»Dad, was ist hier los?«

»Er ist nicht gut für dich«, erwiderte mein Dad kühl. »Ich bin sicher, dass du inzwischen die ganze Geschichte kennst. Sein betrunkener Vater, seine Mom …«

»Wow!« Ich hob abwehrend die Hände. »Das geht mich nichts an. Und dich auch nicht.«

»Ach ja?« Seine Augen waren kalt wie Eis.

Wieso benahm er sich so? Und was hatte das mit Thatch zu tun?

»Du wirst schon sehen. Liebe öffnet dich nur dem Schmerz, und dann, wenn du dir endlich gestattest, zu glauben, dass alles gut wird, platzt die Bombe.«

»Geht es um Mom?«

»Deine Mom?«, fragte er mit leicht wirrem Blick. »Natürlich geht es um sie!«

»Willst du darüber reden?«

»Sie betrügt mich!«, rief mein Dad.

Ich keuchte auf und bedeckte mein Gesicht mit den Händen. »Bist du dir sicher?«

Er unterbrach den Blickkontakt. »Sie war über Nacht nicht zu Hause.«

»Also weißt du es nicht mit Sicherheit.«

»Ein Betrüger erkennt eine Betrügerin«, flüsterte er rau.

»Warte mal, willst du damit etwa sagen …«

Dad zuckte mit den Schultern. »Ich sage gar nichts.«

»Aber du hast gerade …«

»Austin!«, schrie er, sodass ich erschrocken rückwärtsstolperte. Er erhob mir gegenüber nie die Stimme. »Tu dir selber einen Gefallen, und beende das mit diesem Jungen, bevor du verletzt wirst.«

»Aber ich liebe ihn.«

Dad nickte. »Liebt er dich auch?«

»Ja!« Nun war ich mit dem Lautwerden dran. »Natürlich liebt er mich auch!«

»Hast du seine Eltern schon kennengelernt?«

Ich schluckte. »Äh, nein. Er ist sehr zurückhaltend, was seine Familie angeht.«

»Aha.« Dad kratzte sich am Kopf. »Und warum habt ihr vor Kurzem Schluss gemacht? Hat er seine Meinung mit einem Mal geändert?«

»Ja.«

»Und du hast seine Eltern immer noch nicht getroffen?«

Warum wiederholte er sich? »Seine Eltern haben damit nichts zu tun!«

»Ach, Liebes.« Dads Lächeln war unangenehm. »Ich vergesse manchmal, wie jung du bist. Na ja, du bist ja auch nur ein Mädchen.«

Ein Mädchen.

Thatch hatte gesagt, er wolle eine Frau. In meinen Augen brannten Tränen. Das war vor ein paar Wochen gewesen. Und er hatte es bloß gesagt, weil er mich hatte treffen wollen.

Oder?

Er hatte gesagt, ich wäre perfekt. Wunderschön.

Ich konnte nicht länger hier im Haus bleiben. Ohne ein weiteres Wort – und ohne meine Klamotten mitzunehmen – ging ich zu meinem Wagen und fuhr wie blind zu dem Bistro in der Innenstadt.

Er traf sich nur zum Brunch. Vermutlich mit Lucas. Die beiden trafen sich ständig allein.

Alles war gut.

Alles war fein.

Nach einem tiefen Atemzug öffnete ich die Tür zu dem kleinen Restaurant und suchte an den wenigen Tischen nach ihm.

Und richtig. In der hinteren Ecke saß er an einem Tisch und nippte an einem Kaffee. Seine Miene wirkte besorgt. Dann legte eine Frau ihre Hand auf seine. Er drückte sie und ließ den Kopf hängen. Die Frau stand auf und gab ihm einen verdammten Kuss auf die Stirn.

Ich stieß ein leises Keuchen aus.

In dem Moment drehte sich die Frau um und erblasste.

Meine Mom.

Und mit einem Mal fiel alles an seinen Platz. Er wollte die ältere Version von mir. Er wollte eine Frau. Sie hatte ihn in seiner Praxis aufgesucht! War ich der Weg zu ihr? Oder nur im Weg?

Nichts ergab einen Sinn. Und in meiner Verwirrung und meinem Schmerz drehte ich mich auf dem Absatz um und rannte los.

An meinem Auto vorbei, in den Regen hinein, bis das Wasser vom Himmel sich mit meinen Tränen vermischte und ich weinte, bis ich keine Tränen mehr übrig hatte.

Kapitel Fünfunddreissig

Thatch

An diesem Morgen hatte ich eine schlafende Austin in meinem Bett zurückgelassen.

In meinem warmen Bett.

Sie schlummerte wie ein Engel. Ihr Haar lag ausgebreitet auf dem Kissen, ihren Kopf hatte sie auf ihren Arm gebettet. Sie wirkte, als hätte sie keine Sorgen. Das Letzte, was ich wollte, war, zu gehen.

Mein Gott, an den meisten Tagen hasste ich mein Leben. Aber was war schlimmer? Dieses Drama war so unnötig! Sich um das Chaos unserer Eltern zu kümmern war, wie den Babysitter für erwachsene Kinder zu spielen.

Austins Mom hatte mir eine Nachricht mit ihrer Telefonnummer zugesteckt. Ganz sicher nicht für einen Quickie in der Mittagspause. Sondern aus Verzweiflung.

Und bis gestern Abend hatte ich mich geweigert, sie anzurufen. Bis ich mit Austin geschlafen und erkannt hatte, dass ich sie nicht wirklich lieben konnte, wenn ich Teile von mir vor ihr geheim hielt – Teile der Wahrheit.

Also hatte ich am Morgen ihre Mom angerufen und sie gebeten, mir einen Treffpunkt zu nennen. Nicht, weil ich schmutzige Wäsche waschen wollte, sondern weil sie es verdient hatte, die Wahrheit über ihren Ehemann zu erfahren.

Und über meine Mutter.

Schmerz durchbohrte meine Brust. In all den Szenarien, denen ich mich gegenübergesehen hatte, hatte ich mich immer dafür entschieden, mich zu schützen. Weil ich egoistisch war.

Bis Austin in mein Leben gekommen war. Danach hatte sich alles nur noch darum gedreht, sie vor der Wahrheit zu beschützen. Und sicherzustellen, dass es ihr gut ging. Doch jetzt steckte ich zu tief drin. Und mein Vater stieß leere Drohungen aus.

Er hatte gesagt, er würde sich umbringen, wenn es an die Öffentlichkeit gelangte. Er hatte gesagt, mit Austin zusammen zu sein wäre gefährlich – es würde unsere Familien zu eng miteinander verbinden. Er hatte gesagt, es wäre nur eine Frage der Zeit, bis die Journalisten Wind von der Geschichte bekämen, meine Karriere zerstören und uns der Lächerlichkeit preisgeben würden. Er hatte gesagt, es würde Austin auf die schlimmstmögliche Weise ruinieren, genau wie er und meine Mom unsere Familie ruiniert hatten.

Und ich hatte ihm geglaubt. Ich hatte ihm geglaubt, als er meinte, es würde die Hölle werden. Ich hatte ihm geglaubt, als er meinte, ich würde Austin retten, indem ich sie von mir stieß.

Weil es Sinn ergeben hatte. Und ich Angst gehabt hatte. So unglaubliche Angst vor dem, was ich für sie empfand. Angst vor dem, was ich alles für sie tun würde. Angst vor dem, was sie für mich tun würde. Angst vor dem, was die Informationen uns antun würden.

Ich war nicht ihr Retter. Ich war ein Feigling.

»Mach Schluss.« Das waren vor ein paar Monaten seine Worte gewesen, als er in der Wohnung gegenüber eingezogen war. Er hatte schlimm ausgesehen – als wäre die Hölle über ihn hinweggetrampelt.

Zuerst hatte ich meinen Dad verloren. Aber dann hatte ich sie beide verloren. Und ein Teil von mir fragte sich, ob ich nicht dazu bestimmt war, diejenigen zu verletzen, die ich liebte. Genau wie meine Eltern. Ein Teil von mir hatte ihm geglaubt, als er behauptet hatte, ich wäre genau wie sie.

Deshalb hatte ich Brooke geküsst. Okay. Ich war wütend gewesen. Ich hatte zu tief dringesteckt. Und ich hatte Austin verletzen wollen – ich hatte sie von dem Schlamassel wegschubsen wollen, den unsere Familien angerichtet hatten. Sie hatte keine Ahnung, was bei unseren Eltern los war. Und ich hoffte bei Gott, dass es dabei bleiben würde.

Ihre Mom wartete bereits auf mich, als ich das Bistro betrat. Mein Hemd war vom Regen total durchnässt.

»Er ist wieder mit ihr zusammen«, flüsterte sie rau. »Ich kann sie an ihm riechen.«

Verdammt. Das Medizinstudium hatte mich hierauf nicht vorbereitet.

»Hören Sie«, ich legte meine Hand auf ihre. »Mrs Rogers. Ich weiß nur, dass die Affäre vor drei Monaten angefangen hat, als mein Dad in die Wohnung bei mir gegenüber gezogen ist, um auf die Scheidungspapiere zu warten. Mom hatte ihn rausgeworfen und damit seine schlimmsten Befürchtungen bestätigt, dass es nicht bloß eine Affäre, sondern mehr ist.«

Sie schluckte und hielt den Blick gesenkt. »Weiß Austin davon?«

»Bisher noch nicht.«

Sie riss den Kopf hoch. »Was meinst du damit, bisher noch nicht?«

»Sie hat es verdient, es zu erfahren. Ich warte schon länger darauf, etwas sagen zu können.«

»Aber …« Mrs Rogers schüttelte den Kopf. »Du verstehst das nicht! Wenn du es ihr erzählst, wird sie mir die Schuld geben, und …« Sie presste eine zitternde Hand an ihre Wange.

»Es *ist* meine Schuld. Ich habe ihn weggetrieben. Ich habe nicht …« Sie biss sich auf die Unterlippe. »Ich habe mich so bemüht. Ich wollte einfach nur, dass es perfekt ist. Ich bin in deine Praxis gekommen, um zu erfahren, was du über die Affäre weißt, und als ich da war, dachte ich, was wäre, wenn ich ein paar Dinge ändern lasse? Was, wenn ich besser würde, verstehst du? Ich habe mich gefragt, ob es etwas gibt, das ich verbessern könnte, oder …«

»An dieser Stelle unterbreche ich Sie sofort«, stieß ich durch zusammengebissene Zähne aus. »Hören Sie überhaupt, was Sie da reden?«

Ihre Augen füllten sich mit Tränen.

»Es gibt absolut nichts, was die Schönheitschirurgie für Sie tun kann, das wirklich etwas ändern würde. Gar nichts. Das hier ist seine Entscheidung, nicht Ihre. Könnten Sie sich Botox spritzen lassen, um ein wenig jünger auszusehen? Definitiv. Aber was würde das nützen? Gar nichts. Ihnen ginge es immer noch schlecht, und Sie würden sich ständig fragen, ob er Sie weiter betrügt. Ich werde Ihnen jetzt das sagen, was ich allen sage, die in meine Praxis kommen, okay?«

Sie nickte, und eine Träne rollte ihr über die rechte Wange und über ihre roten Lippen. »Wenn Sie etwas an sich ändern, dann für *sich*. Niemals für einen anderen. Wenn es für einen anderen ist, wird es Sie nie glücklich machen. Wenn Sie sich für einen anderen Menschen verändern, setzen Sie damit einen Teufelskreis der Unzufriedenheit in Gang.« Ich seufzte. »Was sehen Sie, wenn Sie in den Spiegel schauen? Eine Frau, die es verdient hat, betrogen zu werden? Oder eine Frau, die dagegen ankämpft?«

»Im Moment sehe ich ehrlich gesagt nicht viel.« Sie zuckte mit den Schultern. »Aber …« In ihre Augen trat ein hitziger Ausdruck, den ich gut von Austin kannte. »Ich habe es verdammt noch mal nicht verdient, so behandelt zu werden. Egal, ob er der Bürgermeister von Seattle ist oder nicht.«

Zum ersten Mal, seitdem ich mich gesetzt hatte, lächelte ich. »Dem würde ich zustimmen.«

Sie trommelte mit ihren Fingernägeln gegen den Keramikbecher, dann drückte sie meine Hand. »Du bist ein guter Mann, Thatch.«

Mein Magen sackte ein Stück nach unten. »Tja, ich hoffe, dass Austin das auch noch denkt, nachdem ich ihr die Wahrheit erzählt habe.«

»Die Wahrheit.«

»Ich habe versucht, sie vor alldem … zu beschützen. Aber am Anfang konnte ich einfach nur nicht über meine eigene Angst hinausschauen.«

»Bei einer so großen Sache ist einem ein Moment des Egoismus durchaus gestattet.«

Ich nickte.

»Es ist bloß eine Frage der Zeit, bis die Affäre zur Presse durchsickert.«

»Und woher wissen Sie das?« Ich neigte neugierig den Kopf.

»Man sollte eine betrogene Frau niemals unterschätzen.« Sie lächelte. »Wenn du es ihr erzählst, erzähle ihr bitte alles. Ein Teil von mir will, dass sie es nicht erfährt. Ich will nicht, dass sie von mir oder ihrem Vater enttäuscht ist. Sie soll wissen, dass ich bis zu meinem letzten Atemzug darum kämpfen werde, das zu erhalten, was von unserer Familie übrig ist – Austin und ich. Ich habe viel zu lange zugelassen, dass er uns kontrolliert. Das ist mit dem heutigen Tag vorbei.«

»Selbst wenn Sie dafür Ihre perfekte Welt opfern müssen? Denn es wäre viel leichter, ihn einfach weitermachen zu lassen und so zu tun, als wäre alles in Ordnung.«

»Ich habe diese Lüge lange genug gelebt. Ich bin es leid, in einer Welt zu existieren, in der die Menschen nur sehen, was wir ihnen erlauben zu sehen. Also ja, selbst dann.«

Sie stand auf und gab mir einen Kuss auf die Stirn. Ich musste lächeln. Kein Wunder, dass Austin Stirnküsse liebte.

Meine Verärgerung schwand schnell, und dann erkannte ich, dass ich Austin unrecht getan hatte, indem ich versucht hatte, die Situation zu kontrollieren. Denn dadurch, dass ich Austin beschützt hatte, hatte ich genau das getan, was ihre Eltern ihr ganzes Leben mit ihr gemacht hatten.

Ich hatte über sie bestimmt.

Ich schaute auf, um mich ein letztes Mal zu bedanken, und fühlte mich sofort, als hätte mir jemand in den Magen geboxt.

Austin stand mit entsetzter Miene in der offenen Tür.

Schnell überschlug ich, was sie vermutlich gesehen hatte: ihre Mom, die mir einen Kuss auf die Stirn gab, wir beide bei einem Kaffee. Eigentlich nichts Schlimmes. Aber sie wirkte so verletzt, als könnte sie kaum atmen.

Sie rannte aus dem Restaurant, als wäre der Leibhaftige hinter ihr her.

Mrs Rogers fluchte halblaut.

»Verdammt!« Ich zog ein paar Scheine aus meinem Portemonnaie, warf sie auf den Tresen und lief Austin hinterher.

»Austin!«

Sie rannte an ihrem Wagen vorbei. Und auf die Straße. Ein paar Autofahrer hupten, als sie auf die andere Seite stolperte und weiterlief, bis sie schließlich anhielt, die Hände auf die Knie stützte und versuchte, zu Atem zu kommen.

Ich schloss zu ihr auf. Und hörte die gebrochenen Schluchzer, die sich ihr entrangen.

»Austin.« Der Wind heulte um meinen Kopf und peitschte mir kalte Regentropfen ins Gesicht. »Baby, ich habe keine

Ahnung, was du glaubst, gesehen zu haben, aber ich garantiere dir, so war es nicht.«

»Lass mich in Ruhe!« Sie unternahm einen schwachen Versuch, mich wegzuschieben.

Doch so weit würde es nicht kommen. Ich packte ihre Hand und zog Austin an meine Brust. Dann hielt ich sie mit beiden Armen fest. »Warum weinst du?«

»Weil«, schniefte sie, »meine Mom meinen Dad betrügt! Das hat mein Dad heute früh angedeutet, als ich ihn gesehen habe. Er war so aufgebracht, und er hat gesagt, er hat gesagt ...«

»Dein Dad ist ein verdammter Lügner«, unterbrach ich sie mit mühsam beherrschter Wut. »Und deine Mom hat mich nur gefragt, ob es wahr ist.«

»Ob was wahr ist?«

»Ich kann hier nicht darüber reden.« Ich schaute mich auf der geschäftigen Straße um, zu den Leuten, die unter bunten Regenschirmen an uns vorbeiliefen.

»Tja, das ist deine einzige Chance. Sonst gehe ich.«

»Verdammt, Austin, warum musst du so stur sein?«

»Erzähl es mir!« Sie schlug mir mit den flachen Händen gegen die Brust. »Bist du ...?« Ihre Lippen zitterten. »Warum war meine Mom bei dir in der Praxis? Warum hat sie dich geküsst!« Den letzten Satz sprach sie aus, als hätte ich etwas Unverzeihliches getan. Und vielleicht hatte ich das.

»Es ist nicht das, wonach es aussieht.« Ich griff erneut nach ihr, doch sie zuckte zurück. »Wir haben uns nur unterhalten.«

»Oh, na klar. Ihr habt euch nur unterhalten. Ihr habt euch unterhalten und dabei Händchen gehalten.« Ihr Blick veränderte sich von genervt zu entsetzt. »War das der Grund? Du hast mich benutzt, um an meine Mutter heranzukommen!« Sie stolperte rückwärts. »Sie hat dir an jenem Tag in der Praxis etwas gegeben, und du hast gesagt ... du hast gesagt ...« Ihre Augen füllten sich erneut mit Tränen, die ihr über die Wange liefen. »Du hast gesagt, ich sei ein Mädchen und du wolltest eine Frau …« Sie schluchzte.

Ich verschloss ihr den Mund mit meinen Lippen. Fest.

Ihre Fäuste trommelten gegen meine Brust, dann ließ sie sich in meinen hungrigen Kuss fallen.

»Austin, ich liebe dich. Dich!«

»Aber …«

»Sei still, und hör mir zu. Kriegst du das hin?«

»Nein.«

Ich seufzte. »Tja, ich habe es versucht.«

Sie funkelte mich an, doch ich sah, dass es um ihre Mundwinkel zuckte.

»Gehen wir.« Ich zog sie an der Hand zum Starbucks auf der anderen Straßenseite, wo ich uns beiden einen Kaffee bestellte, bevor ich Austin zu einem Tisch in der Ecke führte.

»Warum hast du dich mit meiner Mom getroffen?« In ihren Augen lag so viel Schmerz. Und ich stand kurz davor, es noch schlimmer zu machen.

»Dein Dad betrügt sie.«

Ihre Schultern sanken herunter, und sie wurde ganz still. Dann flüsterte sie: »Das erklärt nicht, warum du dich mit meiner Mom getroffen hast.«

Ich seufzte und hätte mir am liebsten den heißen Kaffee ins Gesicht geschüttet, um mich kurz aufzuwärmen, bevor ich alle meine Sünden gestand.

»Dein Dad betrügt deine Mom …« Ich räusperte mich und schaute Austin direkt in die Augen. Gleich würde die Bombe platzen. Ich zögerte. Denn welcher Mensch hätte schon diese Unterhaltung führen wollen? »Mit meiner.«

Sie runzelte die Stirn. »Mit deiner was?«

»Meiner Mom.«

»Was?«

»Meine Mom«, sagte ich langsam. »Dein Dad.«

Austin blieb der Mund offen stehen. »Wie bitte?«

»Das läuft schon seit drei Monaten«, erklärte ich. »Ungefähr einen Monat nachdem wir beide angefangen hatten, miteinander auszugehen, habe ich es herausgefunden.«

»Wie?«

»Mein Vater hat es erfahren und ist gleich zu mir gerannt, um mir brühwarm mitzuteilen, dass er Beweise hätte ...« Und nun kam der wirklich unangenehme Teil. »Er hatte Fotos von unseren Eltern. Und er hat gedroht, er würde sich an die Presse wenden, er würde meine Mutter endlich ruinieren und ›der Welt zeigen, was für eine Schlampe sie ist‹. Du darfst nicht vergessen, mein Vater ist Alkoholiker, also bin ich nicht sicher, ob er es bis zum Redaktionsbüro schaffen würde, ohne in der nächstbesten Bar einzukehren und sich bis zur Besinnungslosigkeit zu besaufen.« Ich hielt inne. »Und dann ... hat er dich gesehen. Er hat eins und eins zusammengezählt und ... Nun ja ... Mit einem Mal war es, als wäre ich wieder neunzehn und hätte meine Mutter mit unserem Gärtner überrascht. Mein Vater gibt ihr die Schuld daran, dass unsere Familie auseinandergerissen wurde, obwohl er mit allem angefangen hat.«

Ich fuhr mir mit den Fingern durch die Haare. »Verdammt, Austin, ich wollte nicht, dass du es auf diese Weise erfährst. Ich wollte gar nicht, dass du davon weißt. Ich dachte, wenn ich dich von mir stoßen würde ...« Ich wollte nicht weiterreden. Es tat mir weh, ihr die Wahrheit zu sagen, denn sie zuckte unter jedem Wort zusammen, als würde ich ihr einen Schlag in den Magen versetzen.

Schließlich fragte sie: »Wo sind diese Fotos jetzt?«

»Bei mir.« Ich verlagerte unbehaglich das Gewicht. »In meiner Wohnung.«

»Du hast Fotos von deiner Mom und meinem Dad ... nackt?«, zischte sie.

Ich stöhnte in meine Hände. »Es ist ja nicht so, als hätte ich sie meiner privaten Pornosammlung hinzugefügt, Austin.«

Ihre Augen füllten sich mit Tränen. »Was hast du noch mal gesagt, wann du es herausgefunden hast?«

Einen Moment schwieg ich, dann antwortete ich: »Ich war wütend auf dich. Aber diese Wut war fehlgeleitet. Eigentlich war ich wütend auf mich. Auf meine Familie, weil sie *noch* etwas Gutes in meinem Leben zerstört hatte – nämlich dich.«

Ihre Miene brachte mich beinahe um. Sie war so verloren, so voller Schmerz, den ich verursacht hatte.

»Ich war wütend auf deinen Dad, auf meine Mom, und sogar wütend auf meinen Dad, weil er behauptet hat, ich wäre genau wie sie. Meine Eltern betrügen einander gegenseitig. Und es hat mir Angst eingejagt. Ich fürchtete, dass er recht hat. Und je näher wir – du und ich – uns kamen, desto panischer wurde ich. Was, wenn ich dazu auch fähig wäre? Und als mir endlich klar wurde, dass ich es *nicht* bin, dass ich mit dir zusammen sein will, erkannte ich, dass eine Beziehung zwischen uns unmöglich wäre. Sie würde dich zerstören.«

Austin senkte den Blick. »Also hast du genau das getan, was sie getan haben, richtig? Du wurdest der Mann, der du nie werden wolltest, und … hast mich betrogen.«

»Ich habe Brooke geküsst. Es hat mir nicht gefallen. Und es hat gereicht, um dich so wütend zu machen, dass du dich von mir getrennt hast. Zumindest dachte ich das – und dann bist du zurückgekommen, und ich hätte dir beinahe die Wahrheit gesagt. Aber mein Vater … Er hat seine Wohnungstür nur einen Spaltbreit geöffnet und …«

»Woah, ganz ruhig. Er war in deiner Wohnung?«

Ich runzelte die Stirn und bemühte mich, keine Grimasse zu schneiden. »Nein. Er, äh, wohnt gegenüber.«

»Der gruselige Nachbar ist dein Vater?«

»Riecht er nach Whiskey?«

Sie nickte.

»Sieht schlimm aus?«

Sie nickte erneut.

»Dann ist er es vermutlich.«

Sie griff nach meiner Hand, doch ich zog sie zurück. Im Moment wollte ich weder Austins Mitleid noch ihre Traurigkeit. Ich hatte mehr zu gestehen.

»Ich habe mit dir Schluss gemacht, um dich zu beschützen. Irgendwann wird die Affäre ans Licht kommen. Unsere Eltern sind unvorsichtig. Und du wirst in all das mit hineingezogen.« Ich stand auf und trat einen Schritt zurück.

»Thatch.« Mit zusammengebissenen Zähnen kämpfte sie gegen ihre Tränen an. »Thatch, was tust du da?«

»Das, was am besten ist.« Beinahe hätte meine Stimme versagt. »Eine Option ist, diesen Sturm gemeinsam zu überstehen. Die andere ist, dass ich gehe.«

»Nein«, knurrte Austin. »Du kannst das nicht einfach über meinen Kopf hinweg für uns beide entscheiden. So funktioniert das nicht.« Ihre Augen blitzten auf, als sie aufstand, mir mit den flachen Händen gegen die Brust schlug und dann ihre Finger in mein Hemd krallte, um mich an sich zu ziehen. Zorn funkelte in ihren Augen. »Hast du dir je überlegt, dass ich dich an meiner Seite haben will, wenn die Bombe platzt? Dass ich dich brauche, um das durchzustehen?«

Sie schubste mich von sich.

Ich ließ es zu. Und blieb wie erstarrt stehen. Dann blinzelte ich und öffnete den Mund, wusste aber nicht wirklich, was ich sagen sollte. Denn von allen möglichen Szenarien, die ich im Geiste durchgegangen war, hatte ich mir dieses hier nie vorgestellt. Das, in dem das Mädchen an meiner Seite bleiben wollte, egal, was passierte.

Denn meine Mom hatte sich entschieden, meinen Dad zu verletzen. Mein Dad hatte sich entschieden, meine Mom zu verletzen. In ihrer Beziehung hatte ich immer nur Schmerz gesehen. Niemals Liebe.

Ich hatte nie gesehen, dass sie einander so angeschaut hatten, wie Austin mich in diesem Moment anschaute. So wie ich immer hatte angeschaut werden wollen – mit vollkommenem Vertrauen darauf, dass wir uns, egal, was passierte, am Ende an den Händen halten würden. Und wie um das zu beweisen, griff sie nach meiner Hand und drückte sie.

»Wirst du wieder eine andere küssen, um mich wütend zu machen?«, fragte sie.

»Was? Nein. Warum sollte ich das tun? Ich liebe dich.«

»Das ist alles, was ich wissen muss.« Sie streckte mir ihre andere Hand hin. »Ein Schritt nach dem anderen.«

»Austin, ich glaube, du hast das nicht wirklich durchdacht. Ich meine, wie wird das aussehen …«

»Lustig, dass du das sagst.« Sie wischte sich ein paar Tränen fort. »Denn dieser wirklich kluge Doktor hat mir mal gesagt, was einen definiert, ist, wie man sich selbst mit sich fühlt, und nicht, was andere über einen denken. Er hat mir außerdem diesen wahnsinnig tollen Tipp gegeben, immer Nachtisch zu essen, wenn mir danach ist.«

»War klar, dass du dich auf diesen Teil konzentrierst.«

»Er kauft mir MoonPies.«

»Weil er dich liebt.«

»Und er lässt mich Mountain Dew trinken.«

»Und betet jede Nacht, dass es dich nicht umbringt.«

Lächelnd trat sie in meine offenen Arme. »Ich liebe dich. Lass uns einfach abwarten und sehen, was passiert. Lass mich mit meiner Mom reden und … Nun ja, die gute Nachricht ist, ich bin im Team Mom, und ich weiß das eine oder andere über Rache.«

»Glaub mir, ich bin mir dessen bewusst, aber du kannst nicht einfach das Auto deines Vaters zerkratzen.«

»Äh, doch. Das kann ich.«

»Austin …«

»Ich kenne einen ganz einfachen Trick, um Reifen aufzuschlitzen.«

»Ich werde dir nicht dabei helfen, ein Verbrechen zu begehen.«

»Na gut. Dann rufe ich eben Avery an.«

Ich nahm ihr das Handy aus der Hand und schüttelte den Kopf. »Ich weigere mich, dich auf Kaution aus dem Gefängnis herauszuholen. Wenn du dich rächen willst, habe ich, glaube ich, eine gute Idee, nur … warten wir erst mal einfach ab und versuchen, den heutigen Tag zu überstehen, okay?«

Sie nickte und gab mir einen zärtlichen Kuss. »Danke, dass du es mir erzählt hast.«

»Danke, dass du nicht sauer bist.«

»Oh, ich bin wahnsinnig sauer, dass du dachtest, du würdest die Sache für mich richten, indem du mein Herz in eine Milliarde kleine Stücke zerbrichst …«

Ich zog mich langsam zurück.

»Aber ich weiß auch, dass wütender Sex der beste ist, also wirst du deine Strafe im Schlafzimmer verbüßen. Außerdem habe ich ein Auge auf dein Stethoskop geworfen. Meinst du, du könntest das mal mit nach Hause bringen?«

»Irgendetwas stimmt mit dir nicht.«

»Oder irgendetwas ist genau richtig?«

»Nein.« Ich schüttelte den Kopf.

»Du liebst mich.«

»Das tue ich.« Ich küsste sie noch einmal. »Komm, gehen wir.«

Kapitel Sechsunddreissig

Austin

Es klopfte laut an Thatchs Tür.

Ich machte auf und trat einen Schritt zurück. Avery stand heftig atmend davor, eine Hand noch gehoben, und stolperte dann in die Wohnung. »Warte … eine Sekunde … Ich kriege keine Luft.«

Lucas folgte ihr kopfschüttelnd. »Sie ist gerannt.«

»Sie muss mit Powerwalking anfangen oder so«, murmelte ich und biss ein großes Stück von meiner Lakritzstange ab.

»Das habe ich gehört«, schnaufte Avery. »Und ich habe mir Sorgen gemacht, okay? Du hast mir ein Bild von zwei MoonPies, einem Snickers und einem Sechserpack Mountain Dew geschickt!«

Ich zog die Nase kraus. »Und wieso lässt dich das panisch werden?«

»Muss ich dich an letztes Mal erinnern?« Sie warf die Hände in die Luft. »Ich musste dich vor einem Zuckerschock retten!«

Ich winkte ab. »Tja, dieses Mal muss ich nicht gerettet werden, obwohl Thatch das heute ein paarmal getan hat.«

Avery gab ein würgendes Geräusch von sich und schaute sich dann in der Wohnung um. »Wo ist der gute Thatch denn?«

»Auf dem Weg nach Hause«, erwiderte ich schulterzuckend. »Warum?«

»Wohnst du jetzt hier?«

Ich versuchte, die richtigen Worte zu finden. Technisch gesehen hätte man das so sagen können. Zumindest waren Thatch und ich auf dem Rückweg vom Restaurant zu dem Schluss gekommen, dass ich so schnell wie möglich bei ihm einziehen würde, um dem Wahnsinn um meinen Vater zu entgehen.

»So in der Art.« Ich musste ihr von meinen Eltern erzählen, aber ich war nicht sicher, wie ich das bewerkstelligen sollte, ohne dass es wie eine schlechte Seifenoper klang.

Als wäre das nicht schlimm genug, hatte Braden den ganzen Tag über versucht, mich zu erreichen, als gäbe es etwas, über das wir reden müssten. Ich nahm an, dass er meine Nummer von meinem Dad hatte.

Und mit einem Mal ergab alles einen Sinn. Mein Dad wollte, dass ich mich von Thatch fernhielt. Er machte sich Sorgen, dass seine Affäre publik werden könnte. Und in seiner egoistischen Art war er gewillt, mich einem Psychopathen in die Arme zu treiben.

Mistkerl.

Ich kaute energischer auf dem Lakritz, während Avery mir stumm die Verpackung zuschob und ermutigend nickte. Ich war seit sechs Wochen total verrückt nach Süßigkeiten – noch mehr, als ich es üblicherweise war, was bedeutete, dass der Stress mir langsam an die Substanz ging! Deshalb hatte ich vermutlich auch meine Periode bisher nicht bekommen.

Das Stück Lakritz blieb mir im Hals stecken, und ich fing an zu husten.

Lucas schlug mir auf den Rücken. »Wirst du es überleben?«

»Nein.« Meine Augen füllten sich mit Tränen. Ich war in letzter Zeit immer so emotional. Wirklich emotional. Mehr als üblich.

Ich schlug die Hände vors Gesicht und zählte dann mithilfe meiner Finger rückwärts. Als mir die Finger ausgingen, zwang ich Austin und Lucas, ihre hochzuhalten. Sie waren eindeutig gute Freunde, denn sie fragten nicht nach, sondern taten einfach, was ich von ihnen verlangte.

Ich erreichte den Tag, bevor Thatch und ich Schluss gemacht hatten. Aber das würde bedeuten …

Ich senkte den Blick. Dann sah ich wieder meine Freunde an. Mehrmals. Hoch, runter. Hoch, runter.

»Hat sie einen Krampfanfall?«, flüsterte Lucas.

»Ich weiß nicht. Prüf mal ihren Puls«, meinte Avery.

Ich schlug seine Hand weg. »Ihr beide würdet in der Wildnis sterben. So überprüft man nicht, ob jemand einen Anfall hat. Und wenn ich einen hätte, würde ich auf dem Fußboden liegen.«

Lucas zog seine Finger zurück. »Hey, ich habe nur versucht, dir das Leben zu retten.«

»Honey …« Avery griff nach meiner Hand. »Du jagst uns ein wenig Angst ein.«

»Ich, äh …« Ich leckte mir über die Lippen. »Ich glaube, ich bin …«

Die Tür ging auf. Thatch kam hereingeschlendert und war sündhaft attraktiv. Seine Muskeln spannten sich unter dem schwarzen Hemd, und seine graue Hose umschloss so kräftige Oberschenkel, dass ich ihn anstarrte, als hätte ich ihn seit Jahren nicht gesehen.

Und endlich fielen die Puzzleteile an ihren Platz. Ich war unglaublich scharf gewesen. So scharf, ich hätte ihn bespringen können, bloß weil er mir die Zeitung und eine Scheibe Bacon angeboten hatte.

»Macht die Nachrichten an!«, erklärte er.

Ich stand immer noch unter Schock. Avery und Lucas sprinteten zur Couch. Lucas fand die Fernbedienung als Erster und schaltete auf den regionalen Nachrichtensender.

»Eilmeldung aus Seattle. Kürzlich tauchten Bilder von der Frau des Bürgermeisters, Shana Rogers, und ihrem jungen Liebhaber auf. Die Bilder zeigen, wie die beiden Händchen halten und sehr vertraut miteinander sprechen. Bürgermeister Rogers hat ein Statement veröffentlichen lassen, in dem er in dieser schwierigen Zeit um etwas Privatsphäre bittet.«

Ein Foto wurde eingeblendet. Es zeigte Thatch. Und meine Mom. Verdammt schlechtes Timing.

Und mit einem Mal war ich mir wegen gar nichts mehr sicher. Würgend schlug ich mir die Hand vor den Mund und schaffte es gerade noch ins Badezimmer, bevor ich zu viel Lakritz und Mountain Dew von mir gab.

»Austin?« Thatch klopfte an die Tür, riss sie dann auf und zog mich in seine Arme. »Es tut mir leid. Ich weiß, es sieht schlimm aus.« Er befühlte meine Stirn. »Was ist los? Ist es wegen der Nachrichten? Hast du die Grippe? Ich kann dir etwas gegen die Übelkeit verschreiben. Gib mir nur eine Min…«

»Ich fürchte, ich bin schwanger.«

Das Handy glitt ihm aus den Fingern und fiel klappernd zu Boden.

Ja. Nimm das, Hollywood.

Mein Dad hatte meiner Mutter eine Falle gestellt. Mit meinem Freund. Dessen Kind ich unter dem Herzen trug.

Bringt mich bitte auf der Stelle um.

* * *

Avery begleitete mich zur Drogerie.

Ich hatte Thatch gebeten, bei Lucas zu bleiben. Es wäre nicht gut für ihn, gesehen zu werden. Sein Name war zwar nicht genannt worden, aber es war unmöglich, die hohen Wangenknochen und den stets präsenten Man-Bun nicht zu bemerken. Außerdem prangte sein Gesicht auf Bussen und

Parkbänken – er war in der Stadt wohlbekannt. Und ich war mir ziemlich sicher, dass in der nächsten Stunde die Nachricht die Runde machen würde, dass Dr. Holloway – also der Dad meines möglichen Babys – eine glückliche Ehe zerstört hatte.

Ich stöhnte.

Ich war so wütend auf meinen Dad, dass ich ihm ein blaues Auge verpassen wollte. Er war nicht der beste Vater gewesen, doch wenigstens hatte er mich immer beschützt. Hatte mir ein Dach über dem Kopf gegeben. Hatte mich glauben lassen, dass wir zusammenhalten würden, egal, was passierte – auch wenn das nur Fassade war. Ich hätte nie gedacht, dass er mich sprichwörtlich vor den Bus schubsen würde – oder Thatch. Von meiner Mom ganz zu schweigen. Die Frau, die er angeblich ausreichend geliebt hatte, um sie zu heiraten.

Ich wusste, ich musste ihn zur Rede stellen, aber ich hatte bei der Vorstellung, dass er unserer Familie so etwas angetan hatte, das Gefühl, als würde mir der Boden unter den Füßen weggezogen. Ich war mir nicht wirklich sicher, was ich zu ihm sagen wollte. »Ich hasse dich« stand allerdings ganz oben auf der Liste.

»Geht es dir gut?« Avery strich mir über das Bein. »Ich meine, ich weiß, das ist alles ein bisschen viel, aber es wird wieder gut. Oder?«

»Total gut«, stieß ich zwischen zusammengebissenen Zähnen aus, während wir durch den Laden liefen und verschiedene Schwangerschaftstests einpackten. Die Avery kaufte. Aus offensichtlichen Gründen. Die alle mit den neuesten Eilmeldungen zu tun hatten. Auf keinen Fall würde ich noch Öl ins Feuer gießen.

Als wir wieder im Auto saßen, fing ich erneut an zu weinen.

»Warum können wir nicht einfach normal sein?«, fragte ich das Universum. »Du weißt schon? Weißer Lattenzaun? Ein Hund? Ein Kind, *nachdem* man geheiratet und den Traumjob gefunden hat? Und die perfekten Familientreffen mit beiden Elternpaaren, die nicht miteinander fremdgehen?« Den letzten Teil schrie ich.

»Okay«, antwortete Avery langsam. »Erst einmal, es sind nur dein Dad und seine Mom. Es ist ja nicht so, als würden alle wild miteinander rummachen.«

Super, das war ja gleich viel besser. »Das hier – das ist nicht das wahre Leben!«

»Ehrlich gesagt doch.« Avery zuckte mit den Schultern. »Das Leben ist chaotisch. Durcheinander. Und ich bezweifle, dass du wirklich Perfektion willst. Ich meine, hast du jemals einen weißen Lattenzaun gesehen? Den muss man ständig streichen!«

»Avery.« Heiße Tränen quollen aus meinen Augen.

»Du kannst nicht mal mit Aquarellfarbe malen.«

Da hatte sie recht.

»Und ein Hund? Wer holt sich schon einen kleinen, nervigen Hund? Du bist mehr ein Mädchen für große, kräftige Hunde, und selbst dann – hast du Thatch je mit einem Tier gesehen? Er hat es mal mit einer Schildkröte versucht und war so ungeschickt, dass das arme Ding beinahe ertrunken wäre.«

Ich lachte laut los und wischte mir eine verirrte Träne ab. »Das stimmt – er kommt nur mit Menschen gut klar.«

»Ja, eben. Ich bin sicher, alle Tierbesitzer auf der ganzen Welt danken Gott, dass Thatch sich nicht dafür entschieden hat, Tierarzt zu werden.«

»Stimmt.«

»Was ich damit sagen will«, fuhr Avery sanft fort. »Es läuft nicht immer so, wie man es plant. Aber ist Liebe je planbar? Glaubst du, ich wollte mich in den Ex-Verlobten meiner Schwester verlieben? In den Kerl, der sie betrogen hat? Das stand weiß Gott nicht in meinem Lebensplan.«

»Ja, aber eure Geschichte ist romantisch.«

»Stimmt, und das ist eure auch. Nur auf andere Art.« Sie verdrehte die Augen und fuhr vom Parkplatz. »Mein Gott, erinnerst du dich noch, wie ihr euch kennengelernt habt? Du bist über deine eigenen Füße gestolpert, und er konnte den Blick nicht von dir losreißen. Und der Mann war eine totale Schlampe. Frag Lucas.«

»Ich glaube, der Teil der Geschichte gefällt mir nicht«, gab ich zu.

»Klar. Doch in der Minute, in der er dich gefunden hat, hat er sich verändert. Zack!« Sie schlug auf das Lenkrad, woraufhin ich vor Schreck einen Meter aus dem Sitz hüpfte. »Und nun sieh euch beide an. Ihr wohnt quasi zusammen und bekommt ein Baby. Und – Spoiler-Alarm – dieses Baby wird wunderhübsch sein. Und gesund. Und es wird einen Arzt zum Vater haben!«

»Die Geschichte wird immer besser, aber wir wissen gar nicht, ob ich wirklich schwanger bin.«

»Du bist mehr als zwei Monate überfällig«, erwiderte Avery. Und musste dann natürlich noch hinzufügen: »Wenn du nicht schwanger bist, müssen wir uns mal ernsthaft über deinen Stresspegel unterhalten. Vielleicht ist es auch nur das Mountain Dew, das in deinem Körper radioaktiv wirkt und dich in eine Superheldin verwandelt.« Sie zwinkerte mir zu. »Falls das der Fall ist, rate ich dir: Warte auf Captain America.«

»Danke.« Ich klatschte sie ab, bevor ich mir die Tüte mit den Schwangerschaftstests schnappte und in Thatchs Wohnung hinaufging.

Kapitel Siebenunddreißig

Thatch

»Wie fühlt sich ein Nervenzusammenbruch an?« Ich sah ständig auf die Uhr, und jedes Mal war erst eine Minute vergangen. Der Drogeriemarkt lag bloß zwei Blocks entfernt. Zwei!

»Was zum Teufel ist da los? Haben sie eine Pause eingelegt, um die Enten zu füttern, oder was?« Ich tigerte vor Lucas auf und ab, der dabei war, eine Tüte Kartoffelchips zu inhalieren. »Und warum sagst du nichts?«

»Erstens«, er streckte einen Finger hoch, »weil du mir nur antworten würdest, dass ich den Mund halten soll.« Er aß einen weiteren Chip. »Und zweitens, würde ich irgendetwas sagen, egal, wie hilfreich es ist, da bin ich mir zu neunundneunzig Prozent sicher, würdest du deine aufgestauten Emotionen an mir auslassen und mir ins Gesicht boxen. Aber ich mag meine Nase. Ich hänge in gewisser Weise an ihr. Also schweige ich.«

»Ich würde dich nicht schlagen.«

»Gib's zu. Du willst gerade auf irgendetwas einschlagen.«

»Weil ich nicht weiß, was ich verdammt noch mal machen soll!«, rief ich. »Ich bin mir ziemlich sicher, dass Austins Dad eine Schmutzkampagne starten will, um seinen eigenen Hintern zu retten. Und wenn Austin schwanger ist …« Ich setzte mich und schlug mir stöhnend die Hände vors Gesicht.

»Und wenn sie schwanger ist?«, hakte Lucas nach.

Ein Kribbeln überlief meinen Körper. »Dann würde ich mich wahnsinnig freuen«, gab ich schließlich zu. »Ich meine, ich werde schließlich nicht jünger.«

»Ich habe eine Falte in der Nähe deiner Oberlippe entdeckt. Darum solltest du dich schnellstens kümmern.«

»Du hast auch Lachfalten, Idiot.«

Er grinste. »Meine lassen mich sexy wirken, weil sie perfekt zu diesem Grübchen im Kinn passen.« Er zwinkerte mir zu. »Deine lassen dich alt wirken, ergo: Herzlichen Glückwunsch zum Baby.«

Ich versuchte, meine Vorfreude zu zügeln. Was unmöglich war. Als die Tür also aufging und Austin mit ungefähr sechs verschiedenen Schwangerschaftstests hereinkam, war ich bereit, ihr so viel Wasser zu geben, wie nötig war, damit sie sich endlich beeilen und auf den blöden Stick pinkeln konnte.

Austin verschwand im Bad und schloss die Tür hinter sich. Ich saß auf der Kante des Sessels, stand auf, setzte mich wieder.

»Jetzt bleib da hocken, verdammt noch mal.« Lucas legte mir die Hände auf die Schultern, damit ich nicht wieder hochschoss, dann nahm er sich ein Glas Wein, bevor er einen Schluck teuren Whiskey einschenkte und mir reichte. »Hier.«

Der Alkohol brannte sich mir die Kehle runter. Und drohte, sofort wieder hochzukommen, als Austin zwei Minuten später aus dem Bad auftauchte. Ich konnte ihre Miene nicht deuten. Dabei konnte ich das immer.

Im Raum herrschte komplette Stille. Ich hielt den Atem an, als Austin auf mich zutrat, den kleinen Stick hinter ihrem Rücken hervorholte und mir hinhielt.

Ich schaute darauf. »Heilige Scheiße.« Tränen schossen mir in die Augen. »Du bist schwanger.«

Sie nickte und schlang dann die Arme um mich. Ich hatte Angst, sie zu fest zu drücken. »Es tut mir so leid!«

»Warte mal, was?« Ich schob sie sanft von mir und küsste sie auf ihre feuchten Wangen. »Baby, was tut dir leid?«

»Ich weiß, das ist nicht Teil deines Plans, und du musst noch deine Studiengebühren zurückzahlen und …«

Ich brachte sie mit einem Kuss zum Schweigen. Dann hob ich sie in die Luft und wirbelte sie ein paarmal herum, bevor ich sie wieder abstellte. »Ich bin Arzt. Ich denke, wir kommen schon klar.«

Sie schnaubte. »Das weiß ich. Aber mein Dad, die Fotos … Die Leute werden dich erkennen und …«

»Darüber können wir uns später den Kopf zerbrechen.«

Sie nickte. Dann breitete sich ein wunderschönes Lächeln auf ihrem Gesicht aus. »Ich freue mich so. Warum freue ich mich so? Ich habe kaum meinen MBA, und ich habe noch nicht mal einen Job!«

»Hey.« Ich gab ihr einen Kuss auf die Nase und tippte mir dann gegen die Brust. »Arzt. Nicht, dass du zu Hause bleiben sollst. Du hast dir den Hintern aufgerissen, um deinen Abschluss zu machen, und möchtest arbeiten gehen. Ich will bloß sagen, immer, wenn du dir etwas in den Kopf gesetzt hast, hast du es geschafft. Und das hier ist nichts anderes. Außerdem haben wir einander.«

»Sorry. Es ist nur … Im Moment ist so viel los.«

Damit hatte sie allerdings recht.

Ich hatte bereits zwei Anrufe von Partnern aus der Praxis abgewiesen, die vermutlich die Fotos in den Nachrichten gesehen hatten und wissen wollten, was zum Teufel los war. Das letzte Mal, als ein Skandal unsere Praxis erschüttert hatte, war einer der Ärzte gebeten worden, sich zwei Monate freizunehmen.

Aber ich erwartete ein Baby. Zwei Monate? Auf keinen Fall. Ich brauchte meinen Job. Denn ich würde es nicht ein weiteres

Mal vermasseln. Ich würde nicht zulassen, dass das hier unangenehme Folgen für Austin hatte. Ich *musste* meinen Job behalten. Was bedeutete, ein Plan musste her.

Ich dachte an die Fotos, die ich in meinem Schlafzimmer aufbewahrte. Ein Anflug von Bedauern traf mich in die Brust. Mir würde übel, und mein Magen zog sich zusammen. Ich war nicht sicher, ob sie irgendetwas retten würden. Ich war mir nicht mal sicher, ob sie die Sache nicht noch verschlimmern würden. Aber ich musste es versuchen. War das nicht das, was Familien taten? Sie versuchten es. Sie brachten Opfer. Oder?

In dem Moment wusste ich: Für Austin würde ich alles tun. Alles aufgeben. Nur um sie zu beschützen. Um meine Familie zu beschützen.

Kapitel Achtunddreissig

Austin

Wir feierten die ganze Nacht, und Thatch erklärte uns Teile seines Plans, bevor er für eine gute Stunde mit Lucas verschwand, während ich mit Avery abhing und versuchte, mir Wege auszudenken, um meinen Dad zu Fall zu bringen.

Doch alles, was Avery und mir einfiel, ging nicht. Denn ehrlich, wer würde meiner Mutter glauben, wenn ihr Wort gegen das des Bürgermeisters stand? Vor allem mit Beweisen? Die Leute liebten einen saftigen Skandal, und auch wenn Thatch sie auf den Fotos nicht küsste, wirkte es, als beugte sie sich genau dafür gerade vor. Und sie hielten einander an den Händen. Es sah schlecht aus. Ich meine, ich kannte die beiden, und selbst ich hatte das Schlimmste angenommen.

Die Antwort war eigentlich ganz simpel. Ehrlich gesagt tauchte sie auf, als *Zoomania* im Fernsehen kam und Avery unsere Unterhaltung für den Shakira-Song unterbrach.

»Für einen Möhren-Rekorder-Stift würde ich töten«, gähnte ich und tauschte einen Blick mit Avery, bevor ich Thatch angrinste.

»Dieser Blick macht mir Angst.« Er rutschte von mir weg und kniff dann die Augen zu Schlitzen zusammen. »Was geht da in deinem hübschen Köpfchen vor?«

»Ich muss nur gerade denken, dass ich brillant bin.«

»Dem stimme ich zu, wenn ich ein ›Furcht einflößend‹ vor das ›brillant‹ setzen darf.« Er rückte wieder näher heran. »Okay, wie lautet deine Idee?«

»Braden.« Ich nickte. »Er weiß, was los ist. Ich wette, dass er und Dad eine Abmachung haben: Er geht mit mir aus, lässt uns gut aussehen, trennt mich von Thatch, dafür wird mein Dad ein gutes Wort für Braden einlegen. Er war kein so guter Student, dass er direkt nach dem College einen hoch bezahlten Anwaltsjob bekommen hätte. Er hat ständig von mir abgeschrieben. Ich meine, der Typ ist nicht dumm, doch ich wette, er hatte im Studium zu kämpfen.«

»Nein.« Thatch schüttelte den Kopf. »Auf keinen Fall. Du wirst nicht mit diesem Wichser sprechen. Außerdem ist bei eurem letzten Treffen Blut geflossen.«

»Stimmt.« Ich rieb mir die Hände. »Aber wenn ich ihm sage, dass ich die Nachrichten gesehen habe und verwirrt bin … und es mir leidtut … Ich wette, dass er mir dann gestehen würde, dass mein Dad ihm einen Job im Austausch gegen ein Date mit mir in Aussicht gestellt hat. Oder wenigstens im Austausch dafür, dass er mich ablenkt. Er mag es, so zu tun, als wüsste er alles. Er ist zu arrogant, um nicht damit anzugeben.«

»Mir gefällt das trotzdem nicht«, erklärte Thatch.

Lucas nickte. »Da stimme ich Thatch zu. Du bist immerhin mit seinem Kind schwanger.«

Ich verschränkte die Arme. Was zum Teufel hatte ein Baby damit zu tun? »Jungs, wir leben nicht mehr im siebzehnten Jahrhundert, das wisst ihr schon, oder?«

Die beiden ignorierten mich.

Avery ergriff das Wort. »Mal ehrlich …« Sie zuckte mit den Schultern. »Der leichteste Weg für dich, mit ihm zu reden, ohne es wirken zu lassen, als kämst du wieder bei ihm angekrochen, ist, so zu tun, als wärst du eine betrogene Frau, die Rache will.«

Wieder senkte sich Schweigen über den Raum.

»Was ist?« Sie steckte sich eine Mandel in den Mund. »Du hast doch erzählt, er ist arrogant. Dann wird es ihm gefallen, wenn du zu ihm kommst. Und, zack, er wird dir aus der Hand fressen. Bring einfach einen Möhren-Rekorder-Stift mit, und alles ist gut.«

»Oder dein iPhone. Das ist auch immer eine solide Wahl«, witzelte Lucas.

»Bitte.« Ich ergriff Thatchs Hand. »Ich will das geradebiegen. Ich … ich will diesen ganzen Scheiß hinter mir lassen. Ich will keinen weißen Lattenzaun und keinen Hund und keine zwei perfekten Kinder!«

»Hä?«, fragte Thatch in den Raum hinein. »Ist das bei einer Schwangerschaft normal?«

Avery tätschelte mir den Rücken. »Was sie auf ihre eigene verquere Art sagen will, ist, dass sie neu anfangen will. Dass sie eine Familie haben und mit dir glücklich sein will. Mit *dir*, nicht mit der *Vorstellung* von einem glücklichen Leben, die ihr als Kind eingeimpft worden ist. Verstehst du?«

Beide Männer nickten.

Während Avery und ich die Augen verdrehten und uns daranmachten, einen Plan zu schmieden.

* * *

»Ich sehe, du bist doch noch einsichtig geworden«, schnaubte Braden bei einem Martini. O Mann, selbst seine Art, zu trinken, weckte in mir den Wunsch, ihm irgendwas über den Kopf zu hauen.

Es freute mich, dass das blaue Auge, das ich ihm verpasst hatte, zwar verblasste, aber weiter zu erkennen war. Obwohl ich darauf gewettet hätte, dass er einen Abdeckstift benutzt hatte, um das Violett in ein gedämpftes Gelb zu verwandeln.

»Tja, was soll ich sagen?« Unsere Kellnerin trat an den Tisch, und ich bestellte einen Drink, von dem ich jetzt schon wusste, dass ich ihn nicht anrühren würde. »Ich bin sauer. Er hat mich betrogen. Er hat mich verfickt noch mal schon wieder betrogen!«

Braden verdrehte die Augen. »Hör auf, so theatralisch zu sein. Du weißt, dass es eine Falle war, oder? Dein Dad wollte, dass ich Thatch von dir fernhalte, damit er selber weiter Thatchs Mom vögeln kann, ohne dass du davon erfährst und ihm das kaputtmachst. Ich habe ihn nach allen schmutzigen Einzelheiten gefragt, vor allem weil ich mit meiner letzten Freundin wirklich glücklich war. Andererseits konnte sie mich nicht in die beste Anwaltskanzlei der Stadt bringen. Also habe ich getan, was ich konnte.«

Wow, das war beinahe schon zu leicht.

»Nun ja.« Ich trommelte mit den Fingerspitzen auf den Tisch und versuchte, möglichst still zu sitzen, da mein Handy auf »Aufnahme« stand. »Ich bin trotzdem sauer.«

Braden stürzte den Rest seines Drinks hinunter. »Ich weiß nur, dass sich dein Vater nächstes Jahr zur Wiederwahl stellt. Und er würde alles – *alles* – tun, um die zu gewinnen. Du weißt, dass er danach für den Senat kandidieren will.«

Ich bekämpfte die in mir aufsteigende Übelkeit. Ich liebte meinen Dad. Wirklich. Er war mein Vater. Er würde immer mein Vater bleiben. Doch manchmal war er einfach zu viel. Und seitdem der ganze Mist hochgekocht war, fiel mir auf, dass die Liebe zwischen uns immer einseitig gewesen war. Ich tat Dinge für ihn, und wenn ich sie gut machte, bekam ich seine Liebe.

Wenn ich sie schlecht machte? Dann wurde ich ignoriert. Kein Wunder, dass ich so mit meiner Unsicherheit zu kämpfen gehabt hatte, was Thatch anging.

»Er wäre ein toller Senator. Sind die nicht dafür bekannt, ihre Ehefrauen zu betrügen?«

Branden grinste mich an. »Da ist aber jemand verbittert. Hör mal, nach dem, was dein Dad mir erzählt hat, läuft das mit den beiden seit zwei Monaten.«

Ich dachte an Thatchs Dad. An den Geruch von Whiskey, an den gierigen Blick, die Worte, mit denen er das, was vor sich ging, Thatch gegenüber beschrieben hatte. Und ich dachte an seine Mom. Die Frau, die ich bisher nicht kennengelernt hatte.

Seufzend stand ich auf. »Danke, Braden. Brauchst du immer noch eine Begleitung für die Spendengala?«

Das war ein Olivenzweig. Ich wollte nicht mit ihm gehen. Aber ich war mir auch nicht sicher, was mit ihm passieren würde, sollte mein Vater entdecken, dass er die Quelle war.

»Als wir uns das letzte Mal unterhalten haben, hast du mir ins Gesicht geboxt«, sagte er trocken. »Und versteh mich nicht falsch, aber du hast wirklich zugenommen. Vielleicht solltest du das Kardiotraining wieder aufnehmen, hm?«

Es juckte mich in den Fingern, ihn erneut zu schlagen. Doch schnell wurde meine Verärgerung durch Freude ersetzt. »Das ist mir auch aufgefallen. Und es ist okay für mich.« Ein Baby brauchte schließlich, was es an Nährstoffen kriegen konnte. »Auf Wiedersehen.«

»Warte!« Er stand auf. »Das ist alles? Ich dachte, du wolltest mit mir rummachen oder so.«

Ha. Nein. Einfach nein. »Sorry.« Ich zuckte die Achseln. »Mir ist ein wenig übel.«

Auf dem gesamten Weg nach draußen lächelte ich.

Kapitel Neununddreissig

Thatch

»Wenn wir den Scheißkerl nicht gebraucht hätten, hätte *ich* ihm ins Gesicht geschlagen«, verkündete ich durch zusammengebissene Zähne, als wir uns langsam fürs Bett fertig machten. Das Badezimmer war so groß, dass wir uns beide darin bewegen konnten, ohne einander zu berühren, und irgendwie störte mich das, denn ich liebte es, Austins Wärme zu spüren, zu wissen, ich musste nur die Hand ausstrecken, und sie war da.

Ich hatte mich in ein totales Weichei verwandelt. Und ich hatte es überhaupt nicht kommen sehen.

Austin stemmte die Hände in die Hüften und schüttelte den Kopf. »Das hast du jetzt mindestens fünf Mal gesagt.«

»Es war beim ersten Mal wahr, und das ist es immer noch.« Ich betrachtete meine zitternden Hände und ballte sie zu Fäusten. »Zu wissen, dass er dich je geküsst, je angefasst hat …«

»Ganz ruhig, Cowboy.« Austin stand plötzlich vor mir und zog auf eine Weise an meinen Haaren, die mich ganz wild machte. Sie schlang die Arme um mich und gab mir einen Kuss auf den Mund. »Ich gehöre dir. Außerdem …« Wir beide schauten nach unten, als sie sich meine Hände auf ihren Bauch legte. »Wir sind jetzt bald eine Familie. Jedes Mal, wenn du mich küsst oder berührst, könnte ich platzen vor Glück. Ich liebe dich. Das hier, das, was wir haben, ist es wert, dass wir darum kämpfen. Selbst wenn wir dafür gegen unser eigen Fleisch und Blut antreten müssen.«

Ich zitterte am ganzen Körper.

Ich war mir nicht sicher, wie das aussehen würde. Das einzige Modell, das meine Eltern mir gezeigt hatten, war »Betrüge oder werde selbst betrogen«. Und auch wenn ich wusste, dass sie mich irgendwie schon liebten, hatten sie beschlossen, das hauptsächlich aus der Ferne zu tun.

Meinen Vater traf ich nur selten, und die paar Male, bei denen sich unsere Wege in der Öffentlichkeit gekreuzt hatten, hatte er vor anderen gesagt, dass er stolz auf mich sei. Aber im Privaten? Das war eine komplett andere Geschichte. Er war ständig enttäuscht, dass ich nicht in seine Fußstapfen trat, und hielt sich mit kränkenden Kommentaren über mein Fachgebiet nicht zurück.

Und meine Mom hatte aufgehört, meine Anrufe entgegenzunehmen, sobald sie erfahren hatte, dass der gute alte Dad bei mir gegenüber eingezogen war und ihre schmutzigen Geheimnisse verraten hatte. Selbst wenn ich mich von meiner Mutter distanziert hatte, rief ich sie an Feiertagen immer noch an. Oder wenn ich einen neuen Job antrat. Ich hatte sie auch angerufen und ihr dafür gedankt, dass sie zu meiner College-Abschlussfeier gekommen war. Aber seit mein Dad gegenüber von mir wohnte, hatte ich mich anscheinend »für eine Seite entschieden«. Und nun schloss sie mich komplett aus ihrem Leben aus.

Was ich damit sagen wollte? Ich fühlte mich erneut von ihr im Stich gelassen, und das war nicht fair von ihr. Die gesamte Situation mit meinen Eltern war lachhaft. Und ich war endlich darüber hinweg.

Seufzend küsste ich Austin zärtlich auf die Lippen und spreizte meine Finger auf ihrem flachen Bauch. Ich fragte mich, ob mich das Baby spüren konnte. Ob es wusste, dass ich es selbst jetzt schon mehr als alles auf der Welt liebte.

Tränen brannten mir in den Augen.

Ich war nie ein besonders emotionaler Typ gewesen. Ich hatte immer geglaubt, Gefühle wären ein Zeichen der Schwäche, und meine Eltern waren beide auf ihre Art emotionale Terroristen. Sie warfen Atombomben aufeinander, ohne sich Gedanken darüber zu machen, wer dabei verletzt werden könnte – oder dass der Mensch, der am meisten darunter litt, ihr einziger Sohn war.

»Thatch?«, fragte Austin leise.

»Ja?«

Wir lösten uns voneinander.

»Ich möchte mit meinem Dad reden, bevor das alles rauskommt.«

Alles in mir wollte schreien: *Nein!* Ich wollte sie warnen, dass er versuchen würde, sie zu manipulieren, so wie er es mit allen tat – wie er es ihr ganzes Leben lang getan hatte –, aber was sollte ich tun? Er war ihr Vater, und ich war bloß ihr Freund. Ein Freund mit ausgeprägtem Beschützerinstinkt. Außerdem war Austin zäh.

Ich nickte kurz. »Wenn du das musst.«

»Es ist nur …« Tränen stiegen ihr in die Augen. »Ich will, dass er die Wahrheit sagt. Wenn er die Affäre zugibt und verspricht, dass er den Shitstorm in den Medien bremst, müssen wir das alles gar nicht durchziehen, verstehst du? Ich habe einfach das Gefühl, ihn zu ›lebenslänglich‹ zu verurteilen, ohne überhaupt gehört zu haben, ob er gewillt ist, sich schuldig zu bekennen.«

Damit hatte sie recht. Verdammt noch mal. Es war nicht fair, ihm die Schuld an allem zu geben, ohne vorher mit ihm zu reden. Ich wusste aus erster Hand, wozu eine durchgedrehte Familie einen treiben konnte.

In die Einsamkeit. In die Verzweiflung. Habe ich schon die Einsamkeit erwähnt?

Die muss aus offensichtlichen Gründen zweimal genannt werden. Ich hätte Austin beinahe verloren und hätte in diesem Moment in meiner persönlichen Hölle gelebt, wenn sie mir nicht in den Hintern getreten und dafür gesorgt hätte, dass ich wieder Vernunft annahm.

»Weißt du, ich hasse es, es zuzugeben, wenn du recht hast, aber …«, ich verzog das Gesicht, »das hast du vermutlich.«

Sie strahlte. »Ich liebe es, das aus deinem Mund zu hören.«

»Gewöhn dich bloß nicht dran«, murmelte ich. »Soll ich mit dir mitkommen?«

»Vielleicht. Ich weiß es nicht …« Sie zuckte mit den Schultern. »Vielleicht könntest du im Auto warten? Nur für den Fall, dass er ausflippt und wir einen Fluchtwagen brauchen.« Wenn der Mann ihr bloß ein Haar krümmte, würde es für ihn schwierig werden, nicht im Gefängnis zu landen.

»Den Fluchtwagen fahren.« Ich nickte. »Verstanden.«

Ich hatte keine Ahnung, was ihr Dad tun würde, war mir allerdings ziemlich sicher, dass es Geschrei und verletzte Gefühle geben würde. Aber ich konnte nicht einfach losziehen und das Leben dieses Mannes ruinieren – selbst wenn er versuchte, meines zu zerstören –, ohne ihm die Möglichkeit zu geben, Abbitte zu leisten.

Oder? Es war nur fair, dass Austin ihm eine Chance gab. Die Chance, die ich meinen Eltern nie gegeben hatte.

»Hey.« Austin schlang mir die Arme um die Taille. »Der Blick gefällt mir nicht. Willst du ein Mountain Dew?«

»Ernsthaft? Du glaubst, damit geht es mir besser?«

Sie nickte energisch. »Oder einen MoonPie. Davon habe ich auch noch welche.«

»Ach ja?«

»Gewürzgurken!«, rief sie direkt vor meinem Gesicht. Dann flüsterte sie: »Ups. Ich meinte, Gewürzgurken. Ich habe gehört, dass die gut sind, und, äh …«

»Ist das deine Art, mich zu bitten, dir Gewürzgurken und MoonPies zu kaufen, weil du weißt, dass wir nichts davon im Haus haben?«

Sie lächelte wieder. »Gute Ärzte kümmern sich um ihre Patienten.«

»Du weißt aber schon, dass ich nicht so ein Arzt bin, oder? Ich schüttle keine Kissen auf und füttere dich nicht mit Junkfood. Das solltest du wissen, da du mich schließlich die letzten drei Wochen bei der Arbeit begleitet hast. Was hast du dir in der Zeit nur für Notizen für deinen Blog gemacht?«

»Sehr akkurate Zeichnungen von deinem Hintern.« Sie zwinkerte. »Und oft kritzle ich einfach bloß herum. ›Austin liebt Thatch.‹ Und dann male ich kleine Herzen um unsere Namen. Wenn es nicht so gelaufen ist, wie ich wollte, bin ich einfach nackt durch deine Wohnung getanzt, wenn du nicht da warst, und habe einen Liebeszauber über dich geworfen.«

Ich bemühte mich, nicht die Augen zu verdrehen. »Das ist überhaupt nicht seltsam.«

»Ich bin so froh, dass du das auch so siehst.« Sie fing an, meinen Hals zu küssen, sodass es mir unmöglich war, klar zu denken. Dann fehlte mir auf einmal mein Hemd, meine Hose hing am Türknauf, und ich wurde von einer sehr entschlossenen schwangeren Lady mit festem Griff verführt.

»Austin.« Ich zuckte in ihrer Hand.

»Darum kümmere ich mich.« Sie beugte sich vor.

»Nein, du bist schwanger und …«

Das war nur ein Witz. Alle Gedanken verließen mein Gehirn, als ich ihren Mund, ihre Hitze, ihre Zunge spürte.

Mit einer Hand hielt ich mich am Waschbecken fest, während Austin mich weiter folterte, und als ich glaubte, es nicht mehr ertragen zu können, zog ich sie auf die Füße und drückte sie gegen die Tür. Dann nahm ich ihren Mund, bis sie anfing zu wimmern.

»Jetzt bin ich dran«, flüsterte ich rau an ihrer Kehle, während ich ihre Shorts nach unten schob und ihre Mitte fand.

Ihre Hüften zuckten vor, und sie schlug mir leise lachend auf die Hand. »Du bringst mich noch um.«

»Gut so.« Ich öffnete die Badezimmertür und trug Austin zum Bett. In der Minute, in der ihr Rücken die Matratze berührte, versenkte ich mich in ihr und betrachtete die umwerfende Frau, mit der ich den Rest meines Lebens verbringen wollte.

Der Gedanke traf mich wie ein Lastwagen. Es hatte nichts mit dem Baby zu tun. Sondern einzig und allein mit ihr. Ich hatte sie von Anfang an haben wollen. Und so unglaublich das auch klingen mochte, jetzt wollte ich sie noch mehr. Ihr sanftes Stöhnen, während ich sie liebte, war das Einzige, was mich davon abhielt, den Verstand zu verlieren, mich von der Klippe zu stürzen, auf die Knie zu fallen und ihr einen Antrag zu machen.

Jetzt war nicht der richtige Zeitpunkt. Das schien mein neues Motto zu sein. Aber in diesem Moment hielt ich mich nicht deswegen daran, weil ich mich vor dem fürchtete, was meine Worte anrichten würden.

Bis ich Austin kennengelernt hatte, hatte ich nicht gewusst, wie viel Schönheit im Chaos zu finden ist.

Wir hatten das Chaos überlebt.

Das Mindeste, was ich tun konnte, war, ihr einen perfekten Antrag zu machen.

Kapitel Vierzig

Austin

Ich wollte nicht um den heißen Brei herumreden, und so fühlte ich mich, als ich auf das Haus zuging – das Haus, aus dem ich ausziehen würde, sobald das alles hier vorbei war –, innerlich leer.

Das Haus, in dem ich aufgewachsen war, war nie wirklich mein Zuhause gewesen. Nur ein Platz, an dem ich meine Klamotten lagerte. Ich hatte mich in diesem riesigen Haus immer leer gefühlt, bloß war mir bisher nie aufgefallen, *wie* leer. Ich hatte mit einer Art Trauer gerechnet, einem anderen Gefühl, irgendetwas. Doch stattdessen war es, als ginge ich auf das Haus eines Fremden zu.

Thatchs Wohnung fühlte sich mehr wie ein Zuhause an, und zum ersten Mal, seitdem ich das von meinem Dad und meiner Mom herausgefunden hatte, war ich traurig. Traurig, dass mein Dad unserer Familie das angetan hatte. Traurig, dass er, um seinen Hintern zu retten, nur die Möglichkeit gesehen hatte, jemandem die Schuld zu geben, den er hätte beschützen sollen – meine Mutter. Und generell traurig, weil ich ein neues Leben in die Welt bringen würde und, soweit es mich betraf, mein Vater, wenn er sich nicht entschuldigte, nichts von seinem Enkelkind haben würde.

Als meine Hand an den Türgriff stieß, juckte es mich in den Fingern, anzuklopfen. Ich wusste, dass Dad zu Hause war, denn ich hatte ihm vorhin eine Nachricht geschrieben, dass ich mich mit ihm treffen wollte.

Mom war weg – sie würde ich später sehen. Am Telefon hatte sie nur geweint und sich entschuldigt – als wäre es ihre Schuld.

Wir hatten zwei Stunden lang geredet, und sie hatte mir gestanden, dass sie schon länger vermutete, dass mein Dad eine Affäre hatte. Und wann immer sie den Mut aufgebracht hatte, ihn damit zu konfrontieren, schien mein Dad mit seinem sechsten Sinn gespürt zu haben, dass etwas nicht stimmte, und er war immer nach Hause gekommen und hatte ihr Blumen mitgebracht oder sie zum Essen ausgeführt und alles wieder gut gemacht. Meine Mom hatte sich gesagt, dass es nur eine Phase gewesen sei.

Arme Mom. Sie hatte noch heftiger geweint, als sie gestand, ihm eines Tages zu einer seiner Verabredungen gefolgt zu sein. Der Apfel fällt anscheinend wirklich nicht weit vom Stamm.

In dem Moment erkannte ich endlich, dass meine Mom die Fassade nicht wahrte, weil sie es liebte, ein Leben zu führen, das die perfekte Illusion war. Sondern weil sie mich beschützen wollte.

Genau wie Thatch.

Aber manchmal war Liebe nicht genug. Ihre Liebe zu meinem Dad hatte nicht gereicht, um ihn davon abzuhalten, sie zu betrügen.

Und vielleicht war das wirklich Kranke an allem, dass mein Dad uns auf seine Weise liebte. Bloß einfach nicht genug, um unsere Bedürfnisse über seine zu stellen. Ich weigerte mich, so zu lieben – mit nur einem Teil meines Herzens. Vielleicht hatte ich mich deshalb auch geweigert, Thatch gehen zu lassen. Er hatte mein Herz gestohlen und es mir nie zurückgegeben. Also hatte ich um ihn gekämpft. Und ich wollte gerne glauben, dass wir beide dabei gewonnen hatten.

Ich drehte den Türknauf und erschauerte, als ich das Haus betrat und meinen Dad am Frühstückstresen sitzen sah. Er trank einen Kaffee und las Zeitung. Wie oft hatte ich ihn morgens nach dem Aufstehen so gesehen? Und wie oft hatte ich lediglich eine Nachricht vorgefunden, dass er das Haus bereits verlassen hätte?

Es hatte nicht genügend Tage gegeben, an denen er an diesem Tisch gesessen hatte. Und zu viele, um sie zu zählen, an denen er nicht da gewesen war.

»Dad«, krächzte ich.

Er drehte sich um. Seine Augen wirkten traurig, und dann wurde der Ausdruck von eiserner Entschlossenheit ersetzt. »Du hättest es besser wissen müssen.«

»Wow.« Ich hob abwehrend die Hände. »Ich liebe dich auch?«

»Ich habe dir gesagt, dass dieser Kerl nur Probleme bedeutet. Und jetzt sieh ihn dir an. Er schläft sowohl mit meiner Frau als auch mit meiner Tochter.«

Das war eine Lüge. Das wusste ich. Und er wusste es ebenfalls.

»Ich bin über alles im Bilde.« Ich griff nach seiner Hand.

Er zog sie zurück. »Ich habe keine Ahnung, wovon du redest.« Er blickte auf seine Armbanduhr. »Ich habe in ein paar Minuten ein Meeting. Wolltest du sonst noch etwas?«

Ich atmete tief durch. »Sag mir die Wahrheit. Das ist alles, was ich will.«

Er schaute in seinen Kaffee, dann stand er auf. »Die Wahrheit ist, dass deine Mutter mir untreu ist.«

»Dad.« Mein gesamter Körper spannte sich an, doch ich bemühte mich, es mir nicht anmerken zu lassen. »Du weißt, dass sie dich nicht betrügt.«

»Nein.« Er schüttelte wild den Kopf. »Das tut sie. Das glaubt jeder, und so wird es bleiben.«

Er wandte sich zum Gehen.

»Ist es das wert?«, richtete ich meine Frage an seinen Rücken. »Der Bürgermeister zu sein? Für ein offizielles Amt zu kandidieren? Ist es das wert, darüber seine Familie zu verlieren?«

Kurz ließ er den Kopf hängen, dann richtete er sich wieder auf und rief mir über die Schulter zu: »Ich liebe dich wirklich, Baby.«

»Beweise es«, flüsterte ich.

Seine Antwort war Schweigen, und dann fiel die Haustür ins Schloss. Ich weinte nicht. Ich wollte es, aber er war meine Tränen nicht wert.

Stattdessen wartete ich einen Moment in der angespannten Stille, dann ging ich ganz langsam in mein Zimmer und fing wie betäubt an, meine Sachen in Kartons zu packen.

Es fühlte sich an, als wäre meine Kindheit zerschmettert worden, und ich hatte keine Ahnung, warum. Ich meine, es war ja nicht so, als wäre mein Familienleben bisher perfekt gewesen und als wäre die rosarote Brille nun zu Boden gefallen und er hätte sie unter seinem Schuh zertreten.

Eine tiefe Traurigkeit erfüllte mich. Der Entschlossenheit folgte. Entschlossenheit, es besser zu machen. Entschlossenheit, meinem Kind ein Leben voller Liebe und Glück zu bereiten. Ich würde meinem Kind keine Geschenke mitbringen, wenn ich zu lange arbeitete, oder es auf lustige Kurztrips mit seinen Freunden schicken, weil ich mir keine Zeit für einen Familienurlaub nehmen konnte.

Als ich mir die Fotos in meinem Zimmer anschaute, fand ich es seltsam tröstlich, dass ich auf beinahe jedem mit Avery, und manchmal sogar zusätzlich mit Lucas, zu sehen war.

Und dann war da noch Thatch. Das fehlende Puzzlestück.

Ich nahm einen alten Teddy und warf ihn in den Karton mit Sachen, die ich der Wohlfahrt spenden wollte.

Und dann holte ich mir eine andere Kiste, die ich für den Fall, dass ich mal ausziehen würde, in meinem Zimmer stehen hatte, und begann langsam, Schuhe, Klamotten, Fotos, die Dinge aus meinem Leben hineinzulegen, die es wert zu sein schienen, für später aufbewahrt zu werden. Für mein neues Leben mit Thatch.

Ich merkte erst, dass ich weinte, als starke Hände meine Taille umfassten und mich auf den Teppichboden zogen. Thatch hielt mich für mindestens eine halbe Stunde auf dem Schoß, während ich den Rest der Tränen weinte, die mein Dad verursacht hatte. Als ich blinzelnd zu Thatch aufschaute, war sein Gesicht so voller Zärtlichkeit, so wunderschön.

Ihr sollt wissen, dass man die Liebe seines Lebens nach einem One-Night-Stand und einem verrückten Mario-Kart-Rennen finden kann.

»Es tut mir leid.« Sanft küsste er mich auf die Stirn. »Warum schnappen wir uns nicht einfach nur, was du brauchst, und um den Rest kümmerst du dich später?«

Nickend nahm ich seine Hand und ließ mir von ihm aufhelfen.

Lächelnd schaute er sich in meinem Zimmer um und lachte dann laut los.

»Hey? Was ist so lustig?«

»Du Lügnerin!« Er trat an eine meiner Pinnwände mit Postern. »Du wusstest, wer Enrique Iglesias ist!«

Ich sah ihn aus großen Augen unschuldig an. »Wer ist dein Held, Baby?«

»Okay, das reicht.« Er packte mich, hob mich hoch und fing an, mich zu kitzeln. »Du hast behauptet, du würdest das Lied nicht kennen!«

»Ich wollte doch nur gucken«, erklärte ich lachend. »Ob du es singen würdest.«

»Ich war betrunken!«

»Du warst bezaubernd.«

»Ich habe mich den ganzen Vormittag übergeben.«

Ich krauste die Nase. »Tja, okay, der Teil war vielleicht nicht ganz so bezaubernd.«

»Du bist ein schrecklicher Mensch, das weißt du, oder?« Immer noch grinsend setzte er mich ab. Seine blonde Surfermähne fiel ihm über die hohen Wangenknochen.

»Du liebst mich trotzdem.«

»Stimmt.«

»Und du bist wirklich mein Held.«

»Nein.« Seine Miene wurde ernst. Er gab mir einen Kuss auf die Lippen und berührte dann meinen Bauch. »Du bist meine Heldin.«

Kapitel Einundvierzig

Thatch

»Ich glaube, ich muss mich übergeben«, meinte Austin neben mir. Sie trug ein wunderschönes schwarzes Kleid, das ihre Kurven betonte. Es war aus Spitze und verdrehte mir wirklich den Kopf, denn durch die Spitze blitzte ihre cremeweiße Haut hindurch. Wenn unser Fahrer sie noch ein einziges Mal anschauen würde, müsste ich ihm die Nase brechen.

Ich war quasi über Nacht sehr besitzergreifend geworden. Ach, was redete ich? Was Austin anging, war ich schon *immer* besitzergreifend gewesen. Ich hatte dem Gefühl nur nie so sehr nachgeben wollen wie in diesem Moment.

»Du siehst umwerfend aus«, redete Avery ihr gut zu. Sie trug ein kurzes rotes Kleid, das ständig ein wenig hochrutschte, sodass Lucas jedes Mal, wenn er den Blick senkte, Schwierigkeiten hatte, normal zu atmen.

Wir hatten beschlossen, eine Limousine zu mieten, um zu der Wohltätigkeitsgala von Austins Vater zu fahren. Anstatt uns während des tobenden Presserummels zu verstecken, fanden wir es besser, Einheit und Stärke zu demonstrieren.

Es war eine Woche her, dass die Nachricht über mich und Austins Mom öffentlich geworden war, aber ohne weitere

Beweise gab es bloß Spekulationen – was, wie ich vermutete, genau das war, was Austins Dad beabsichtigt hatte. Es waren ausreichend Spekulationen, um seine Frau schlecht dastehen zu lassen und den Eindruck zu vermitteln, er wäre derjenige, dem unrecht getan worden war, sodass er auf der Welle in die Wiederwahl segeln konnte.

Ein zweites Mal an diesem Abend betastete ich die Innentasche meines Sakkos, nur um sicherzugehen, dass das, was ich brauchte, noch da war. Ich lächelte, als ich die vertraute Form spürte.

Der heutige Abend würde auf mehreren Ebenen episch werden.

In der Minute, in der ich Austin aus der Limousine half, blitzten die Kameras auf, und Reporter riefen uns Fragen zu in dem Versuch, herauszufinden, was wir hier gemeinsam machten.

Ich ignorierte sie und beschloss, Austin einmal voll auf den Mund zu küssen, bevor ich ihr zwei Küsse auf die Stirn gab und sie sich bei mir unterhakte.

Die Kameras blitzten noch mehr.

Avery und Lucas bildeten die Nachhut unserer kleinen Gruppe, und als wir endlich drinnen waren, fühlte es sich an, als wäre mir ein Felsbrocken von den Schultern genommen worden.

Austins Mom wartete mit einem Glas Champagner in der Hand auf uns. Sie sah sehr schön aus, aber sie war nicht Austin. Sie lächelte uns beide an und ging dann direkt auf Austin zu, um sich bei ihr unterzuhaken, als wollte sie sagen: *Wir sind ein Team.*

Ich fürchtete, dass Austin anfangen würde zu weinen. Doch sie ging bloß mit stolz erhobenem Kopf an unseren Tisch.

Wo, Wunder über Wunder, Austins Dad saß und über Geschäftliches sprach. Als er seine Frau mit mir und Austin zusammen erblickte, sah er aus, als würde er sich jeden Moment übergeben.

Ich glaube allerdings, der beste Teil, der allerallerbeste Teil, war der Moment, in dem Austins Mom laut sagte: »Honey! Das ist Dr. Holloway. Du weißt schon, der Arzt, zu dem du mich für die OP geschickt hast, die ich deiner Meinung nach an mir durchführen lassen sollte.« Sie sprach so laut, dass es unmöglich war, sie nicht über die leise Hintergrundmusik hinweg zu hören. Sie wandte sich an mich. »Es war so nett von Ihnen, mich außerhalb Ihrer Praxis zu treffen, weil ich Sorgen um meine Privatsphäre hatte.«

»Jederzeit gerne.« Ich nickte. »Und ich muss Ihnen ebenfalls danken.«

»Ach ja?« Sie hob die Augenbrauen. »Wofür, mein Lieber?«

»Dass Sie mir die Erlaubnis gegeben haben, mit Ihrer Tochter auszugehen.«

Der Ausdruck auf Bürgermeister Rogers' Gesicht war unbezahlbar. Seine Miene wechselte von Wut zu einem gezwungenen Lächeln. Er nickte seiner Frau zu. »Ach ja?«

»Nun …« Sie zwinkerte Austin und mir zu. »Als Sie mir gesagt haben, dass Sie Austin lieben, war ich hocherfreut, dass sie endlich jemanden wie Sie gefunden hat.«

Das Publikum lauschte wie gebannt. Saugte jedes Wort in sich auf. Und es gab nichts, was Bürgermeister Rogers dagegen unternehmen konnte.

Lucas hüstelte hinter mir.

»Oh, sorry, wir holen uns schnell ein Glas Champagner.« Ich beugte mich vor und gab Austins Mom einen Kuss auf die Wange. »Ich danke Ihnen. Bürgermeister.« Ich nickte ihm zu und hielt Austin dabei so nah bei mir, wie es nur möglich war. »Ich wünsche Ihnen heute Abend viel Spaß.«

»Den werde ich haben.« Mit seinem perfekten Lächeln sah er aus, als wäre er bereit, noch ein Foto für die Presse zu machen.

»Wenn ich Sie wäre, würde ich diesen Moment genießen.« Ich neigte den Kopf ein wenig. »Man kann nie wissen, was der nächste Tag bringt, richtig?« Ich zwang mich zu einem arroganten kleinen Lachen, während es um den Mund von Austins Vater leicht zuckte und er die Stirn ein wenig in Falten legte.

Ehrlich, in diesem Moment tat er mir wirklich leid.

Was hatten Geld und Popularität für einen Sinn, wenn man niemanden hatte, der zu Hause auf einen wartete? Wenn der Ruf, den man sich sein ganzes Leben lang aufgebaut hatte, über Nacht verschwand? Wenn man den Job verlor, dem man seine Familie geopfert hatte, und mit nichts zurückblieb?

Sein erstes Enkelkind war unterwegs. Und er wusste es nicht einmal.

Ich vermutete, selbst wenn wir es ihm erzählt hätten, hätte er es bloß dazu benutzt, noch mehr Aufmerksamkeit zu erlangen und von dem drohenden Skandal abzulenken.

Er flüsterte seiner Assistentin etwas ins Ohr. Es war egal, ob er heute Abend herausfand, was morgen in den Zeitungen stehen würde. Sie waren bereits gedruckt.

Als wir außer Hörweite waren, sagte Austin: »Du hast es nicht getan.«

»Was?« Wir blieben stehen, und Lucas und Avery schlüpften an uns vorbei, um sich etwas zu trinken zu holen. »Wovon redest du?«

Austin richtete ihre blauen Augen auf mich. Sie war so schön, dass es wehtat. »Dir haben alle aus der Hand gefressen. Außerdem hattest du die Fotos und die Aufnahme in deiner Tasche. Du hättest ihn zerstören können.« Sie stieß mir mit dem Finger gegen die Brust und runzelte dann die Stirn. »Also, ich glaube zumindest, dass du das alles dabeihast, denn du hast ständig deine Innentasche betastet und …«

Ich ließ mich auf ein Knie sinken.

Austin keuchte auf.

Avery richtete ihr Handy auf uns, um alles aufzunehmen, worum ich sie gebeten hatte, während Lucas den Champagner für unsere kleine Feier bereithielt – und für Austin ein Mineralwasser.

Sehr viel Wasser.

Und wenn sie Ja sagte, bekäme sie vielleicht einen Schluck Mountain Dew. Gott mochte mich vor einem Kind schützen, das so zuckersüchtig wäre wie seine Mama.

»Austin ...« Ich fasste in meine Tasche, an dem Zeitungsartikel von morgen vorbei, in dem die ganzen schmutzigen Geheimnisse des Bürgermeisters verraten wurden, und ergriff das kleine Samtkästchen. »Ich muss dir etwas sagen.«

Langsam bildete sich eine Menschentraube um uns. Aus dem Augenwinkel sah ich gezückte Handys, von einem Ohr zum anderen grinsende Menschen und Avery, die entweder kurz davor war, sich in die Hose zu machen, oder vor Aufregung einfach nicht still stehen konnte.

»Wirklich?« In Austins Augen schimmerten Tränen.

»Ja.« Ich behielt das Kästchen in der Hand. »Aber ich fürchte mich ein wenig davor, dass du mir sagen wirst, es sei eine schreckliche Idee, dass wir uns erst seit drei Monaten kennen, dass wir die Sache überstürzen. Also dachte ich, ich führe erst einmal all die Gründe auf, aus denen du nicht Ja sagen solltest.«

Sie runzelte die Stirn.

»Wenn ich betrunken bin, singe ich Enrique Iglesias. Das ist nicht schön. Doch ich schwöre, ich will wirklich dein Held sein. Und zwar an jedem einzelnen Tag meines Lebens.« Sie wischte sich eine Träne fort. »Ich kann Limonade nicht ausstehen, und ich schwöre, jedes Mal, wenn du Mountain Dew trinkst, streckt eine gesunde Zelle in meinem Körper einfach die Waffen und stirbt.« Sie versteckte ihr Gesicht hinter ihren Händen und kicherte. »Ich wusste nicht mal, dass MoonPies existieren, bis ich dich kennengelernt habe – und wenn ich jetzt zum Mond hinaufschaue, sehe ich immer nur dich. Es ist eine schreckliche Idee, mich so besessen von dir zu machen, dass mich alles an dich erinnert.« Das war nicht wirklich ein Grund, aber es musste mal gesagt werden. »Wir kennen einander seit drei Monaten. Ganze drei Monate, von denen wir einen Teil getrennt verbracht haben. Und das waren die schlimmsten vier Wochen meines Lebens. Ich würde sterben, wenn ich das je wieder durchstehen müsste.« Ich seufzte und gab ihr einen Kuss auf die Handfläche. »Ich arbeite. Viel. Ich streite mich. Ich hasse Unordnung. Und ich hänge in meinem Junggesellenverhalten fest.« Sie nickte. »Ich kann nicht Fahrrad fahren.« Jemand keuchte auf. »Und ja, ich hasse Eiscreme wirklich.«

Noch ein Keuchen. Wirklich, Leute?

»Wenn du ein Haustier haben willst, muss es eine App auf meinem Handy sein, sonst wird es vermutlich sterben, weil ich vergesse, es zu füttern.«

»Das stimmt«, flüsterte sie.

»Und was am wichtigsten ist: Ich habe dir das Herz gebrochen. Ich habe dich glauben lassen, dass ich dich nicht liebe, obwohl genau das Gegenteil wahr ist. Ohne dich hat mein Herz Probleme, richtig zu funktionieren, und ich kann mir kein Leben vorstellen, in dem ich nicht deine Hand halten und mich fragen kann, ob die Hand von unserem Sohn oder unserer Tochter genauso aussehen wird.« Tränen liefen ihr über die Wangen. »Ich hoffe, dass meine Liebe zu dir all diese Gründe übertrumpft, aus denen wir das hier nicht tun sollten, damit du, wenn du Ja sagst, es auch meinst und nicht anfängst, alle Neins überzuanalysieren, weil ich das bereits für dich getan habe.«

»Ja.«

»Ich war noch nicht fertig.«

»Doch.« Sie zog mich auf die Füße und gab mir einen Kuss auf den Mund. Die Umstehenden applaudierten, dabei hatte ich ihr bisher nicht mal den Ring gezeigt. »Ich liebe dich, Thatch Holloway.«

»Ich liebe dich ebenfalls, Austin Rogers.« Ich schluckte den Kloß in meiner Kehle hinunter, als mir ein Glas Champagner und Austin ein Glas Wasser in die Hand gedrückt wurde.

»Der Ring.« Avery trank einen großen Schluck aus ihrem Glas. »Zeig ihr den Ring.« Sie seufzte. »Er ist umwerfend.«

Ich streckte meine rechte Hand aus und öffnete das Kästchen mit der linken. Zum Vorschein kam ein schlichter, zweikarätiger Diamant im Smaragdschliff an einem dünnen Reif aus Weißgold.

Austin fielen beinahe die Augen aus dem Kopf. »Das ist …« Sie schlug sich die Hand vor den Mund. Ich nahm sie herunter und steckte ihr den Ring auf den Finger.

»Er passt perfekt«, flüsterte ich.

Sie nickte und zog mich dann fest an sich. »Wann hast du das alles geplant?«

»Als du weinend in deinem Zimmer gesessen hast und dein Dad sich wie ein Arschloch verhalten hat, beschloss ich, dass es am besten wäre, wenn wir unser gemeinsames Leben jetzt sofort anfangen. Ich liebe dich. Du liebst mich. Es gibt keinen Grund, es nicht zu tun. Außerdem, wie könnten wir es deinem Dad besser zeigen? Indem wir uns nicht auf sein Niveau hinunterbegeben, sondern seiner Hässlichkeit unsere Liebe entgegensetzen.«

»Weißt du, du bist ein ziemlich kluger Mann.« Austin lachte.

Ich hob eine Augenbraue. »Du solltest mich besser heiraten, damit wir kluge Kinder kriegen, die sich um uns kümmern können, wenn wir älter sind.«

»Denn das ist der wahre Grund, aus dem man heiratet«, warf Lucas ein.

Ich stieß ihn in die Rippen.

Ich wusste, es war nur eine Frage der Zeit, bis er Avery die Frage stellen würde – vor allem, weil ich seine eingeplante Ringkaufzeit geklaut hatte, um etwas für Austin zu finden.

Aber was Avery nicht wusste, würde sie auch nicht umbringen.

»Das ist perfekt.« Austin seufzte. »Das alles ist einfach perfekt.«

Und das war es.

Kapitel Zweiundvierzig

Thatch

Ich war zu aufgeregt, um zur Ruhe zu kommen.

Als der Zeiger der Uhr sich am nächsten Morgen der Acht näherte, schlief Austin noch, und ich versuchte, Kaffee zu kochen, ohne Becher herunterfallen zu lassen oder gegen Wände zu laufen. Ich war todmüde und unglaublich dankbar, dass ich mir den Tag freigenommen hatte.

Gähnend hatte ich gerade begonnen, Kaffee zu mahlen, als es an der Tür klopfte. Dieses Klopfen kannte ich. Ich wusste genau, wer auf der anderen Seite stand. Und mit einem Mal war die Anspannung in meinen Schultern zurück, und ich machte mich steif auf den Weg zur Tür, um sie zu öffnen.

Ich erwartete, das Übliche zu sehen – meinen Vater mit rot unterlaufenen Augen, leicht schwankend, nach Whiskey riechend und brüllend, wie sehr meine Mom und ich sein Leben zerstört hatten.

Stattdessen fand ich meinen Dad. Komplett und total nüchtern. Geduscht. Angezogen.

Er sah aus wie der Dad, an den ich mich von früher erinnerte. Mit zitternden Händen streckte er mir eine Zeitung hin und fragte: »Bist du dafür verantwortlich?«

Verdammt.

»Ja.« Ich schluckte die Schuldgefühle hinunter. »Es musste sein.«

»Ein Abschluss«, sagte er nach ein paar Minuten des Schweigens. »Ich habe das Gefühl, dass wir endlich einen Schlussstrich ziehen können. Ich dachte …« Seine Augen füllten sich mit Tränen. »Ich war so lange so wütend. Ich habe auf die Scheidung und die Aufteilung des Vermögens gedrängt, weil ich geglaubt habe, dann würde sie merken, wie sehr sie mich braucht, wie sehr sie *uns* braucht. Dann dachte ich, wenn ich sie beschütze, würde sie zurückkommen, würde sehen, dass ich sie nicht bloßgestellt habe, dass ich besser für sie bin und er sie nur benutzt.« Er unterdrückte einen Schluchzer und schüttelte den Kopf. »Das ist nun egal. Es ist erledigt.«

»Das ist es«, flüsterte ich. »Endlich ist es raus.«

»Ich hätte sie nicht betrügen dürfen. Ich hab sie geliebt. Ich war …« Er schaute mir fest in die Augen. »Thatch, ich bin ein schwacher Mann. Ich kann nicht versprechen, dass ich mich bessere, doch ich werde es versuchen.«

»Hast du Lust, sofort damit anzufangen?«, fragte eine sanfte Stimme hinter mir.

Austin sah einfach bezaubernd aus. Sie trug ihre gestreiften Schlafshorts, ein altes T-Shirt von mir mit V-Ausschnitt und darüber einen weichen weißen Morgenmantel aus Seide.

Mein Dad nickte. »Ja.«

»Wir sind schwanger«, erwiderte sie. »Du wirst …« Ihre Augen funkelten. »Du wirst Opa.«

Ich hatte meinen Dad noch nie weinen sehen. Aber der alte Mann brach zusammen – anders konnte man das nicht beschreiben. Er sank auf die Knie und schluchzte.

Vielleicht, weil die Situation ihm so naheging. Eine Familie. Eine, die nicht zerbrochen war, sondern gerade ganz neu anfing.

Und ich – eine Kopie von ihm, so nah an dem Mann dran, der er hätte sein können. Dem Vater, der er hätte sein können.

Er wischte sich die Tränen ab, stand auf und fragte: »Wenn … wenn ich mich bessere, wäre es dann möglich, dass ich dir helfe, das Baby zur Welt zu bringen?«

»Natürlich«, antwortete ich, ohne Austin zu fragen, denn ich wusste, sie würde es nicht anders haben wollen.

»Ich schätze, wir müssen vorher trotzdem das Krankenhaus fragen – nur um sicherzugehen.« Austin lächelte strahlend.

Mein Dad lachte leise. Genau wie ich. Schließlich lachten wir beide aus vollem Hals.

Ich hatte vergessen, wie sehr ich mein Privatleben geschützt hatte. Vor allen, aber besonders vor ihr.

»Baby, vor dir steht der ehemalige Chefchirurg der neonatalen Forschungsabteilung der Uniklinik – dort gibt es einen ganzen Flügel, der meinem Dad gewidmet ist. Er hat sich letztes Jahr zur Ruhe gesetzt.«

Austin blieb der Mund offen stehen. »Aber, du bist … du bist …«

»Es war ein hartes Jahr«, erklärte mein Vater schließlich, dann murmelte er: »Verdammt, es waren zehn harte Jahre. Doch ein Baby entbinden könnte ich heute noch mit geschlossenen Augen.« Er sah mich an. »Andererseits, das könnte Thatch auch. Er ist bloß plastischer Chirurg geworden, um mich zu ärgern.«

»Das ist nur die halbe Wahrheit«, korrigierte ich. »Mir gefällt die plastische Chirurgie. Das ist ein interessantes Feld, und ich werde nicht so von meinem Job vereinnahmt, wie du es wurdest.«

»Und es gefällt dir, mich zu ärgern.« Er schlang einen Arm um Austin. »Er war der Beste in seinem Jahrgang an der Uni, perfekt darauf vorbereitet, in der Neugeborenenchirurgie anzufangen, genau wie sein alter Herr, aber eines Tages kam er nach Hause, und … Na ja, es genügt vielleicht, zu sagen, dass das, was er da gesehen hat, das Fass zum Überlaufen gebracht hat.« Die Stimme meines Vaters wurde weicher. »Nun, es war genauso meine Schuld wie die seiner Mutter, dass er nichts mehr mit uns zu tun haben wollte.«

Austin hörte zu, während ich hineinging, um mich weiter um den Kaffee zu kümmern, den ich vor der Unterbrechung hatte aufsetzen wollen. Ich bekam nicht mit, wie lange sie sich unterhielten. Doch als mein Dad sich verabschiedete, weil er, wie er verkündete, ein wenig nachdenken müsse, war es kurz vor Mittag.

»Also?« Austin sah mich fragend an. »Wo willst du anfangen?«

Seufzend lehnte ich mich auf der Couch zurück. »Ich wollte sein Geld nicht. Es fühlte sich an wie Schweigegeld oder etwas, das man jemandem anstelle von Liebe gibt, weil es einfacher ist. Das ist schrecklich, oder? Es war leichter für ihn, einen Scheck auszustellen, als mir das zu geben, was ich immer gewollt habe: eine Umarmung, ein High Five, irgendetwas, das zeigte, dass er stolz auf mich war oder ihm etwas an mir lag. Aber er war so in seinem eigenen Elend gefangen, und ich wollte nicht in seine Fußstapfen treten, weil sein Fremdgehen meine Mom und unsere Familie zerstört hat. Ich wollte einfach … etwas anderes.«

»Du wolltest Brüste«, erwiderte Austin ernst. »Gib's zu.«

Ich lachte laut auf. »Ja, Austin. Ich wollte Brüste. Und dabei wäre ich die ganze Zeit mit deinen vollauf zufrieden gewesen! Das hätte mir viel Geld gespart.«

»Ich bin sicher, du kommst auch so klar.« Sie zwinkerte mir zu.

Ich zog sie an ihrem Fuß zu mir herüber. »Vielleicht. Doch ich sollte vorsichtshalber noch mal einen Blick darauf werfen. Du weißt, die Brustspitzen können während einer Schwangerschaft ziemlich empfindlich sein. Ich würde es hassen, wenn du stumm leidest.«

»Ich leide nicht.«

»Ich glaube, ich sehe da eine Träne«, ignorierte ich ihren Einwand. »Baby, ich muss mich eindeutig um dich kümmern.«

»Du redest so einen Unsinn.«

»Um sich zu schlagen ist ein weiteres Merkmal dafür. Das steht im Handbuch.«

»Hmm, womöglich direkt neben einem Foto von Enrique?«

»Das war ein Schlag unter die Gürtellinie.« Ich fing an, sie zu kitzeln.

Austin begann, aus voller Kehle zu singen, und ich brachte sie mit einem Kuss zum Schweigen. »Wirst du meinen Schmerz wegküssen?«, sang sie weiter, sobald ich den Kuss unterbrach.

Ich presste ihr die Hand auf den Mund. »Es reicht.«

Natürlich sang sie unter meinen Fingerspitzen weiter.

»Willst du einen MoonPie?«

Sofort hörte sie auf zu singen, kniff die Augen zusammen und hielt den Daumen nach unten, als ich meine Hand wegzog. »Gut gespielt, Verlobter. Sehr gut gespielt.«

Verlobter.

Ich grinste so breit, dass es vermutlich Furcht einflößend wirkte.

Austin krabbelte auf meinen Schoß und setzte sich rittlings auf mich. »Du siehst verdammt zufrieden aus.«

»Ich bin zu siebzig Prozent zufrieden.«

Sie runzelte die Stirn. »Warum nur zu siebzig Prozent?«

Mit den Händen strich ich über ihren Brustkorb, dann fing ich an, ihr sehr langsam die Shorts herunterzuschieben, bis meine Daumen ihre Hüftknochen erreichten. »Ich glaube, du weißt, warum.«

»Nö. Keine Ahnung.«

»Du bringst mich um.« Ich ließ meine Hände unter ihr T-Shirt gleiten und stöhnte, als ich ihre Brüste berührte. Sie waren perfekt. So verdammt perfekt.

Austins Stöhnen gesellte sich zu meinem, und sie rieb sich an meiner Erektion.

»Okay, du hast gewonnen.« Sie entledigte sich des T-Shirts und stand auf, um auch die Shorts loszuwerden.

»Wow.« Ich kam auf die Füße und zog mich ebenfalls hektisch aus. »Das war ja leicht.«

»Tja.« Sie hob eine Schulter. »Ich weiß, wie sehr du es liebst, das hier zu sehen, weißt du noch? Ich schätze, wenn du meine Brüste immer sehen kannst, wird es sich, wenn du andere berührst, so anfühlen, als würdest du eine nette alte Oma untersuchen.«

»Lass uns bitte nicht über Omas reden, während wir nackt sind, okay?«

Sie nickte und winkte mich dann mit dem Finger zu sich. »Weißt du, ich glaube, dein Dad kommt wieder in Ordnung.«

»Ja«, stimmte ich zu und schaute auf ihren Bauch. »Das glaube ich auch.«

Kapitel Dreiundvierzig

Austin

Sein Mund. Warum sollte ich jemals einen Job haben wollen? Sex mit Thatch. Das war meine neue Stellenbeschreibung.

Vermutlich versuchte er nur, mich davon abzuhalten, die Nachrichten zu schauen, denn mein Dad und seine Mom waren überall. Jedes Mal, wenn ich nach der Fernbedienung greifen wollte, schlug er meine Hand fort und fing an, mich zu küssen.

»Konzentrier dich auf uns. Konzentrier dich auf das hier«, wiederholte er, während er mich mit seiner Zunge liebte, mich festhielt, meinen Bauch streichelte. Und so gehorchte ich.

Aber es war an der Zeit. Wir beide wussten, dass wir uns dem stellen mussten. Dass wir die Nachrichten anschauen und sehen mussten, was passiert war, seitdem die Geschichte an die Öffentlichkeit gelangt war.

Ich ergriff Thatchs Hand und stieg aus dem Bett. Dann gingen wir gemeinsam ins Wohnzimmer, wo ich auf die Fernbedienung zeigte.

»Sie sind trotz allem unsere Eltern«, flüsterte ich.

»Ja, das sind sie«, stimmte er zu und drückte auf den Knopf.

Es war tatsächlich die Nachricht der Stunde. Doch es war nicht so schlimm, wie ich gedacht hatte. Ich meine, er war schließlich nicht wegen Unterschlagung angeklagt. Es wurde spekuliert, dass die Affäre schon seit Jahren lief.

Ich kannte die Wahrheit, genau wie Thatch, aber es war nicht unsere Aufgabe, irgendjemanden zu berichtigen. Es gab mehrere Fotos von seiner Mutter und meinem Vater zusammen. Und es machte mich krank, zu sehen, wie er sie auf einem davon lachend auf den Mund küsste.

Das hätte meine Mom sein können. Wir hätten eine glückliche Familie haben sollen. Das hatte er zerstört. Und wofür? Ich verstand es immer noch nicht.

»Warum?«

Ich merkte erst, dass ich das laut ausgesprochen hatte, als Thatch den Fernseher stumm schaltete und mich an den Händen fasste.

»Manchmal tun Menschen dumme Sachen, treffen aus Langeweile, Rache oder Stolz falsche Entscheidungen.« Er zuckte mit den Schultern. »Du wirst vielleicht nie erfahren, warum, und ich weiß, das bringt dich um, denn als ich das zwischen uns beendet habe …« Ich öffnete den Mund, um ihn zu korrigieren, doch er schüttelte den Kopf. »Als ich das mit uns kaputtgemacht habe, habe ich dir nicht gesagt, warum. Ich dachte, ich würde dich dadurch beschützen. Jetzt weiß ich, dass das nicht stimmte. Du wirst vielleicht nie die Wahrheit über meine Mom und deinen Dad erfahren, aber bei einem kannst du dir sicher sein: Du wirst nie wieder betrogen werden.«

Tränen stiegen mir in die Augen. »Ich weiß.«

»Ich meine es ernst, Austin.« Sein Griff war fest, beruhigend, solide. »Ich werde dich nie betrügen. Ich will, dass wir eine Beziehung führen, in der wir miteinander reden. Ich will eine echte Familie. Ich will Liebe.«

»Ich auch.« Ich nickte. »Und ich verspreche dir, ich werde dich ebenfalls nie betrügen.«

Er seufzte.

»Außer ›betrügen‹ bedeutet, dass ich dich bei Brettspielen besiege. Oder wenn wir um die Wette rennen und ich dir kurz vor dem Ziel ein Bein stelle. Oder wenn ich außerhalb der Cheat-Tage mit den Kalorien schummle. Oder …«

Er küsste mich.

Ich lachte leise an seiner breiten Brust.

»Ich liebe dich«, murmelte er. »Und das werde ich immer tun.«

»Gut. Denn mit uns hängst du fest drin.«

»Gott sei Dank«, flüsterte er, bevor er mich erneut küsste. Und dann half er mir noch mal dabei, mich zu erinnern, warum wir beide so gut zusammenpassten. Weil unsere Liebe gleich stark war. Weil es sich nicht um Besessenheit oder nur um Lust handelte, sondern um dieses sehr echte Ding, das zwei Menschen teilten, die es verstanden. Die verstanden, welche Opfer man bringen musste, damit gewisse Sachen funktionierten – und die gewillt waren, diese Opfer zu bringen.

Wir waren betrogen worden.

Aber wir waren keine Betrüger.

Und es fühlte sich gut an, das zu sagen.

Epilog

Austin

»Du machst das ganz prima.« Mein Schwiegervater zwinkerte mir zu und kam ums Bett herum, um meine Hand zu nehmen. »Wie geht es dir?«

»Ach, weißt du …«, ich biss die Zähne zusammen, »als würde ich einen zehn Pfund schweren Gorilla auf die Welt bringen, aber ansonsten geht es mir ausgezeichnet. Hey, wie sieht es mit dem Schmerzmittel aus?«

Er grinste, und seine Miene erinnerte mich unglaublich an Thatch.

In den letzten paar Monaten hatten Vater und Sohn ihre Beziehung so weit gekittet, dass wir gemeinsame Familienessen gehabt hatten. Er hatte sogar jeden Cent von Thatchs Studiendarlehen abgezahlt, damit wir ganz neu anfangen konnten. Die Scheidung war durch, und das Erste, was sein Vater mit seinem Geld hatte tun wollen, war, sich um uns zu kümmern.

Thatch hatte abgelehnt.

Aber sein Vater hatte gemeint, es wäre notwendig, und wenn wir das Geld nicht nehmen würden, würde er einen Treuhandfonds für den kleinen Jungen einrichten, den wir erwarteten.

Also hatte Thatch das Geld genommen, und später am Abend hatte er in meinen Armen geweint.

Dreihundertfünfzigtausend Dollar Schulden. Auf einen Schlag weg. Getilgt.

Lustig, wie in der Minute, in der Thatch seiner Mom und seinem Dad hatte vergeben können, sein Dad in der Lage gewesen war, sich selbst zu vergeben.

»Ahhhh!«, schrie ich, als mein Bauch sich anspannte und eine riesige, unsichtbare Schraubzwinge mich wie eine Tube Zahnpaste drückte. »Das ist nicht normal!«

Thatch blieb ganz ruhig. Sollten werdende Väter nicht ohnmächtig werden?

»Hör auf, so ein verdammter Arzt zu sein!«, zickte ich ihn an, als er seinen Kopf unter das OP-Tuch steckte und wer weiß welche Dinge diskutierte, die niemals zwischen einem Schwiegervater und einem sexy Ehemann diskutiert oder angeschaut werden sollten.

»Das Schmerzmittel ist da!«, verkündete Avery.

Lucas hatte es vorgezogen, im Wartezimmer zu bleiben. Kluger Mann.

Avery hielt mir einen MoonPie hin. »Den bekommst du, nachdem du heftig gepresst hast.«

»Ich hasse dich. Ich hasse dich so sehr.«

Sie hielt mir den MoonPie direkt vor die Nase.

»Keine feste Nahrung.« Der ältere Dr. Holloway schaute mich mahnend an.

Ich zeigte ihm den Stinkefinger.

Thatch lachte laut auf. »Geht es dir gut, Baby?«

»Du fasst mich nie wieder an. Ich gehe in ein Kloster. Ist das Antwort genug?«

»Du hast einfach nur starke Schmerzen.«

Er nickte in Richtung Tür, durch die gerade ein anderer Mann in OP-Kleidung kam und fragte: »Braucht hier jemand eine Epiduralanästhesie?«

»Ich! Ja! Ich melde mich freiwillig!«, rief ich, während Avery zusammenzuckte, als mich eine weitere Wehe erfasste.

Ich griff nach ihrer Hand und bekam dabei zufällig den MoonPie zu fassen, den ich in kleine Krümel zerquetschte, bevor ich ihn zu Boden fallen ließ. »Nein! Mein MoonPie!«

»Ich habe noch mehr.« Avery tätschelte meine Schulter. »Also, du kommst hier klar? Ich glaube, ich setze mich mal wieder zu meinem Ehemann und … bete … für dich! Nicht für mich. Mir geht es gut.«

Ihr ging es nicht gut. Sie war in der zwölften Woche schwanger.

»Das hier ist deine Zukunft!«, rief ich ihr hinterher.

»Austin«, ermahnte mich Thatch. »Ist das wirklich nötig?«

»Oh, ich weiß nicht. Ist *das hier* nötig?« Ich zeigte auf meinen Bauch und zog eine Grimasse.

Er grinste. »Ich liebe es, wenn du so leidenschaftlich bist.«

»Hol es raus«, zischte ich. »Es tut weh!«

»Schmerzmittel.« Thatch gab mir einen Kuss auf die Stirn – meine absolute Schwäche – und nickte dann dem Arzt zu, der zu jung aussah, um eine so große Spritze in der Hand zu halten.

»Hi, Austin. Ich bin Ben. Ich sorge dafür, dass sich das hier wie ein Picknick anfühlt, okay?«

Ich schniefte. »Ich mag Picknicks.«

»Super.« Er zwinkerte mir zu. »Jetzt legen Sie sich auf die Seite, umfassen Ihre Knie, und halten ganz still. Sobald die nächste Wehe kommt, möchte ich, dass Sie ein paarmal tief durchatmen, und wenn sie vorüber ist, werde ich Ihnen die Spritze geben. Okay? Sie werden kurz einen stechenden Schmerz fühlen, dann ein wenig Druck, und schon sind wir fertig. Sie dürfen sich allerdings nicht bewegen.«

Ich nickte. Ich schwitzte und stand kurz vorm Ausflippen. Ich hasste Spritzen.

Thatch war sofort auf der anderen Bettseite. »Komm, wir stehen die nächste gemeinsam durch, okay?«

Ich konnte nicht sprechen, die Wehen wurden immer heftiger. Ich kniff die Augen zusammen und wartete darauf, dass die Tortur ein Ende hatte.

Dann hörte ich Bens Stimme. »Das war eine ziemlich heftige. Also dann, legen wir los.«

Ich versuchte, mich nicht zu verspannen, aber wie gesagt, die Nadel war riesig, und sie würde mir ins Rückgrat gestochen werden. Ich war bereits ein wenig benommen, und ich wartete darauf, dass meine Beine taub werden würden, und war angenehm überrascht, als der Schmerz nachließ und innerhalb von fünf Minuten komplett verschwunden war.

»Ein Wunder!« Ich konnte wieder reden wie ein ganz normaler Mensch. »Das ist ein Wunder. Was ist da drin?«

»Fentanyl«, antwortete Thatch grinsend. »Auf keinen Fall wirst du jetzt noch irgendeinen Schmerz spüren, und falls doch, drück einfach auf diesen kleinen Knopf. Aber nicht zu oft, okay?« Er reichte mir einen magischen Knopf.

Und mit einem Mal fühlte ich mich wieder mächtig. Und wie ich selbst. »Ich werde das hier rocken.« Ich nickte.

Thatch verdrehte die Augen. »Ja, ich glaube, wir können mit Sicherheit sagen, dass das Schmerzmittel in ihrem Kreislauf angekommen ist, denn vor ein paar Minuten hat sie noch allen den Finger gezeigt.«

Sein Dad lächelte, und dann unterhielten sie sich über das Footballspiel, während ich versuchte, herauszufinden, warum der kleine Kerl immer noch nicht draußen war.

Eine halbe Stunde verging. Dann eine ganze.

Ich war rastlos, blätterte eine Zeitschrift durch, als Thatchs Dad ein weiteres Mal nachschaute und mich lächelnd fragte: »Okay. Bist du bereit?«

Ich wusste, dass alle ungeduldig waren und das Baby endlich sehen wollten. Meine Mom war bei den anderen im Wartezimmer und lief vermutlich Furchen in den Teppich.

»Ja!« Ich warf die Zeitschrift auf den Boden und wartete. »Soll ich jetzt pressen oder …«

»Nur Geduld.« Er lachte leise. »Wir wollen das Baby doch nicht stressen.« Er schaute auf den Monitor. »Ich möchte, dass du auf der Höhe einer jeden Kontraktion deine Knie an dich ziehst und die Kraft nutzt, um von deinem Bauch aus zu pressen. In Ordnung?«

Ich nickte.

Und während der nächsten Wehe presste ich so fest, wie ich konnte.

Thatch stand auf der rechten Seite des Lakens und drückte meine Hand.

»Noch zwei, dann haben wir es. Du bist dazu geboren, das hier zu machen, Austin.«

»Das bin ich«, rief ich, mehr um mich anzufeuern. »Das bin ich. Ich schaff das.«

»Ich liebe dich.« Thatch drückte wieder meine Hand, und ich presste erneut.

»Ich kann den Kopf des Babys sehen«, verkündete Dr. Holloway mit rauer Stimme. »Einmal noch, Liebes.«

Ich gehorchte. Und dann war der Druck auf einmal weg. Und ein warmes, weinendes, winziges, verschrumpeltes kleines Wesen wurde mir auf die Brust gelegt.

Ich brach in Tränen aus.

Thatch war bereits da und half der Schwester, den Kleinen zu waschen, während sein Dad tat, was auch immer er da unten noch zu tun hatte.

»Das wird jetzt ein wenig wehtun.« Er schaute zu mir auf. »Wir müssen die Flüssigkeiten und die Nachgeburt rausholen. Bist du bereit?«

Ich nickte und hielt mein Baby fest, während er mir auf den Bauch drückte. Wenn er nicht bald damit aufhörte, würde ich mich übergeben müssen.

Thatch starrte das Bündel auf meiner Brust an, während ihm die Tränen über das Gesicht strömten.

»Wunderschön«, sagte Dr. Holloway. »Wie der weibliche Körper ein weiteres menschliches Wesen produziert.« Er hielt etwas Bläuliches, ziemlich eklig Aussehendes hoch, und ich wurde beinahe ohnmächtig.

»Danke«, flüsterte Thatch an meinem Ohr. »Das hast du großartig gemacht.«

»Ich hasse dich nicht wirklich«, erklärte ich, mit einem Mal erschöpft.

»Ich weiß, Baby.«

»Und ich will nicht, dass du von einer Klippe springst.«

»Dessen bin ich mir bewusst.«

»Und ich will, dass du mich wieder berührst«, wimmerte ich. »Vielleicht nur nicht gerade heute Nacht.«

Er lächelte. »Austin?«

»Ja?«

»Ich liebe dich.«

»Ich liebe dich auch.« Ich küsste ihn auf den Mund und fühlte mich so voll, dass ich glaubte, zu explodieren.

Eine Familie.

Wer hätte gedacht, dass zu einem heißen Arzt in einer Bar Ja zu sagen hierzu führen würde?

Ich nicht.

Es war das perfekte Ende.

Danksagung

Ab und zu kneife ich mich immer noch. Ich liebe meinen Beruf, er ist meine Leidenschaft. Und ich fühle mich so gesegnet, weil ich ihn ausüben kann, und bin Gott so dankbar dafür, dass er mich das machen lässt und mich auf den richtigen Weg geführt hat, damit aus diesem Traum Realität werden konnte.

An meinen unglaublichen Ehemann und meinen Sohn, die meine langen Nächte und das ständige Chaos wegen Abgabeterminen durchhalten: Ich liebe euch. Nate, du bist wirklich der beste Bücherfreund aller Zeiten, mit dem Vorteil, dass du echt bist … Warte mal, du bist doch echt, oder?

Melody, danke für deine harte Arbeit an diesem Manuskript. Courtney, danke, dass du immer für meine verrückten Ideen zu haben bist und einfach sagst: »Okay, gehen wir es an!« Ich fühle mich so geehrt, ein Teil vom Skyscape-Team zu sein!

Erica. Beste Agentin aller Zeiten! Danke, dass du mich antreibst und dass du immer eine so unglaubliche Freundin und Agentin bist. Ich liebe dich!

Jill – du sorgst dafür, dass vor der Veröffentlichung wirklich alles perfekt ist. Danke, dass du mich davor bewahrst, wahnsinnig zu werden, und dass du dafür sorgst, dass jeder Punkt und jedes Komma sitzt. Ich weiß nicht, was ich ohne dich als Familie und Freundin tun würde!

Liza, Kristin, Jessica – die besten Beta-Leserinnern aller Zeiten! Danke, dass ihr dieses Buch so sehr liebt wie ich und dass ihr mir geholfen habt, als es ein wenig schwierig wurde.

An Rachel's New Rockin' Readers: AHHH! Ich liebe euch, und ich weiß, dass ich das beinahe jeden Freitag auf Facebook sage, aber wir haben definitiv das beste Supportteam von allen!

Bloggerinnen und Leserinnen – ich liebe euch wirklich. Worte werden niemals angemessen beschreiben können, wie dankbar ich euch dafür bin, dass ihr hinter mir steht oder überhaupt eines meiner Bücher zur Hand nehmt. Ich bin mir vollauf bewusst, dass ich ohne euch nicht dort wäre, wo ich heute bin!

Wenn ihr in Kontakt bleiben wollt, folgt mir auf Instagram: @rachvd. Oder tretet meiner total tollen Gruppe auf Facebook bei: Rachel's New Rockin' Readers. Um bei zukünftigen Veröffentlichungen und allem, was dazwischen passiert, auf dem Laufenden zu bleiben, meldet euch für meinen Newsletter an.

Eine dicke Umarmung!

RVD